BRONX ANGEL

0 | 97 | 30

Ed Dee

BRONX ANGEL

UITGEVERIJ AREOPAGUS

Oorspronkelijke titel:
Bronx Angel
Uitgave
Warner Books, New York
© 1995 by Ed Dee

Vertaling
Gerda Wolfswinkel
Omslagontwerp
Jan de Boer
Omslagfoto
ZEFA

Voor Nancy

Verantwoording

Ik ben iedere smeris met wie ik gewerkt of het glas geheven heb, dank verschuldigd. Dit zijn hun verhalen en die moeten verteld worden. Vooral Don McGuire, een geweldige smeris en een minstens even goede vriend, wil ik dank zeggen. Dank aan Gail Hochman, die aan mijn kant stond. Ook Joe Heiner, Kathy Heiner en Dan Bond, hartelijk dank voor de tweede spectaculaire omslag; Sona Vogel bedankt voor de kundige manier waarop je het rode potlood hanteert; Anne Hamilton bedankt dat alles op rolletjes is verlopen; en vooral Maureen Egen, bedankt voor je zorgvuldige leiding.

Ten slotte bedank ik mijn familie voor hun buitengewone steun en troost, en mijn vrienden dat ze zo mild en zo weinig verbaasd zijn geweest.

Thomas Lux

Een tandje

Je kind krijgt een tandje, twee tandjes,
vier, vijf en dan wil ze vlees,
zó van het bot. Het is voorbij

allemaal: ze leert woorden, ze wordt
verliefd op idioten, uilskuikens en mooie
praatjesmakers op weg naar de bajes. Jij

en je vrouw worden oud, versleten, en hebben nergens
spijt van. Je hebt gedaan, je hebt bemind, je voeten
doen zeer. Het schemert. Je kleine meid is groot geworden.

1

Tijdens een abnormale sneeuwstorm in april werd in een achteraf-straat in de Bronx het lichaam van een politieman buiten dienst aangetroffen. Zijn keel was doorgesneden en zijn broek hing op zijn knieën. Hij was al twee uur dood en ik reed in kruiptempo door centimeters hoge natte sneeuw over de Cross-Bronx Expressway.

'New York, het is vier uur in de ochtend,' zei de omroepster op de radio met een intiem klinkende, hese fluisterstem, 'en het sneeuwt nog steeds.'

Agent Marc Ross was in zijn eigen wagen gevonden en naar verluidt had men een prostituée van de plaats van de misdaad zien wegvluchten. Trefwoord *prostituée*. De hoge pieten van het hoofdbureau wilden het verhaal onverbloemd, alle smerige details, niet verdund door collegiale loyaliteit van het betreffende politiebureau. Het hoofdbureau hangt de vlag niet halfstok wanneer er een maat sneuvelt.

'De achttiende sneeuwstorm van dit seizoen,' zei de omroepster. 'Een straf van God?'

Mijn Honda slipte toen ik uitweek voor een knalpot die midden op de afrit lag. Ik gleed door bij het stopbord en kwam op Tremont Avenue tot stilstand. Uit een bar op de hoek galmde salsamuziek. Er was geen auto te bekennen. Ik keerde de Honda en ging rechtsaf Boston Road op. Op dat moment zag ik de menigte.

'Dat kan niet,' zei ik. Niet alleen maar voor een moord. Niet in een nacht als deze.

De menigte, voornamelijk bestaande uit vrouwen en kinderen, had zaklantaarns en voedsel meegenomen, dat onderling werd gedeeld. Het was één lange rij, langs het hele blok, dan de hoek om, East 179th Street in. Ik stopte op de hoek van East 179th Street, een kort doodlopend stuk met een steile kade bij de rivier de Bronx. Deze stroomde vanuit de Bronx Zoo naar het zuiden en mondde ten slotte in de East River uit.

Aan de voet van de heuvel zag ik het flitsen van zwaailichten; politiewagens stonden in een kring aan het eind van het doodlopende stuk. Het wegdek was kapot en glad en in een kuil lag het karkas van een hond. Stukken metaal dienden als afrastering tussen het trottoir en de met gras begroeide helling die naar de rivier leidde. Uit schijnwerpers beneden bij de rivier rezen korrelige stralen licht op.

De Bronx stemde me treurig. Ik was als beginneling in deze bruisende wijk straatagent geweest en had er meer goede dan slechte herinneringen aan. Tegenwoordig was mijn enige reden om terug te keren, afgezien van de zo nu en dan opvallende moordzaak, mijn trouw aan de Yankees. Maar de Yankees zaten nu in de warme zon van Florida, evenals de meeste smerissen met wie ik de afgelopen dertig jaar had gediend. Ik zat in de sneeuw, in die uitgebluste Bronx, eigen schuld, dikke bult. Smerissen zoals ik leven te veel in het verleden en blijven te lang hangen.

Ik parkeerde mijn wagen achter de nieuwe Thunderbird van Joe Gregory, die al twintig jaar met onderbrekingen mijn partner was. Hij was helemaal uit Brooklyn gekomen en al voor mij gearriveerd. De ernstige menigte die ik was tegengekomen, stopte niet bij de plaats van de moord. De rij strekte zich uit langs de oever, in het donker, ver voorbij de laatste politieauto. Voor hen waren smerissen die de plaats van een misdaad onderzoeken slechts een tafereel op de achtergond, zoals jongleurs die in het theater op de achtergrond hun kunstjes vertonen. Moord is in de Bronx geen opzienbarende gebeurtenis.

De adem van een twintigtal agenten vormde wolkjes in de ijskoude lucht, die wegzweefden in de felle schijnwerpers. Mijn collega's werkten rap. Bij nat weer worden sporen en bewijzen snel uitgewist.

'Rechercheur Ryan, hoofd recherche,' zei ik, en toonde mijn penning aan een lange, roodharige agente die bij de wegversperring stond.

'Ha, meneer Ryan,' zei ze, 'hoe is het ermee?'

'Prima,' zei ik, 'en met u?'

Ik had geen flauw idee wie ze was. Terwijl ik me voetje voor voetje naar beneden werkte over die glibberige helling, bedacht ik dat ik waarschijnlijk met haar pa ergens had gediend; een buitengewoon groot aantal zoons en dochters van agenten waren in het vak gegaan. Op haar naamkaartje stond 'Antonucci', wat geen belletje deed rinkelen. Maar ik had ook met zoveel smerissen samengewerkt.

Onderaan de heuvel hing een donkergrijze BMW, binnen een strook geel afzetlint, met zijn neus bijna in de ijskoude rivier. Rond de auto was de grond volkomen vertrapt. Er viel verse sneeuw in duizenden voetsporen. Daarbinnen lag agent Marc Ross, uitgezakt over de voorbank hangend. Zijn spijkerbroek en witte boxershort waren naar beneden getrokken en zijn overhemd was bloedrood. Ik beschutte mijn ogen tegen de schijnwerper toen ik neerknielde om naar zijn opengesneden hals te kijken.

'Jezus Christus,' zei ik.

'Nee, de Heilige Maagd zal je bedoelen, heiden die je bent,' zei een rauwe stem. Mijn partner, de geweldige Joe Gregory, stond erbij met zijn broekspijpen opgerold en ijskristallen op de omslagen. 'Ben je hier voor de moord of voor het wonder?'

'Wat voor wonder?' vroeg ik.

'Heb je die rij mensen niet gezien?' antwoordde hij.

'Die heb ik gezien.'

'Langs de hele straat, goddomme,' zei hij. 'Zie je waar het ophoudt? Daar, bij de muur. Moet je kijken naar de plek boven al die zaklantaarns. Zie je haar?'

'Wie moet ik zien?'

'Kun je haar niet zien? Op de stenen? Wat ben jij voor een katholiek, als ik vragen mag, dat je de Moeder Gods niet kent?'

'Waar dan?'

'Langs mijn vinger kijken,' zei Gregory. Hij ging vlak naast me staan en verduisterde met zijn massieve omvang de lichten.

De muur waar Gregory naar wees, was vijftig meter verderop. Het leek op een stenen steunmuur van de brug over de Bronx bij East 180th Street. Het water dat langs de stenen liep, was bevroren tot een brok ijs dat één grote, gestreepte figuur vormde, een massa lange verticale lijnen van ijs, als de plooien van een mantel. De figuur werd verlicht door de zaklantaarns van de mensen die naar de rivieroever waren geklommen. Sommigen knielden op de helling, anderen knielden in de sneeuw aan de rand van de rivier.

'Het lijkt Lourdes wel, vind je niet?' zei Gregory.

'Het lijkt op een groot blok ijs,' zei ik.

Gregory sloeg een kruis. 'De gemeente zegt dat het geen rivierwater is; waarschijnlijk zijn er ondergrondse waterleidingbuizen geknapt.'

'Hoelang is dit al bezig?' vroeg ik.

'Gisteravond is het begonnen, volgens de smerissen van bureau Vijf Eén.'

'Dan moeten er getuigen zijn.'

13

'We hebben meer geschifte getuigen dan Jimmy Carter sproeten heeft,' zei Gregory.

Van dichtbij kon ik ruiken dat Gregory gedronken had en zijn kleren stonken naar de sigaretterook. Ik begreep dat hij half bezopen was.

'Het verhaal gaat zo,' begon hij. 'Om twee uur vannacht stopt de BMW daar. De chauffeur, een vrouw met een donkere huidskleur, rijdt om de versperring heen, het gras op. Dan stapt ze uit, reikt naar binnen, zet de handrem in zijn vrij. Wagen rijdt recht naar beneden. Niemand heeft het lijk gezien, tot een paar kinderen de wagen begonnen te slopen.' Gregory ging op zijn hakken staan en veerde terug, alsof hij op een evenwichtsbalk stond die hij alleen kon zien. 'De naam van de agent is Marc Ross. Gewone uniformagent. Drie jaar in het vak. Rijdt rond in een gevechtswagen van het bureau. Een driepersoonsauto, bedoeld om ervoor te zorgen dat het drugsprobleem ophoudt.'

'Getrouwd?'

'Goddank niet. Ik zou er weinig trek in hebben om dit aan een echtgenote uit te leggen. Werkt regelmatig, van zes tot twee. Op zondag en maandag vrij.'

'Vanavond had hij dus een vrije avond. Wat deed hij hier?'

'Daar snap ik de ballen van, maat. Ze zeggen dat hij muziek maakte. Dat hij er op zondag bij werkte in een band in Manhattan. Zijn trompet ligt in de kofferbak.'

'Misschien heeft hij die vrouw hier ergens ontmoet?'

'Het team denkt dat het een hoerenmoord is,' zei hij. 'Ik vermoed dat hen nog wel een lichtje op zal gaan.'

'Waarom zou ze hem hierheen gereden hebben, om de wagen met al die getuigen in de buurt in de rivier te dumpen?'

'Ze zeggen dat ze niet wist dat al die gelovigen hier waren. Ze komt aanrijden, ziet de menigte: Foutje! In paniek dumpt ze de auto. Ik voor mij denk dat het flauwekul is.'

'Jij denkt dat ze het wil doen voorkomen als roofmoord door een hoer.'

'Als je het wil weten, ja,' zei hij. 'Ik wed dat het een vriendinnetje, een barmeisje of iemand anders is geweest die hij kende. Het is maar een gissing, en ik ben in de minderheid.'

Er was een canvas noodzeil over de donkergrijze vierdeurs auto gespannen. We stonden uit de sneeuw, toen de technicus met kromme halen het dak met een roetachtig zwart poeder bestrooide. Als de wagen donkerder was geweest, had hij zilverkleurig of wit poeder moeten gebruiken als contrast. Bij iedere paar halen deed hij een stap achteruit om te zien of er ergens poeder aan het vet kleefde dat mogelijk achtergelaten was door een menselijke hand. Indien er een afdruk werd gevonden, zou hij die fotograferen en vervolgens met een gewoon doorzichtig stuk plakband opnemen en het op een vingerafdrukkaart plakken.

'Waar is die geheimzinnige vrouw heengegaan, nadat ze de wagen heeft verzopen?' vroeg ik.

'Weggelopen. De heuvel op, in de richting van Tremont.'

'Gewoon maar weggelopen?'

'Ja. IJskoud weggelopen.'

'Signalement?'

'Latijns-Amerikaans, donkere huidskleur. Slank gebouwd. Tussen de één meter vijftig en één vijfenzestig. Zwart haar, enorm kapsel. Zwarte jas, rode jurk, rode schoenen, witte handschoenen.'

'Witte handschoenen? Met dit weer? Klinkt als een van je eigen adresjes.'

'Ik weet niks van handschoenen,' zei hij. 'Maar slank is mijn type niet. Ik hou van lekker mollig. Vlees op de botten.'

'Nou, wat denk je?' vroeg ik.

'Een partijtje pijpen dat geëindigd is in moord en doodslag,' zei Gregory.

'Kan het toch geen roofmoord door een hoer zijn geweest?'

'Gegarandeerd niet,' zei hij. 'Het enige dat hij mist, voor zover het team het kan bekijken, is zijn pistool. Lege holster. Maar ze heeft zijn horloge laten zitten. Niet bepaald een Rolex, maar ook geen koopje. Twee ringen, portemonnee, creditcards en ongeveer zeventig dollar aan contant geld.'

'Misschien heeft ze de menigte gezien, is ze in paniek geraakt en heeft ze het geld vergeten.'

'Hoeren vergeten het geld nooit, maat.'

Agent Marc Ross had een diepe snijwond, wellicht was er een slagader geraakt. Er lag een plas bloed op de voorbank, die het leer donkerrood had gekleurd. Brede rode strepen liepen over zijn portier, stuur en middenconsole. Marc Ross was waarschijnlijk afgemaakt terwijl hij achter het stuur zat en vervolgens op de plaats naast hem gesleept.

'Het moet wel een sterke vrouw zijn geweest,' meende ik, 'dat ze hem over de middenconsole heeft kunnen trekken.'

'Hij is niet zo groot. Lijkt niet veel langer dan één vijftig. Veel vrouwen kunnen één vijftig best aan, met gemak.'

'Geen dood gewicht,' zei ik. 'Niet met gemak. Zeg eens, als het een vriendinnetje is geweest, waarom is ze er na de moord dan niet gewoon vandoor gegaan?'

'Omdat ze hem koudmaakte in de buurt waar ze woonde. Misschien wel op de parkeerplaats van de bar waar ze werkt.' Gregory wees met een kromme wijsvinger, die bruin was van de nicotine, naar het lijk. 'Moet je die wond zien,' zei hij 'Wat een slachtpartij. Een klassiek geval van overkill. Ik voel aan mijn water dat het persoonlijk is geweest, met veel adrenaline.'

'Wie krijgt de zaak?' vroeg ik.

'Die rechercheur van de Ivy League met zijn gladde grijns.' Gregory wees naar een jonge, kalende kerel die een pijp stond te roken. 'Misselijk derderangs groentje. Haalt het niet bij een echte smeris.'

Brigadier Neville Drumm praatte tijdens het onderzoek met Ivy League. Brigadier Drumm was patrouillecommandant geweest toen ik in het district zat. Zijn haar was inmiddels volkomen wit geworden, wat hem het uiterlijk verschafte van een goedige butler op een grote plantage in zo'n oude film over de Burgeroorlog.

'Heeft al iemand met de partner van Ross gepraat?' vroeg ik.

'Partners,' zei Gregory. 'Drie mannen, weet je nog? De agenten Verdi en Guidice.'

'Toch niet Sonny Guidice?'

'Die ja,' zei Gregory. 'Hij is zojuist gearriveerd met een of ander blondje aan zijn arm.'

Ik had Sonny Guidice niet meer gezien sinds ik twintig jaar geleden uit het district wegging. Niet dat ik dat erg vond. Hij was in burger en stond in een kring van geüniformeerde jonge agenten, met zijn arm om een vrouw heen geslagen. Een zeer jonge, zeer blonde vrouw, met wenkbrauwen die zó wit en dik waren, dat het wel sneeuw leek die aan een richel hing.

'Drumm zegt dat hij Sonny en die andere knaap zal ondervragen,' zei Gregory.

'Mij best.'

Sonny Guidice had kleine zwarte ogen, pafferige wangen en puntige gelaatstrekken, waardoor hij iets weghad van een knaagdier met overgewicht. Hij was na de academie op het bureau komen werken, vlak voordat ik vertrok. Hij had op een hete zomeravond, 23 juni 1968, om vijf over zes, in de slaapkamer van appartement 4C van 1645 Bathgate Avenue, een zeven jaar oud jongetje doodgeschoten, Martin Luther Hopkins. De jury was van oordeel dat het een ongeluk was geweest. Ik was getuige.

'Waar zat je vanavond, verdomme?' fluisterde ik Gregory toe. 'Een gepensioneerdenfuif in Flushing van de afdeling autodiefstal. Ik heb je toch gezegd dat ik erheen ging? Ik was net weer thuis toen de baas belde. Wat moet ik dan zeggen? "Spijt me, baas, ik ben onder de olie" of zoiets?'

Ik ging een eindje bij hem vandaan staan. We hoefden niet te fluisteren. De rechercheurs uit het district liepen in een wijde boog om ons heen. Die hadden de pest in dat wij van het 'hoofdbureau' in hun territorium kwamen neuzen.

'Ik heb onderweg twee koppen koffie genomen,' zei Gregory. 'Wat moet ik dan zeggen? Ik ben niet in staat om een hersenoperatie uit te voeren, maar ik ken deze buurt als mijn broekzak.'

'Waarom denk je dat de vrouw Latijns-Amerikaans is?' vroeg ik.

'Dat heb ik niet gezegd.' Hij wees naar de rij. 'Dat heeft Ivy League me verteld aan de hand van getuigenverklaringen. Ik persoonlijk denk dat hij zijn eigen broer in Harlem niet eens zou herkennen. Ik zal je eens wat zeggen, met die agenten van tegenwoordig kun je je werk niet meer behoorlijk doen.'

'Mij dunkt dat ze alles onder controle hebben.'

Ik klom weer tegen de heuvel op. Binnen enkele minuten had ik een tolk gevonden, een vriendelijke, tweetalige vrouw, gekleed in een vliegerjack. We gingen de rij af. Het duurde niet lang, of het oude cliché werd bevestigd dat je beter géén getuige kunt hebben dan te veel. De kinderen wisten alles over de auto te vertellen, het model, het bouwjaar, en over de accessoires. De vrouwen hadden haar kleding en haardracht gezien. Ze dachten allemaal dat het een pruik was geweest. De jurk was rood, de handschoenen lang en wit, met bloed besmeurd. Ze was weggelopen met een zwarte jas over haar arm. Maar hoe meer ik vroeg, des te uiteenlopender werden de leeftijden, de gelaatskleuren, de lengtes; het gewicht was enorm toegenomen.

Het was bijna ochtend toen het onderzoeksteam van de moordbrigade klaar was en de gereedschappen de heuvel op begon te slepen. Medewerkers van het mortuarium haalden het lichaam uit de auto. Uit de richting van de vuilnishopen op Hunts Point kwam een geur van brandende autobanden. Gregory klauterde tegen de glibberige heuvel op, even flink en behendig als een grizzlybeer.

'Alleen maar om tegen te spreken, hoor,' zei ik, 'laten we eens aannemen dat onze moordenares deze plek juist heeft uitgekozen vanwége de aanwezigheid van de Heilige Maagd. Waar zoeken we dan naar?'

Gregory hijgde toen we naar onze auto's liepen. Verderop staken vrouwen rijen kaarsen aan die ze in papieren zakken hadden staan, zodoende een pad van vuur naar het schouwspel vormend.

'Een hoer, een engel,' zei hij. 'Het maakt geen donder uit, maat, want hoe dan ook, we zoeken een psychopaat.'

2

Toen Marc Ross achter in de lijkwagen werd gegooid, sneeuwde het niet meer en kwam de zon door. De lijkenzak piepte over de metalen bodem en bleef liggen tegen een voormalige inwoner uit de Bronx, die gestorven was aan een overdosis, terwijl hij bezig was Egg McMuffins te maken in de nieuwste MacDonald van de wijk. Joe Gregory wisselde scheldwoorden en aantekeningen uit met Ivy League en het politieteam van district Vijf Eén. Intussen zat ik in de auto van brigadier Neville Drumm over de goeie ouwe tijd te praten.

Ik voelde me eigenaardig op mijn gemak, een vredig gevoel van hier te horen... vertrouwder dan ik wilde toegeven. Ik dacht aan de rustige ochtenden van weleer, toen ik nog op straat surveilleerde en kinderen bij scholen hielp oversteken, de zon om de gebouwen heen op mijn rug scheen, terwijl ik grapjes maakte met de kinderen en naar de moeders lachte.

'Ook een pennywafel?' vroeg Drumm, die me een doos met koekjes voorhield. Ik wuifde ze weg. 'Neem er nou een. 's Zomers worden ze niet aangeleverd in de winkels. Tegen juli zul je me er nog om smeken.'

Drumm beet in een koekje en bekeek het daarna alsof hij de laagjes telde.

'Sonny Guidice is nog niets veranderd,' zei ik.

'Nog altijd een klootzak, als je dat bedoelt. Maar hij kent de straten. Harde werker. En hij heeft lef.'

'Wat weet je van Marc Ross?'

'Prima gozer. Praatte graag over muziek. Zeer grondige agent. Heel precies in zijn rapporten.'

Ik overdacht zorgvuldig hoe ik de volgende vraag zou formuleren, met in mijn achterhoofd het feit dat ik van het 'hoofdbureau' kwam en in de ogen van smerissen uit het getto de sympathie miste van de gemeenste plaatselijke boef.

'Je weet wat ze op het hoofdbureau zullen zeggen, Neville.'

'Ja,' zei hij ogenschijnlijk moe en afwezig. 'Ze denken dat hij gepijpt wilde worden zonder een cent te betalen. Dat hij heeft gezegd dat hij een smeris is en "je krijgt geen cent van me". Hoer gaat op tilt en begint te snijden.'

'Dat is eerder voorgekomen,' zei ik.

'Moet je mij zeggen.'

'Wat gaan we dan op het hoofdbureau zeggen?'

'Gewoon, zoals het is,' zei hij. 'Denk je dat ik dit ga toedekken? Haha. Die tijden zijn voorbij. Allang. Je bent er te lang uit, Anthony. Wij beschermen hier helemaal niemand meer. Als een smeris er een zooitje van maakt, draait hij er zelf voor op. Moraal van het verhaal: Maak er geen zooitje van.'

Agenten weten het wanneer er naar ze gekeken wordt. Dat komt doordat ze jarenlang in een uniform rondlopen en de ogen op ze gericht zijn. Ik was me bewust van een kolos van een kerel met een baard, die aan de overkant van de straat knielde bij de helling van de heuvel, zijn ogen gericht op de Heilige Maagd. Achter hem stond een vat met knappende stukken brandend hout.

'Ken je die vent nog?' zei Drumm, 'met z'n vechtpet, die naar ons zit te staren?'

'Die schooier met die baard?'

'Ik denk dat hij jou nog kent.'

De man met de baard droeg een lange zwarte regenjas en een pet van de zuidelijken uit de Burgeroorlog. Er hing een groot houten kruis om zijn nek. Toen ik hem eindelijk herkende, stak hij zijn vuist op en glimlachte hij, zodat je zijn verkleurde tanden zag.

'Dat is Francis X. Hanlon,' zei Drumm.

Ik wist het onmiddellijk weer: 'De smerisrammer.'

Francis X. Hanlon was een naam die in de herinnering van menig surveillerend agent uit de Bronx gegrift stond. Zo'n pief die altijd met de smerissen wil knokken. Ik heb in mijn carrière maar twee of drie hardnekkige ruziezoekers gekend. Kerels die zich volzopen in een of andere buurtkroeg en de straten afschuimden op zoek naar een smeris en een goeie knokpartij. Ik had altijd gedacht dat die vechtersbazen wanhopig op zoek waren naar straf, want dat was precies wat ze kregen. Francis X. was degene met het meeste resultaat en ook de meest gevreesde. Soms waren er wel tien agenten voor nodig om hem eronder te krijgen.

'Hij is kapot, geestelijk helemaal weg,' zei Drumm. 'Tegenwoordig weten de agenten niet meer wie hij is. Ze noemen hem de Padre.'

Brigadier Drumm en ik spraken af dat we het loopwerk zouden

opsplitsen. Hij zou de Bronx doen, het gebied rond de plaats van het misdrijf uitkammen; ik zou naar de bar in Manhattan gaan, waar politieman Marc Ross op zondagavonden trompet had gespeeld. Ik stelde hem gerust dat het zijn onderzoek bleef en dat het 'hoofdbureau' er niet op uit was om de zaak over te nemen. Ik verwachtte een sarcastisch antwoord, maar hij zei niets.

De lijkwagen vertrok met een blauwzwarte wolk uitlaatgas. Toen gingen wij in onze eigen auto's ieder ons weegs, terwijl de pelgrims langzaam naar de ijzige Madonna schuifelden. Er was een hogedrukgebied voorspeld en ik had geen zin om te blijven kijken tot de temperatuur opliep.

Gregory zette met zijn T-bird koers in oostelijke richting, naar de Throgs Neck Bridge, een rondweg die naar hij beweerde tijd bespaarde. Hij reed naar zijn huis in Brooklyn, het huis dat hij had geërfd van zijn vader, die ook smeris was geweest. Hij was van plan om er schoon te maken en snel een paar uurtjes te slapen, terwijl ik in de ochtendspits met forensen voorwaarts kroop over de Major Deegan Expressway.

Onze baas, inspecteur Delia Flamer, had doorgegeven dat ik moest gaan praten met een zekere Roderic Ahearn, de saxofonist van de PM Ramblers, de band van Marc Ross. In mijn auto, midden in het drukke verkeer, doemden er telkens drie letters op in mijn gedachten: BMW. Leuke wagen voor een agent.

Ik ging de snelweg af en stak de Macombs Dam Bridge over naar de straten van Manhattan. Zelfs op het hoogtepunt van de spits reed het verkeer op de Adam Clayton Powell Jr. Boulevard altijd veel harder. De meeste New Yorkers meden deze route, omdat hij dwars door het centrum van Harlem voerde. De smerissen wisten dat en gebruikten hem dus.

Na dertig jaar was ik een wandelende politie-encyclopedie, waarvan sommige kennis nuttig was, maar het meeste destructief. Ik kende de routes binnendoor, zoals ACP Boulevard, en wist dat de verkeerslichten werkten binnen een tijdsspanne van negentig seconden. De avenues bleven vierenvijftig seconden op groen staan en het verkeer uit de zijstraten had maar zesendertig seconden om over te steken. Maar ik droeg ook de herinnering mee aan de dag waarop Sonny Guidice Martin Luther Hopkins doodschoot. Op het moment dat ik het gat in de borst van de jongen zag, wist ik dat hij het volgende groene licht niet meer zou halen.

Achtentwintig minuten nadat ik de Bronx had verlaten, zette ik mijn auto neer op een taxistandplaats op Park Avenue en 52nd

Street. Ik klapte het bord met 'op last van de politie' omhoog op het dashboard en verzekerde me ervan dat de deuren op slot waren. De politiebureaucraten in New York waren gierig met die officiële parkeerborden. De glanzend afgewerkte borden werden gestolen van de voorruiten van niet-officiële politiewagens of geleend en creatief gekopieerd.

Het Park Avenue Plaza was indrukwekkend, twee beveiligingsagenten in de lobby, poortjes om de toeloop binnenshuis te reguleren. Het bedrijf van Roderic Ahearn, Mohawk Associates, nam drie verdiepingen in beslag, van de negentiende tot en met de eenentwintigste. Ik had minder dan drie minuten bij de receptioniste gewacht, toen Ahearn een binnentrap op kwam hollen.

'Inspecteur Ryan,' zei hij.

'Rechercheur Ryan,' corrigeerde ik hem.

Hij was ongeveer één meter zesentachtig, slank en achter in de twintig. Hij droeg bretels over een wit, dichtgeknoopt overhemd, een stropdas met enorme handgeschilderde lelies en streek voortdurend met zijn vingers door zijn zandkleurige haar, dat stijf stond van de mousse. Hij gebaarde dat ik hem naar beneden moest volgen.

Het kantoor van Ahearn zat op een hoek die in twee helften was verdeeld, alsof ze hadden geprobeerd van één hoekkantoor twee te maken. Midden op een oosters tapijt achter in de ruimte stond zijn bureau, een lange tafel van glas. Daarop lagen slechts een wit aantekenblok en een zwarte vulpen, en er stond een bankierslamp.

'Gaat u zitten, alstublieft.' Ahearn wees naar een leren armfauteuil met sierspijkers. 'De oom van Marc heeft mij vanochtend gebeld. Zijn al die afgrijselijke dingen ècht gebeurd?'

'Ik vrees van wel.'

'U bent er al snel. Ik loop nog steeds wat verdoofd rond. Ik denk aldoor dat het niet echt is.' Ahearns haar stond aan de achterkant overeind doordat hij zo zenuwachtig zat te vegen en met zijn vingers te kammen. 'Het spijt me,' zei hij. 'Zo doe ik normaal gesproken nooit, maar het is ook geen normale dag.' Hij stak zijn hand op als een stopteken en haalde diep adem. 'U wilt natuurlijk vragen stellen over gisteravond. Gisteravond... gisteravond waren we in Millard's Red Garter, 51st vanaf Madison. Wij spelen daar al vier jaar onder contract, alleen op zondag.'

'Heeft Marc gisteravond gespeeld?' vroeg ik.

'Voor en na de pauze.'

'Hoe laat ging hij weg?'

'We houden om tien over twaalf op. Marc is misschien tien of vijftien minuten na het laatste nummer weggegaan.'

'Alleen?'

'Voor zover ik weet wel.'

Aan de wanden hingen ingelijste olieverfdoeken en aquarellen, strand en heidelandschappen die op de Hamptons leken. Er stond een vaas verse snijbloemen op een laag tafeltje. Ahearn nam zijn bril af en wreef in zijn ogen.

'Hoe goed kende u Marc?'

'Al sinds High School. Power Memorial. Alle oorspronkelijke bandleden zaten op Power. Daar staat dat PM voor.'

'Vertel me eens iets over de band.'

'Er valt niets te vertellen, we speelden één avond per week, alleen in Millard's Red Garter. Niemand was van plan om zijn dagelijks werk op te geven voor het muziekleven. Het is eigenlijk meer een avondje uit. Je verdient een paar centen en je hebt plezier.'

'En hadden jullie gisteravond plezier?'

'We hebben allemaal een paar slokken gedronken, een beetje gein getrapt. Maar we zijn geen wildemannen.'

'En wat betreft wilde vrouwen? Waren er gisteravond vrouwen bij jullie?'

'Dixielandbands staan niet bekend als een attractie voor groupies.'

'Ik neem aan dat dat nee betekent,' zei ik. 'En tussen de optredens door? Kan Marc onderweg naar het toilet een of andere vrouw tegengekomen zijn? Of aan de bar?'

'Dat kan natuurlijk, maar tussen de optredens door hebben we in de achterkamer naar de wedstrijd van de Rangers gekeken.

'Misschien heeft een van de andere bandleden iets gezien,' zei ik.

Ik stond op en liep naar het raam, terwijl Ahearn via de intercom met zijn secretaresse sprak. Hij gaf haar de namen van de andere bandleden en vroeg haar een lijst te maken met adressen en telefoonnummers. Een glazen wand van de vloer tot aan het plafond keek uit op het zuidoosten, de overkant van Park Avenue en de gedrongen schoonheid van de ronde koepel van St.-Bartholomew, een kostbaar sieraad in een wijk met hoogoprijzende wolkenkrabbers. 'Wilt u zeggen dat een vrouw dit heeft gedaan?' zei Ahearn.

'Nee, dat zeg ik niet. Zijn jullie allemaal samen weggegaan?'

'Marc vertrok het eerst. Maar na een paar minuten stonden we allemaal buiten. Het begon te sneeuwen. Marc was er niet meer;

hij was blijkbaar al aan zijn wandeling naar huis begonnen. Ik wil nog even terugkomen op die kwestie van vrouwen. Wij hebben een huisregel. Drie van ons zijn getrouwd. Wij laten het nooit op een hengstenbal uitdraaien.'

Ik ging weer op de leren stoel met sierspijkers zitten. 'U zegt dat hij naar huis liep?'

'Hij liep altijd. Heen en terug.'

'Weet u zeker dat hij niet met de auto is gekomen?' vroeg ik.

'Ben je gek, waar wil je daar in godsnaam je wagen neerzetten? Het was niet zo'n vervelende wandeling. Niet verder dan 62nd Street. Tegenover Lincoln Center.'

'We hebben hem vannacht in zijn wagen aangetroffen.'

'Hij had zijn auto verdomme niet bij zich.'

'Een grijze BMW 325 uit 1989, nummer KAM-626, New York.'

'Christus, daar krijg ik een hartklopping van.' Ahearn haalde diep adem. 'Ik kan niet zweren dat hij zijn wagen niet bij zich had. Hij had hem meestal in de garage staan, recht tegenover zijn flat. Maar allejezus, ik weet het niet. Ik weet zelfs niet meer wat hij als laatste gezegd heeft.'

Ahearn sloeg zijn handen voor zijn gezicht. Ik wachtte tot hij opkeek en nam toen de gebruikelijke vragen met hem door: Had hij vijanden? Leek hij zich ergens zorgen over te maken? Was er gisteravond of recentelijk iets vreemds gebeurd? Hij bleef zijn hoofd schudden: Nee... Nee... Nee...

'Meneer Ahearn,' zei ik, 'we hebben het signalement van een vrouw, die gezien is toen ze bij zijn wagen wegliep. Ze was slank, jong, mogelijk Latijns-Amerikaans. Donkere huidskleur. Klinkt dat u bekend in de oren, wat Marc betreft?'

'Ik weet zeker dat hij ze in alle soorten en maten kende. Vanwege zijn werk. Hij had voortdurend met die mensen te maken.'

'Hebt u ooit gehoord of Marc naar de hoeren ging?'

'Alsjeblieft, agent, laten we zijn nagedachtenis niet meteen door het slijk halen.'

'Betekent dat nee?'

'Zeker.' Hij keek me woedend aan van over zijn bureau. 'Ik snap niet waar u op aanstuurt.'

'Kan het zijn dat hij een afspraak had met iemand die aan die beschrijving beantwoordt?'

'Ik geloof niet dat huidskleur er voor hem iets toe deed, als u dat bedoelt.'

'Weet u of hij weleens afspraakjes maakte met zwarte of Latijns-Amerikaanse vrouwen?'

'Nee,' zei hij zachtjes.

Toen zijn secretaresse met de lijst van bandleden binnenkwam, stond ik op om te gaan.

'Leuk kantoor hebt u,' zei ik, met een gebaar naar de kamer.

'Voor een saxofonist.'

'Ik leef om te spelen, maar ik procedeer om te leven.'

Ik dacht erover om hem verder te ondervragen; ik had dringende vragen over geld. De BMW van Ross was duur, maar jonge mensen zijn nu eenmaal bereid om zich financieel in bochten te wringen voor een auto. Het adres op Columbus Avenue was moeilijker te verklaren. De huur liep in de vier cijfers en de parkeergarage kostte minstens driehonderd per maand. Geld creëert een spoor dat erom smeekt gevolgd te worden. Maar er was geen haast geboden; geld laat diepe sporen achter.

3

Ik parkeerde op East 51st Street op een plaats met een parkeerverbod naast het parochiehuis van St.-Patrick en bonkte op de deur van Millard's Red Garter. De tent was dicht tot vier uur, maar je zou toch denken dat er al vroeg een portier bezig zou zijn de vloer aan te vegen. Er zat een kaartje van Spillane, de groothandel in sterke drank, tussen de deur gestoken en ik liet mijn kaartje ernaast glijden, met de onderstreepte boodschap 'bel insp. Delia Flamer'.

Wat ik verder nog zeker wist was, dat Ross zijn wagen had opgehaald. Ik keek op mijn horloge en begon toen in westelijke richting te lopen, om te proberen de thuiswandeling van Ross en de dingen die in dat tijdsbestek waren gebeurd, na te trekken.

Ik liep over de 5th naar het noorden; alle trottoirs waren sneeuwvrij. Op 5th Avenue verschijnen onmiddellijk de mannen met lange scheppen zodra het eerste sneeuwvlokje de grond raakt. De zon scheen helder en alles smolt snel weg. Ik moest aan de ijsmadonna denken.

En ook Sonny Guidice kon ik niet uit mijn hoofd zetten. Wat deed hij in godsnaam als geüniformeerd agent? Hij had misschien een of andere speciale toewijzing weten los te praten, vuurwapencontrole bijvoorbeeld, op de openluchtschietbaan, of toezicht houden op gestolen televisies in de kelder van Gevonden Voorwerpen. Wat dan ook. Met meer dan dertigduizend smerissen in New York was er altijd wel een chef stom genoeg om hem ergens aan te bevelen.

Het kostte me negentien minuten om bij de parkeergarage van Marc Ross, op de hoek van Columbus en 62nd te komen. Ik liep de steile helling af naar een groen hokje. Op een bord stond $12.67 voor het eerste uur of een deel van een uur.

De portier was een gespierde West-Indiër met de naam 'Hubert' op zijn uniform genaaid. 'Alberto is de nachtportier,' zei hij. 'Vraag het hem maar. Ik weet helemaal niks, man.'

Hubert bladerde door de stapel prikklokkaarten. Ik wrong me langs hem heen het hokje binnen. Er stond een fles Guinness Stout en er lag een exemplaar van *Jugs* opengeslagen op het bureautje. Aan de deurpost hing een adressenlijst vol vlekken, met telefoonnummers ernaast. Het rook in het hok naar marihuana.

'Is Alberto Restos de nachtportier over wie we het hebben?' vroeg ik, nadat ik op het lijstje had gekeken. Alberto Restos woonde op Linden Boulevard in St. Albans, Queens. Ik schreef het adres en telefoonnummer op en maakte toen met inkt het nummer op de lijst van Hubert zwart, voor het geval hij het heldere idee kreeg Restos op te bellen nadat ik vertrokken was. Als Alberto Restos een illegale buitenlander was, zou hij in rook opgaan voordat ik halverwege de Midtown Tunnel zat.

Hubert gaf me de prikklokkaart van Marc Ross. Ik bekeek hem onder een groezelige lamp met een zwanehals. Alberto had Marcs BMW blijkbaar om drie minuten over één 's nachts uitgecheckt. Ik nam het kaartje bij de randen en deed het in een schone enveloppe.

'Alberto is er vanaf middernacht,' zei de West-Indiër. 'Ik weet niets anders waarmee ik u zou kunnen helpen.' Hij pakte de fles Guinness en las verder.

Alberto Restos, de nachtportier van de parkeergarage, was geen illegale buitenlander. Hij was eerstejaars hoofdvakstudent theologie aan St. John's University, zoon van een brandweerman uit Queens. Er lag een exemplaar van de *Summa Theologica* open op zijn keukentafel. Restos zei dat Marc Ross met een vrouw samen was geweest: Donkere huidkleur, helderrode jurk, rode schoenen.

'Prostituée,' zei hij, 'geen twijfel aan.'

'Kun je het oordeel van een man die Aquino leest vertrouwen op het gebied van hoeren?'

'Kom zeg,' zei hij, 'alles wat er aan ontbrak was de neonreclame.'

Op weg terug naar Manhattan zocht ik een telefooncel die intact was. Ik stopte bij een hoek in Queens, die bekendstond om het feit dat er zwaar in crack werd gehandeld. Waar een levendige handel in verdovende middelen is, daar zijn de telefooncellen nooit buiten dienst of door vandalen beschadigd. Omgeven door kerels met opzichtige juwelen en piepers, belde ik mijn vrouw. Leigh heeft suikerziekte en haar bloedsuiker was de laatste tijd niet in balans. Ik weet het aan de spanningen rond het komende huwelijk van onze dochter.

Er werd thuis niet opgenomen, dus liet ik een boodschap achter. Ik belde naar het huis van Joe Gregory en liet de telefoon wel twintig keer overgaan. Geen antwoord. Toen, met ogen in mijn rug en na het woord *smeris* op het trottoir te hebben horen spugen, belde ik inspecteur Delia Flamer.

'Ik wil niet dat Gregory deze zaak verknoeid,' zei Delia.

'Dat doet hij niet,' zei ik. 'Integendeel, hij redt hem.'

Delia had nog niet eerder met Gregory gewerkt. Hun carrières waren in zeer uiteenlopende richtingen gegaan. Delia was juist teruggekeerd van een jaar studie aan Harvard. Terwijl zij weg was, haalde ik Gregory op basis van een oud contract dat ik had opgepikt, terug in het gebouw. Hij was jaren geleden naar Bed Stuy verbannen, voornamelijk op grond van de zonden van zijn overleden vader Liam, een legendarische rechercheur, die zijn laatste levensjaar ondergedoken had gezeten wegens een bevel tot aanhouding. Hij stierf in Ierland, als verdachte.

'De autopsie is om twee uur in Bellevue,' zei Delia. 'Ik zie jullie daar. Gregory is onderweg naar de Manhattan Marina. De nachtwaker zei dat Marc Ross daar afgelopen nacht met een vrouw is geweest. Ga er maar heen, voordat je zachtgekookte partner in de Hudson valt.'

De Manhattan Marina was een exclusief haventje, even ten noorden van de jachthaven van 79th Street. De Hudson rook scherp en bitterkoud. Gregory stapte juist uit zijn T-bird toen ik stopte. Zijn grijze haar zat glad achterover geplakt, zijn pasgeschoren gezicht was zo rood als een open wond. Hij had een grote enveloppe van manillapapier in zijn handen.

'De campagnespeldjes zijn binnen,' zei hij.

Joe had zich kandidaat gesteld voor de functie van voorzitter van de Emerald Society van de Newyorkse politie. Hij had een maand aan het ontwerp van het speldje gewerkt. Het waren gouden replica's van de rechercheurspenning van de Newyorkse politie, ongeveer half zo groot als de echte penning. In het midden zat, in plaats van het zegel van de stad, een groen klavertje met daarop in oranje blokletters 'NYPD EMERALD SOCIETY'. Rondom het klavertje, in wit, stond *Joseph P. Gregory, voorzitter*. Insignenummer 1994.

'Het lijkt de politie van Dublin wel,' zei ik, terwijl ik er een op mijn jasje speldde. 'Wat heeft het je wel niet gekost?'

'Geld speelt geen rol.'

Wat een weids gebaar voor een knaap die ooit zijn medaille van het Legioen van Eer had moeten laten omsmelten toen de goud-prijs hoog was. Maar geld was de laatste tijd geen bezwaar voor Joe. Hij had zich een nieuwe garderobe aangeschaft, de T-bird, hij had zelfs zijn openstaande rekening bij Brady's bar vereffend. Hij had het huis in Brooklyn en het geld van zijn vader geërfd.

In het huisje van de nachtwaker was het bloedheet en het rook er naar Chinees eten.

'Hoe gaat het met je gezondheid?' zei Gregory en sloeg nacht-waker Larry Stanky op zijn rug.

Stanky had een uitpuilende buik en uitpuilende blauwe ogen. Hij was een ex-smeris, ontslagen omdat hij dronk en hij had nog altijd een kegel van jewelste. Zijn uniformbroek zat onder de kat-teharen.

'Ross parkeerde daar op het donkere eind van het terrein,' zei Stanky. 'Daar helemaal, waar ik hem niet kon zien. In de buurt van de boot van zijn oom. Het is daar stikdonker.'

'Wat is de naam van zijn oom?' vroeg ik.

'Rosenberg,' zei Stanky. 'Dokter Rosenberg. Cardioloog. Ik heb altijd gedacht dat Ross advocaat of iets dergelijks was.'

Stanky overhandigde me het gastenboek. In de vuilnisbak zaten witte afhaaltasjes met handvatten van metaal.

'Heb je al gegeten, maat?' zei Gregory. 'Ik heb wel trek in Chi-nees.'

'Als we tijd hebben,' zei ik. Maar ik had geen zin om te eten voordat we naar het lijkenhuis gingen.

Marc Ross en zijn gast stonden ingeschreven om kwart over één 's nachts, elf minuten nadat hij zijn auto had opgehaald. Mooie tijd voor Manhattan, maar op dat uur zou het kunnen. Stanky schreef de BMW zevenentwintig minuten later weer uit: 01.41. Negentien minuten daarna werd de BMW in de buurt van de Maagd Maria in de Bronx gedumpt.

'Het heeft vannacht gesneeuwd als een gek,' zei Stanky, 'en het is donker op de plek waar hij parkeerde. Daar helemaal.'

'Dat heb je al gezegd,' zei ik. 'Heeft hij vaker vrouwen hier mee naartoe genomen?'

'Soms. Soms gingen ze aan boord. Afgelopen nacht bleven ze in de auto. Toen opeens *roetsj*, met een rotvaart weg. Ik zat er met mijn rug naartoe. Reed voorbij als een speer.'

'Zijn ze eigenlijk de auto uitgekomen?' vroeg ik.

'Ik geloof dat ik één keer het licht heb zien aangaan. Ik dacht dat het was om te piesen of zo.'

'Zijn ze allebei uitgestapt?'

'Ik heb een licht gezien, heb de deur horen slaan. Dat is alles. Moet je kijken waar het was, daar helemaal. Wie weet wie daar is geweest?'

'Was er nog iemand anders?' vroeg ik.

'Niet dat ik weet.'

Ik keek in het gastenboek. Er stond niemand om die tijd ingeschreven. Stanky bleef me maar aankijken, starend, met die bolle ogen van hem. Ik had zin om hem te vragen af en toe eens te knipperen.

'Ik wist helemaal niet dat hij een smeris was,' zei Stanky.

'Wie reed er toen ze vertrokken?' vroeg ik.

'Ik stond er met mijn rug naartoe. Dat heb ik al gezegd.'

De flauwekulmeter in mijn hoofd begon te zoemen. Ik probeerde hem in een andere richting te duwen, misschien was hij daar niet op voorbereid. Ik zei dat het me verbaasde dat hij hoeren deze parkeerplaats liet gebruiken.

'Kom niet met dat soort gelul aanzetten,' zei Stanky. 'Hier komen geen hoeren. Geloof dat maar.'

'Boeiend,' zei ik, 'zelfs een theologiestudent zag dat ze een hoer was.'

'Ik vond haar een luxeslet.'

'Dan kan het zijn dat ze een prostituée was.'

'Je legt me woorden in de mond, slimmerd,' zei hij. 'Als ik zeg dat hij hier met een hoer is geweest, dan kan ik mijn baan wel vergeten, punt uit. Ik laat hier geen hoeren toe. Geen denken aan.'

Iedereen liegt tegen smerissen, vast iets dat in de rebelse Amerikaanse geest zit. Ik dacht dat Larry Stanky zou willen bewijzen dat hij een flinke smeris was geweest, dat hij nog altijd de scherpe ogen van een smeris had. Maar hij was te veel in de verdediging, in zijn poging zijn kont te redden. De schaarste aan banen zei hem: 'Verpest het nou niet, idioot.'

'Hebben ze gedronken?' vroeg ik. 'Heb je bierflesjes gezien, blikjes, wijnglazen?'

'Krijg wat,' zei hij. 'Het is donker, toch? Ze hadden keiharde muziek aanstaan.'

'Wat voor muziek?' vroeg ik.

'Rock, een of andere rockmuziek. Weet ik veel, ik ben Gekke Gerretje maar, die in zijn hok zit.'

Gregory keek op van zijn notitieboekje. 'Hou nou maar op met dat gelul, Larry.'

'Ik heb geen drank gezien,' zei hij. 'Ik heb alleen die griet gezien. Ze leek me een keiharde. Woest haar, helderrode jurk en lagen make-up. Snap je wat ik wil zeggen?'

'Wàt wil je in godsnaam zeggen?' zei Gregory.

'Wat ik zeggen wil is: geen hoer, maar ook geen doodgewone slet. Geen dom blondje, niet verleidelijk, snap je? Een slet heeft de goeie kleren aan, loopt op de goeie manier, maar het ontbreekt haar aan de centen. Harde blik in de ogen. Snap je nou wat ik wil zeggen?'

'Zorg dat je geen meinedige dingen zegt,' waarschuwde ik.

'Ik lieg verdomme niet.'

'Je weet dat zij reed toen ze vertrokken,' zei Gregory. 'Lieg je daarover?'

'Je kunt niet liegen over iets wat je niet gezien hebt.' Stanky wiste zijn voorhoofd af met een papieren handdoek. 'Knapen zoals jullie maken dat ik blij ben dat ik die baan niet meer heb, weet je dat? Stelletje drammers, en maar denken dat je zelf onkreukbaar bent.'

'Hé, Lar,' zei Gregory. 'Ik kan je garanderen dat je je baan hier houdt. Niemand krijgt gedonder als hij het juiste doet. De enige manier waarop je je baan kwijt kunt raken, is door niet mee te werken, begrijp je? Je hebt mijn woord erop. Bel me op als je van iemand kritiek over je heen krijgt.'

Hij gooide hem een rechercheursinsigne met het klavertje toe.

'Luister,' zei ik. 'Wij weten wel dat je niet hebt gezien wat er in een auto gebeurt die helemaal aan de andere kant van de parkeerplaats staat. Maar je bent een scherpzinnige kerel, Larry. Ik vermoed dat jij heus wel wist dat er iets mis was toen ze wegreden. En wij weten allebei dat je het type kerel bent dat er bovenop springt als hij een agent in de problemen ziet.'

'Godverdomme,' zei Stanky, 'hij had me moeten zeggen dat hij zijn werk deed.'

'Zij reed, hè?' zei Gregory, 'toen ze wegreden.'

'Wat hier allemaal gebeurt,' zei Stanky, 'in de auto's en op de boten. Je zou het niet geloven. Ik bemoei me er niet mee.' Hij wiste zijn nek met de papieren handdoek. 'Ik kan niet met zekerheid zeggen wie er reed. Ze waren zo snel voorbij. Het is mogelijk. Ja. Misschien zag ik haar haar wel.'

'Zou je haar kunnen identificeren bij een confrontatie?' zei ik.

'Ik ben niet zo'n stomme zakkenwasser als je denkt,' zei Stanky.

Ik liep de parkeerplaats over naar de plek waar Stanky zei dat Marc Ross had geparkeerd. Waar hij waarschijnlijk was gestorven. Het asfalt was schoongeveegd, de sneeuw in de rivier geduwd. Ik draaide me om naar de enige afvalbak en duwde er met de punt van mijn schoen in rond. Kranten, koffiebekertjes, verpakking van etenswaar. Geen messen, geen bebloede lappen, geen flessen of blikjes. Met deze economische situatie was het onmogelijk geworden nog een afvalbak te vinden die niet al doorzocht was. Goudzoekers uit de stad kwamen toesnellen om een greep te doen, zoekend naar statiegeldflessen alsof het goudklompjes waren. Op de Henry Hudson Parkway bulderde het verkeer langs, boven op de heuvel achter ons. De heuvel was dicht begroeid met struiken en bomen, waardoor de parkeerplaats vanaf de weg aan het oog onttrokken werd. De grond en het gebladerte was bedekt met verse sneeuw. Ik dacht aan de mogelijkheid van een hinderlaag. Het zou voor een derde persoon heel gemakkelijk zijn om de weg over te steken en door de bosjes te komen. Het wordt het spelletje van Murphy genoemd: de vrouw lokt een man naar de plaats waar hij, in plaats van seks, wordt overvallen en beroofd. Mannen die aangifte doen hebben het nooit over de vrouw; het gaat de boeken in als een onvervalste roof. Maar toen bedacht ik dat Ross deze plek zelf had uitgezocht.

Ongeveer tien auto's stonden verspreid over het parkeerterrein, de voorruiten bedekt met een beroete laag ijs. Ik probeerde alle deuren, voor het geval dat. Ik schreef de kentekens op, maar het waren geparkeerde auto's. Zelfs de rijken deden hun best overdekte garages in Manhattan te mijden, waar ze veel geld moesten betalen. Gregory zat in de T-bird te schrijven. Toen hij zijn raampje liet zakken, sloeg de hitte van de verwarming me tegemoet.

'Nou, wat hebben we tot dusverre?' zei hij. 'Hoe is het draaiboek?'

Er kwam een rondvaartboot langs, op weg in zuidelijke richting naar het eindpunt bij 42nd Street. De romp was gehavend en zat vol krassen. Er stond een stel toeristen op een kluitje op het dek.

'Ross verlaat Millard's Red Garter,' zei ik. 'Loopt regelrecht naar zijn garage. Maar hij ontmoet die vrouw. Ergens vlakbij. Voor Millard's... op straat... misschien voor zijn eigen flat. Hij vindt haar niet goed genoeg om mee te nemen naar zijn appartement. Maar wel goed genoeg voor een vluggertje in zijn auto. Hij rijdt hier naartoe, een aardige, veilige plek. Hij trekt zijn broek naar beneden.'

'Denk je nu zelf ook dat het een hoer is geweest?' zei hij.

'Een tippelaarster zou nooit zo ver van haar stek gaan. Ik denk dat het een vrouw was die wist waar ze hem kon vinden. Ze reed met hem naar de Bronx, naar het district waar hij werkte. Waarom deed ze dat?'

Ik keek op mijn horloge; het was tijd om naar het lijkenhuis te gaan.

'Da's niet moeilijk,' zei Gregory. 'Ze woont in de Bronx. Je wilt toch zeker niet beweren dat ze op dat uur met de ondergrondse gaat?'

4

Inspecteur Delia Flamer stond ons voor het kantoor van de hoofd-lijkschouwer van het mortuarium op te wachten. Het kantoor lag boven het mortuarium, een deel van het Bellevue Hospital. Ik was blij dat ik niets had gegeten; ik voelde een beklemming op mijn borst.

'We hebben een nieuw aanknopingspunt door de haren die de technische recherche ter plaatse heeft gevonden,' zei Delia. 'Het was een pruik. Een goedkope, doodgewone nylon pruik.'

We liepen door de lobby, die behangen was met ingelijste foto's van de meest karakteristieke plekken van New York: Grand Central Station, het Woolworth-gebouw, City Hall en andere. Op lage tafeltjes in het wachtgedeelte buiten de identificatiekamer lagen religieuze brochures en dozen met papieren zakdoekjes.

'Houdt iemand zich al bezig met de zaken die Ross in het verleden heeft behandeld?' zei Gregory.

'Hij heeft in zijn loopbaan drie vrouwen gearresteerd,' zei Delia. 'Eén van hen is dood. Het team van het district heeft de andere twee ondervraagd. Ze hadden allebei waterdichte alibi's.'

'En zijn appartement?' zei Gregory.

'Ook al gebeurd,' zei Delia. 'We kammen zijn telefonische boodschappen en adressenboekje uit.'

In het mortuarium rook het naar ammoniak en sigarenrook, beiden geënsceneerd om de lijklucht te verhullen. Ik had een grote hekel aan het mortuarium en autopsies, ik heb daar nooit een geheim van gemaakt. Smerissen die geintjes maken over een vette lunch terwijl de zaag van de lijkschouwer door de schedel van iemands kind gaat, doen zó doorzichtig flink, dat het net een schril fluitje in het donker is. Tijdens autopsies herinnerde ik mezelf er altijd aan dat rechercheurs voor God werken.

'Bij de getuigen in het district Vijf Eén is een tekenares,' zei Delia, toen we de trappen afliepen naar de autopsieruimte. 'Hopelijk hebben we vanavond een schets voor je.'

'Wat doen we vanavond?' zei Gregory.

'Vanavond gaan jullie met prostituées praten.'

'Dat is alleen maar gezeik,' zei Gregory. 'Het is geen hoer geweest, dat garandeer ik je.'

'De chef zegt: zoek een prostituée,' zei Delia, 'en dan ga ik een prostituée zoeken. Als jij de chef wilt tegenspreken, ga je gang.'

Delia Flamer was, net als Joe Gregory, een kind van een smeris. Ze was de dochter van Junious Flamer, een hoofdrechercheur die in Brooklyn was doodgeschoten door een knul met een Walther PPK, die hij diezelfde dag nog had gekocht in Virginia. Haar moeder was Irene Rosenthal, verslaggeefster bij het hooggerechtshof, en de laatste vrouw in New York die nog witte go-go-laarsjes droeg. Delia had een zachtgebruinde teint, maar haar huid was ragdun.

'Het is jouw taak om hem tegen te spreken,' zei Gregory.

'Ik pik geen gezeik van jou, Gregory,' zei ze. 'Als het je niet bevalt, pak je je biezen maar en vertrek je maar weer naar de rimboe.'

Delia had altijd gewerkt in eenheden op het hoofdbureau en vond de meeste smerissen te grof om daar te werken. Maar dat kwam van twee kanten. Smerissen uit de wijken vonden het testosteronpeil van de agenten op het hoofdbureau verdacht. Ik ben bij parades en rellen geweest met agenten uit Brooklyn, Queens of de Bronx, die meesmuilden om collega-agenten die in plaats van nummers hele brieven op hun kraag droegen, en er absoluut zeker van waren dat er onder de veel te schone, veel te scherp geperste blauwe uniformen, hoog uitgesneden slipjes schuilgingen.

De hal buiten het mortuarium stond vol lege verrijdbare tafels van roestvrij staal. Een medewerker in een groen uniform duwde een bezette tafel die uit de richting van de koelruimte kwam.

'Is dit de smeris?' vroeg Delia aan de man. Haar stem galmde door de betonnen gang. Toen de medewerker geen antwoord gaf, tilde Gregory het laken op en bevestigde het. We volgden de brancard naar de autopsieruimte.

De wanden van de autopsieruimte waren bedekt met blauwgroene tegeltjes. Er stonden nog acht roestvrijstalen tafels. Op elke tafel lag een stalen plaat met gaatjes. Aan het voeteinde van elke tafel was een wasbak met warm en koud stromend water; aan de andere kant was een houten verhoging met ribbels, voor het hoofd. Aan het hoofdeinde van elke tafel zat een lichtbak met TL-buizen, een kleinere, zeer felle lamp op een flexibele poot en een microfoon. Recht boven de wasbak hing een weegschaal; hetzelfde soort weegschaal als je bij de supermarkt vindt voor het wegen van je broccoli.

Gregory spreidde polaroid-foto's over de eerste tafel uit. Een kleine, jonge vrouw in een witte laboratoriumjas keek ze snel door. Dokter Zita Linn, een Filippijnse, was de rijzende ster van de staf van het mortuarium. Het lichaam zou naar de lijkschouwer in de Bronx zijn gegaan, ware het niet dat het hoofd van de recherche persoonlijk haar diensten had ingeroepen, vanwege de mogelijkheid dat de misdaad in Manhattan zijn oorsprong had gevonden.

Dokter Linn wendde zich naar het zojuist gearriveerde lijk, sloeg het laken terug, pakte de arm van Ross op en liet hem weer vallen.

'Geen lijkstijfheid meer,' zei ze.

Gregory veegde de foto's bij elkaar en stak ze in zijn jaszak. Hij droeg een van zijn eigen klavertjes. Hij keek me recht aan en zei: 'Je hebt nog wat verslagen te maken, hè?'

Gregory en ik hadden een werkverdelingsovereenkomst, net als de meeste partners. Ik schreef alle verslagen, hij handelde alle autopsies af. De meeste van mijn onderzoeken van de laatste jaren betroffen verouderde, onopgeloste zaken, waarbij de autopsies allang voorbij waren. Ik was vergeten hoe de kilte van deze ruimte tot in je merg doordrong. Ik haalde mijn schouders op en mompelde dat ik dat later wel zou inhalen.

'Dokter Linn, ga uw gang,' gebaarde Gregory. 'En geen grappen over Marcos.'

Gregory hielp haar het lijk van de verrijdbare tafel op de autopsietafel te schuiven. Ik haalde diep adem en wiebelde op de ballen van mijn voeten heen en weer. De geruite vloer was belegd met een zachte, dure tegel. De TL-buizen knipperden aan. Ik had behoefte aan een slok water.

Aan de andere kant van de tafel stond de laboratoriumassistent, Freddie Sorrentino, een kleine engerd die zijn kantoorwanden had behangen met de teenlabels van beroemdheden. Hij had een hele rij flessen, fiolen en sondes op een plank staan. Freddie had ons eens verteld dat de misdaadproblemen uit de stad zouden verdwijnen als alle basketballen werden gevuld met gifgas. Ik boog me naar Delia toe en fluisterde: 'Moet je kijken hoe Gregory te werk gaat.'

Het begon met het knappen van chirurgenhandschoenen. De lijkschouwer en haar assistent droegen twee paar, onder nog een paar handschoenen van stalen schakels. Dokter Linn trok de microfoon bij en sprak voor het rapport tijd, datum en de namen en rangen van de aanwezigen in. Daarna las ze de naam van de overledene voor en het feit dat hij door zijn oom was geïdentificeerd.

Het lichaam was nog steeds gedeeltelijk gekleed, precies zoals het gevonden was, behalve dan dat de handen nu bedekt waren met papieren zakken. Men gebruikte papier in plaats van plastic, omdat plastic het ontbindingsproces versnelde. Dokter Linn en de assistent verwijderden de kleding, te beginnen met het overhemd. Ze werkten behoedzaam op de plekken waar het opgedroogde bloed aan de huid vastplakte. Gregory vroeg om wat haar, bloed en fecaliën, die hij in witte enveloppen deed die hij vooraf had genummerd.

Toen alle kleren uit waren, legde dokter Linn ze naast het lijk, precies zoals ze gedragen waren en vergeleek de kleren met het lijk en paste de gaten op de wonden. De assistent haalde de papieren zakken van de handen. Freddie nam monsters van de materie die onder de nagels zat, in de hoop stukjes huid en bloed te vinden die tijdens de worsteling van het lichaam van de moordenaar waren geschraapt. De linkerhand van Ross was overdekt met verscheidene korte, rechte snijwonden.

'Verdedigingswonden alleen op één hand,' zei Gregory. 'De rechterarm is vastgebonden of vastgeklemd geweest.'

De assistent onderzocht de schaamdelen, op zoek naar de stijve, zetmeelrijke substantie van opgedroogd zaad. Toen zwabberde hij losse haartjes, lichaamsvreemde materie en bloed weg en verzamelde de monsters in doosjes. Dokter Linn bekeek de handen van Ross en daarna zijn keel.

'Het moordwapen is een gebogen mes geweest of een verwant stuk gereedschap,' zei ze.

'Hoe groot is het wapen geweest?' vroeg Gregory.

'Misschien drie of vier centimeter. Bij benadering.'

Het trefwoord als het op de grootte van een wapen aankwam, was altijd *bij benadering*. Vanwege de elasticiteit van de huid was de wond meestal kleiner. Snijwonden waren normaal gesproken eerder lang dan diep. Het diepst was de wond meestal op de plaats waar het wapen het eerst op de huid kwam.

'Geen rechtstreekse diepe snee?' vroeg Gregory.

'Nee,' zei ze. 'Het mes is klaarblijkelijk aan de linkerkant van de hals naar binnen gegaan. In een slaande beweging.'

'Wat is dat voor een draadje in zijn mond?' zei Gregory, 'tandfloss, zeker?'

Dokter Linn wrikte aan de kaak. Dat leek onhandig te gaan met die handschoenen. Toen haalde ze iets kleins en wits te voorschijn. Eerst dacht ik dat het een tand was.

'Een knoop,' zei ze.

De knoop en een stukje draad zaten onder het bloed. De knoop was duidelijk wit en eerder rechthoekig dan rond. Gregory keek het hemd van Ross na.

'Die is niet van zijn shirt gekomen,' zei Gregory. 'Hij is gegarandeerd van de moordenaar afkomstig.' Hij deed hem in een aparte enveloppe, wendde zich naar ons toe en maakte een gebaar alsof de zaak zo goed als opgelost was.

Toen het uitwendig onderzoek afgelopen was, vatte dokter Linn het resultaat samen op het bandje en was het simpele deel voorbij.

'Het is hier erg doods,' zei Joe Gregory altijd als we het mortuarium binnengingen. Hij voelde zich in een autopsieruimte evenzeer op zijn gemak als aan een mahoniehouten bar. Ik kon me niet herinneren wanneer ik problemen begon te krijgen met het mortuarium. Misschien had ik te veel kinderen op die ijzeren platen van twee meter vijftig zien liggen. Ze zien er zo nietig uit. Na honderden autopsies keek ik niet langer naar hun gezichtjes. Er zweefde genoeg droevigheid in de nevelen van mijn herinnering rond.

Dokter Linn zocht op een metalen schaal naar het juiste instrument. Scalpels, lepels, tangen, getande messen, injectiespuiten, scharen, handzagen en een elektrische zaag. Gregory keek achterom naar mij, maar er was niets aan de hand.

Het is niet de dood waar ik bang voor ben, zeker niet mijn eigen dood. Net als de meeste agenten ben ik fatalistisch ingesteld. Ik vind dat voorzichtigheid verspilde energie is; noodlot en toeval regeren. De pijn van de dood is alleen voor de levenden, die moet je vrezen. Mijn ongemakkelijke gevoel in het mortuarium is afkomstig van een droom. In die droom zie ik een vrouw huilen in de schaduwen van een schemerige kamer en ik voel haar gesnik in mijn borst. Ze strekt haar hand naar me uit, terwijl ze haar baby vasthoudt. Ik kijk niet, ik luister niet. Ik ben machteloos, nutteloos.

Dokter Linn begon de bovenkant van de schedel open te leggen, te beginnen bij de slaap boven het ene oor via het achterhoofd naar de andere kant. Toen trok ze de hoofdhuid naar voren zodat deze over het gezicht kwam te liggen. Ik vroeg me af waar de muziek bleef; meestal hoorden we Mozart of Beethoven.

Gebruikmakend van een kleine elektrische zaag die leek op een instrument van een tandarts, sneed dokter Linn een gat in de vorm van een hoefijzer door en in de schedel. Het hoge gejank van de zaag overstemde meedogend het geluid van versnelde ademhalingen. Toen het gejank ophield, trok dokter Linn met een zuigend geluidje het hoefijzer naar buiten, waarna de hersenen zichtbaar werden. Gehalveerde hersens, zou Gregory zeggen. Met beide handen trok ze de hersenen zelf uit de schedelholte, onderzocht ze en legde ze op de weegschaal. Freddie nam weefselmonsters van de sponzige, grijsbruine massa.

Gregory haalde een sigaret te voorschijn en gaf hem aan Delia. Dokter Linn zei: 'Hier mag niet gerookt worden.'

Delia liet de sigaret onaangestoken tussen haar lippen hangen, uit eerbied voor de wensen van de arts. Maar als het ooit een moment was waarop gerookt behoorde te worden, dan was dit het wel. Grijp die dikke, vette, walmende stinksigaren en maak er een opiumkit van, met zware rookwolken. Maar dokter Linn was nog erg jong; voor haar was dit slechts wetenschap.

De dokter nam een groot scalpel en maakte een Y-vormige snede, waardoor ze de borst en de buik openlegde: Een snede met een bocht over de borst, van oksel naar oksel. Vervolgens een rechte diepe incisie over het midden naar beneden tot aan het schaambeen. Ze sneed door spieren en kraakbeen, legde de ribben en ingewanden bloot. Ik stond altijd weer versteld van het gebrek aan bloed. Op die momenten viel het me helemaal niet moeilijk om het concept van de onsterfelijke ziel aan te hangen, in vergelijking met de jaren toen ik nog op de katholieke school zat.

Dokter Linn zei: 'De linkerhalsslagader is doorgesneden.'

'Doodsoorzaak?' vroeg Gregory.

'Dat is het meest waarschijnlijk.'

'Hoelang heeft hij erover gedaan om te sterven?' vroeg Gregory.

'De wond duidt op een snel verlies van een grote hoeveelheid bloed uit de hersenen. Hij is misschien in tien of vijftien seconden bewusteloos geraakt. Dood was hij waarschijnlijk een minuut later.'

Toen pakte ze het grote mes, zo sterk voor zo'n klein vrouwtje, en ik probeerde zo oppervlakkig mogelijk in te ademen bij het horen van het geknap en gekraak van botten toen ze door het borstbeen zaagde. Ze trok het borstbeen weg en de vochtige bruine stank van rottend vlees, alles wat vunzig is, drong mijn neus binnen en dreunde tegen mijn strot. De donkere brijachtige organen, al die troep werd opengelegd. Rauw vlees en stront. Dokter Linn hield het hart en de longen omhoog, zoals een televisiekok een heerlijk stuk gebraden vlees ophoudt. De vlam van Gregory's Zippo schoot omhoog. Hij stak Delia's sigaret aan. Ze inhaleerde diep.

'Roken verboden, heb ik gezegd,' snauwde dokter Linn.
'Ach, sodemieter op,' zei Gregory.

Toen de autopsie was afgelopen, ging Delia op zoek naar een telefoon. Joe trok me mee naar de ruimte van het mortuarium. Daar stonden wij te midden van een tiental ontklede lijken. Het naakte onfatsoen van de dood.
'Wat heeft Delia tegen mij?' zei hij. 'Ze vertrouwt me niet, hè?'
'Ze is alleen maar een sterke persoonlijkheid, Joe. Jullie wennen wel aan elkaar.'
'Dat gaat niet zomaar, maat. Ik heb een beetje welwillendheid van haar nodig. Ik wil graag dat ze een beetje druk van de ketel laat, nu ik kandidaat ben. Oefen je charme op haar uit. Die heb jij met vrouwen.'
'Alles wat ik doe is niet "sodemieter op" tegen ze zeggen.'
'Nou ja...' Hij keek om zich heen naar de lijken op de brancards en zei: 'Je hebt je vandaag goed gehouden.'
'Het ging,' zei ik.
De sleutel tot dit soort dingen was mentale instelling, en met Gregory om me heen verbeterde die altijd. Ik begreep dat de lichamen op de brancards geen mensen waren geweest wier namen aan teenlabels in het windje van de vloerventilator wapperen. Die mensen waren naar een betere plaats gebracht. Deze koude, grijze figuren waren standbeelden, vergeten in de kelder van een goedkoop museum.
We liepen de gang op en gingen op voorgevormde plastic stoeltjes op dokter Linn zitten wachten. Er hing rook boven onze hoofden. Delia was diep in gedachten verzonken. Ik herinnerde me wat een oude smeris me had verteld voordat ik voor de eerste keer op nachtpatrouille ging: Eet nooit een zware maaltijd voor je op patrouille gaat. In die tijd leidde een maagwond al gauw tot buikvliesontsteking en dat betekende een wisse dood. De medische wetenschap was met grote schreden vooruitgegaan, de maatschappij niet.
'Ik moet zorgen dat ik in vorm kom,' zei Gregory. 'Ik moet gaan joggen, maar weer eens met gewichten gaan werken. Zag je die Ross daarbinnen? Geen spierspanning voor zo'n jonge vent. Als ze ooit autopsie op mij verrichten, wil ik niet van die lillende dijen hebben. Het leek wel drilpudding.'
Dokter Linn kwam met een nors gezicht naar buiten om onze vragen te beantwoorden.
'Enig bewijs van seksueel contact?' vroeg ik.

'Niet dat ik heb ontdekt,' zei ze. 'Misschien vindt het lab iets anders.'

'Is het waarschijnlijk dat één persoon dit heeft gedaan?' vroeg ik. 'In aanmerking nemend dat er zo weinig verdedigingswonden zijn, en dan nog alleen aan één hand?'

'Goed punt, maat,' vond Gregory. 'Dacht ik ook al. Waarom heeft hij niet gevochten? Hij is een man, zij een vrouw. Laten we zeggen dat ze snel is en hem één keer steekt, twee keer. Goed, dat accepteer ik. Maar je adrenaline schiet toch door je bloed, je hart gaat van boem-boem. Ik zou uit angst al zo reageren. En die knaap heeft haar haar gang laten gaan met dat mes? Ik zou me op haar hebben geworpen, ze zou me niet neer hebben gekregen. In een gevecht op leven en dood hebben de mannen toch het voordeel van meer kracht. Dat is wel ongeveer het enige dat we aan overwicht hebben, maar we hèbben het nog.'

In een flits zó snel, dat het leek alsof er een stukje in de film werd overgeslagen, greep de kleine Filippijnse Gregory bij zijn haren, rukte zijn hoofd achterover en pinde hem tegen de muur, met haar knie in zijn rechterarm geboord. Het verbaasde me dat er geen bloed van het scalpel droop dat ze tegen zijn hals hield.

'Ik ben overtuigd,' zei ik.

5

Na de autopsie ging Delia terug naar het hoofdbureau. Gregory en ik spraken af dat we elkaar die avond laat zouden treffen op West Side, om hoerenpatrouille te gaan rijden. Ik reed naar huis in Yonkers, naar onze vijftig jaar oude Cape Cod, waarvan de rode dakspanen tot roze waren verbleekt. Mijn vrouw Leigh was nog op haar werk. Ze was secretaresse op de Sacred Heart High School, drie blokken verder.

Ik probeerde wat te slapen, maar ik kende het trucje, waarmee ik vroeger tijdens de ploegendienst overdag in slaap kon vallen, niet meer. Ik schoot overeind toen ik de stemmen van de tweeling van onze buren hoorde, die in de tuin speelden.

Zoals altijd ging ik achter de computer zitten. Wij hadden twee kamers met schuine daken op de eerste verdieping. De ene was onze slaapkamer, de andere gebruikten we als hobby- en computerkamer. Ik begon de feiten over de zaak Ross in te voeren in de pc. Ik hield mijn eigen aantekeningen altijd gescheiden van mijn officiële rapporten, die altijd beknopt waren. Iedere halfzachte advocaat kon alle politieverslagen over een bepaald incident opvragen, op de grond van zijn kantoor uitspreiden en discrepanties vinden: tijd, weer, kleren, wat je maar wilt.

Op een opklaptafeltje in de andere hoek stonden tientallen familiefoto's. Leigh was begonnen de familiefoto's in rijen tegen de schuine zoldering te plakken. Oude zwart-witfoto's van onze ouders: de hare fors en glimlachend in South Carolina, die van mij magerder en ernstig in New York. Mijn vader was de enige van de vier die nog leefde. Golfen in Florida was zijn passie.

De meeste foto's waren van onze twee kinderen: Anthony, part-time acteur en full-time veiligheidsbeambte in Los Angeles; Margaret, röntgenologe in Delaware. En ze stond op het punt voor de derde keer vóór haar dertigste te trouwen.

Ik typte de weinige biografische informatie die ik over agent Ross bezat in. Volgens zijn persoonskaart was hij ongehuwd, zesentwintig jaar en was hij drie jaar geleden rechtstreeks van de politieacademie op bureau Vijf Eén komen werken. Geen klachten, geen verwondingen. Hij was afgelopen zomer betrokken geweest bij een schietpartij. Men was van oordeel dat het een gerechtvaardigde schietpartij was. Ik maakte een aantekening dat ik verdere informatie daarover bij het personeelsarchief op het hoofdbureau moest opvragen.

Hij bezat volgens de papieren maar één vuurwapen, een van de nieuwe halfautomatische die sinds kort, na tien jaar wikken en wegen, door het bureau waren goedgekeurd. De agenten konden kiezen uit drie modellen: de Sig Sauer, Smith & Wesson, of de Zwitserse Glock 19. Ross had de Glock gedragen. Nu liep er iemand anders mee rond.

Ik had nooit geschoten met een van die nieuwe wapens. Ik wist dat de negenmillimeter wapens vijftien schoten konden afvuren, veel meer dan die zes van de gewone dienstrevolver, en dat ze als iets sneller en nauwkeuriger werden beschouwd. Bovendien waren ze aanzienlijk lichter en gemakkelijker te herladen. Zowel Gregory als ik droeg nog steeds de oude Smith & Wesson Chief Special. Vijf schoten slechts, maar ze bleven het doen, ook al hadden zich er jarenlang pluisjes, stof, as en kruimels in opgehoopt.

Toen ik Leigh beneden binnen hoorde komen, voerde ik een korte beschrijving in van de knoop die we in de mond van Ross hadden gevonden. De herkomst van die knoop was met geen mogelijkheid te achterhalen, dus betwijfelde ik dat Gregory er nog over zou beginnen. Toen zette ik de computer uit.

Vanuit ons westelijk venster keek ik naar de jongste twee kinderen van de familie Kelly, die in hun tuin naast de onze aan het spelen waren. De tweelingzusjes gingen altijd hetzelfde gekleed, nu in parka's met capuchon. Ze liepen met poppen langs het hek en deden met hun schattige hoge stemmetjes het gezinsleven na. De jongens zaten elkaar met geweren achterna en maakten schietgeluiden. Ik was op een leeftijd gekomen waarop het kijken naar kinderen me melancholiek maakte; dat had iets te maken met gemiste kansen. Leigh kwam op blote voeten de kamer in, terwijl ze haar blouse losknoopte.

'Hoe laat denk je dat het wordt vanavond?' vroeg ze.

Ik had Leigh niet gezegd dat ik terug zou gaan naar mijn werk, maar haar vraag verbaasde me niet. Vrouwen zien veel meer dan mannen, en vrouwen van politiemannen ontwikkelen een geheel eigen radar. Ze legde de blouse over de armleuning van de bank.

'Het wordt heel laat,' zei ik. 'Drie of vier uur op zijn vroegst. Dat hangt ervan af hoever we komen. We gaan de prostituées langs. En er lopen er nogal wat.'

Ze liet haar rok op de grond vallen en boog toen voorover om haar tenen aan te raken. Zodra Leigh thuiskwam kleedde ze zich uit, alsof haar kleren haar brandden. Dan trok ze een spijkerbroek en een T-shirt aan en geen schoenen. Ik vermoed dat dit haar krachtige zuidelijke wortels waren. Ik zei nog dat we blij mochten zijn dat ze niet zo ver hoefde te reizen naar haar werk. Ze legde haar handen plat op de vloer en rekte zich nog verder.

'Caprice Antonucci wil je spreken,' zei ze.

'Wat is een Caprice Antonucci?'

'Ze heeft op Sacred Heart gezeten,' zei Leigh. 'Ze is bij de politie gegaan. Ze belde me vandaag om te vertellen dat ze je op de plaats van de moord had gezien.'

'O, Antonucci, ja,' zei ik. 'Ik vroeg me al af waarom ze "meneer Ryan" zei.'

'Haar vader is Jimmy Antonucci, die bij General Motors in Tarrytown heeft gewerkt. Hij is met pensioen.'

'Die vent die al zijn kinderen naar Chevy-modellen heeft genoemd.'

'Alleen zijn dochters. Corvette, Corvair, Chevelle. Dit is Caprice.'

'Zeg maar dat ze me kan bellen,' zei ik.

'Heb ik gedaan,' zei Leigh. 'Problemen met deze zaak? Hoe komt het dat het niet in de krant heeft gestaan?'

'Ross zat in zijn eigen auto, met zijn broek op zijn knieën. Het team denkt dat de moordenaar een hoer is geweest. Maar Joe en ik zijn er niet zeker van.'

'Ik zou het niet uitsluiten.'

Ik sprak zaken altijd met Leigh door. Ik weet wel wat andere rechercheurs daarvan zeggen, maar Leigh was altijd zeer geïnteresseerd. En soms had ze ook dingen door die ik niet zag.

'Waarom zou jij het niet uitsluiten?' zei ik, terwijl ik keek hoe ze op de vloer lag, over een ovale gevlochten mat die haar moeder had gemaakt. 'Omdat hij een agent was, zeker?'

'Ach, kom op, Anthony.'

Ik wist wel waar ze op doelde. Het zou niet de eerste keer zijn dat een agent een prostituée bezocht. Midden in de nacht waren hoeren en junkies vaak het enige menselijke contact voor een smeris.

'Wij denken dat het iemand is die Ross kende,' zei ik. 'Misschien een vriendin.'

'Het één sluit het ander niet uit,' zei ze.

Ze bracht twaalf keer snel haar knieën naar haar borst, korte buikspieroefeningen. Leigh, een vrouw die nog nooit één zweetdruppeltje had vermorst, was na haar veertigste opeens een atlete geworden, omdat haar haren grijs werden.

'Hoe gaat het met Gregory?' zei ze, lichtelijk hijgend.

'Het zou je verbazen.'

Het was de eerste keer dat ze er over begon sinds we weer samen waren gaan werken. Mijn partnerschap met Gregory was een teer punt in ons dertig jaar durende huwelijk. En ze had gelijk. De afwisselende perioden van samenwerking met Joe Gregory kwamen precies overeen met mijn jaren als alcoholicus. Na de laatste samenwerking had ik geen druppel meer tot me genomen.

Ik zei: 'Ik ga niet weer aan de drank, als dat je zorgen baart.'

'Ik maak me er geen zorgen over.'

Leigh pakte haar kleren op en liep naar de spiegel. Ik zag dat ze haar buik inhield.

'Je triceps zien er goed uit,' zei ik.

'Daar kijk je helemaal niet naar.'

Dat was zo. Geen mens zag er in haar lingerie zo goed uit als Leigh Ryan. Ik had haar geplaagd met haar oefenprogram, maar ze zag er beter uit dan ooit en haar suikerziekte was goed onder controle, tot de laatste tijd. Ze zette mij zelfs aan het joggen. Het hardlopen had de drank vervangen. Ik hield van de eenzaamheid en het gevoel van welbevinden dat het met zich meebracht. Voor smerissen is goed leven onmogelijk, dus was een gevoel van welbevinden de enige remedie.

'Waar ik me wel zorgen over maak,' zei ze, 'is het huwelijk van Margaret. Iedere keer als jij en Gregory betrokken raken bij een zaak moet alles ervoor wijken. Straks gebeurt er op het laatste ogenblik iets en hoor ik je alweer zeggen dat het werk voor het meisje komt.'

'Het is pas over een maand. Voor die tijd hebben we de zaak allang afgesloten.'

'Dat heb ik al eerder gehoord.'

'Er gebeurt niks,' zei ik.

'Nou ja... Ik weet dat je Cliff niet mag. Maar Margaret mag hem wel. Geef die jongen een kans, ja?'

'Een surfer van tweeënveertig.'

'Hij heeft een zaak, Anthony. Hij verkoopt en verhuurt surfplanken, fietsen, schaatsen en dergelijke.'

'Ik heb nooit gezegd dat ik Cliff niet mag.'

'Dat hoeft ook niet, ik kan het aan je zien. Je gaat op dezelfde manier met hem om als met haar eerste man en die haatte je.'

'Niet zo erg als de tweede.'

'Geen enkele knaap met wie zij omging kon jij lijden.'

'Ik weet niet wat ik aan die Cliff heb.'

'Probeer het eens, Anthony. En hou op met je over ieder klein dingetje druk te maken. Ze is een volwassen meid, hoor.'

'Jij ook,' zei ik en greep haar vast toen ze langsliep.

Ik hield haar dicht tegen me aan en keek door mijn leesbril naar haar gezicht. Maar ze maakte zich snel los, waarbij ze mijn stoel bijna omgooide. Leigh had er een gruwelijke hekel aan als ik dat deed, omdat het de rimpels in haar gezicht uitvergrootte. Maar die rimpels en grijze haren hadden haar schoonheid niet minder gemaakt, integendeel, ze gaven haar een zachtere, kwetsbaarder glans. Ik keek hoe ze door de gang in onze slaapkamer verdween, terwijl ze achter haar rug reikte om haar beha los te maken.

Ze wilde het niet toegeven, maar ze maakte zich wel degelijk zorgen over Gregory en de mogelijkheid dat ik weer zou gaan drinken. Ze hoefde zich geen zorgen te maken. Ik miste de drank niet. Niet zo erg. Af en toe slechts, wanneer ik een kroeg in New York binnenging waar kerstlichtjes brandden en het vol lachende mensen was. Of wanneer ik zo'n vleug gin-tonic van Gregory opsnoof als hij zijn glas hief. Of bij die bierreclame op tv, waarin je ijs over een natte fles ziet lopen en het gouden vocht in een gekoeld glas ziet bruisen. De kraag is zo zuiver wit, als heerlijk gladde room. Dan voel ik het verlangen achter in mijn keel. Maar ik kan ermee omgaan.

Het was groots van Leigh, te zeggen dat ze zich geen zorgen maakte. Maar onze dochter woonde in Delaware en ging trouwen met een surfer van tweeënveertig. Maak je niet ongerust, had Leigh gezegd. Maar de paranoia van een smeris houdt zich niet koest wanneer hij de deur van het bureau achter zich sluit. De mensen zien gewoon niet wat een smeris wel ziet. De wereld daarbuiten is krankzinnig. Trouwens, je kunt iemand van wie je houdt niet genoeg beschermen. Daar, in het laatste koele zonlicht, renden de kinderen van Kelly giechelend rondjes om een smeltend sneeuwfort.

6

Negentig minuten later pakte ik een stapel schetsen van het bureau van Delia, op het hoofdbureau. Onze verdachte had een grote zigeunerpruik, fijne symmetrische trekken en dunne lippen. Maar de ogen waren van haat vervulde ovalen, té zwaar aangezet, als in een cartoon. Ik schoof de schetsen in mijn aktentas en daalde de achtertrap af naar de twaalfde verdieping, waar de Criminele Inlichtingendienst zat.

Het was stil op het hoofdbureau; het gebouw loopt na zes uur 's avonds leeg. De mannen met nachtdienst liepen zachtjes rond als geesten met koffiepotten en ingewanden van kunststof. Ik had ooit op deze afdeling gewerkt, dus was het niet moeilijk recente rapporten over de straatprostitutie te vinden.

Na het kopiëren stond ik op het punt om weg te gaan, toen ik een verslag zag liggen in het bakje van de inkomende post. Het verslag was in algemene vorm gesteld, wat wij een 'ongewoontje' noemen. De tekst was beknopt, typische politietaal en omvatte niet meer dan het voorgeschrevene: wanneer, waar, wie, wat, hoe en waarom.

Van: Bureauchef afdeling patrouille Vijf Eén
Aan: Chef Criminele Inlichtingendienst
Onderwerp: Dubbele moord
Op 11 april 1994, om ca. 06.00, zijn bij de noordwestelijke ingang van Crotona Park de lichamen gevonden van Junior Nieves M/B/22 en Jesus Colon M/B/19, doodgeslagen, waarschijnlijk met een bot voorwerp, mogelijk een stalen betonstaaf. Van beide individuen is bekend dat ze deel uitmaken van de drugsbende van Tito Santana.

Het was ondertekend door brigadier Neville Drumm.

Dat was maar een paar blokken verwijderd van de plaats waar we het lijk van Marc Ross hadden gevonden en maar een paar uur daarna. Niet dat een moord op drugsdealers, zelfs in meervoud, iets vreemds was, maar het moordwapen was uniek. Dit soort staven bestaat uit dun staal en wordt toegepast ter versteviging van het beton voor bouwprojecten. Er loopt een stalen vlechtwerk omheen, wat een afdruk op een schedel achterlaat. In de dagen van Uzi's en .50 kaliber Desert Eagles was het wel een heel ongebruikelijk wapen.

Ik maakte voor mezelf een kopie en nam de lift naar de straat. Ik liep de achterdeur uit en stak over naar de kroeg van Brady. Achter besneeuwde ruiten flitste een roze en blauw neonlicht op. Opgespoten nepsneeuw, die er nog zat van de kerst.

Er zat een groep undercover smerissen van de afdeling narcotica in de schaduw aan een zijtafeltje naar me te kijken toen ik binnenkwam. Brady's kroeg was nog steeds de belangrijkste ontmoetingsplaats voor smerissen van het hoofdbureau, die hun informatie liever onder vier ogen en met gedempte stem uitwisselen. Maar de tijden veranderen. Het was niet meer de kroeg van jaren geleden, toen het volzat met kerels in regenjassen die vanuit hun mondhoeken praatten, met een oor voor leugen en bedrog. Die kerels droegen geheimen in hun koppen mee, niets op papier. Geen E-mail. Geen boodschappen na de pieptoon, alstublieft. Veel van die oude garde was met pensioen, dood, of in een ontwenningsoord. Brady's geurde licht naar haarmiddelen. Roy Orbison zong 'Only the Lonely'.

Joe Gregory zat in zijn gebruikelijke hoek. Er draaide een kleine kudde dinosaurussen van Hoog en Droog en Vermiste Personen om Joe heen, maar men maakte plaats om me naast mijn partner te laten staan. Op de bar lag een catalogus voor messen van een postorderbedrijf en een close-up in zwart-wit van de bloederige keel van Marc Ross.

'Vechtmes,' zei Gregory. Hij gooide een klein gebogen mes op de bar. 'Heb ik gekocht in Canal Street. Ik voel aan mijn water dat dit het mes is dat ze gebruikt heeft. Scherp als een scalpel.'

'Dat brengt de mogelijkheden terug,' zei ik.

Vechtmessen kon je aan de riem van iedere leverancier en vrachtwagenchauffeur in New York zien hangen, evenals in de achterzakken van de helft van de schoolkinderen. Gezien de wonden van Marc Ross en aangenomen dat het veel scherper geslepen kon worden, meende ik dat het een mogelijkheid was. Maar bij snijwonden is het erg moeilijk zekerheid te krijgen.

'Breng het naar dokter Linn,' zei ik. 'Laat zij het in de wonden passen.'

Op de televisie boven de bar liep het *MacNeil/Lehrer News-Hour*, waarvan het geluid zachter werd gezet, als eerbetoon aan Roy Orbison. Jimmy de barman was achter de kassa bezig, met *The New York Times* opgevouwen naast zijn elleboog. 'Die stommeling heeft de joodse piano gemold,' zei Gregory, wijzend op de barman die op zijn ouderwetse kassa knoppen aan het indrukken was. 'Hij probeerde hem te repareren met een botermesje. Hé, manusje van alles, geef mijn maat wat te zuipen.'

Jimmy zette met een klap een tonic voor mijn neus en schonk toen uit de losse pols Tanqueray over de treurige schijf limoen die in Gregory's glas dreef. Billy Joel zong iets over 'a New York state of mind'. Joel, Springsteen en Lou Reed verdrongen Roy Orbison van de jukebox. Ik herinnerde Gregory eraan dat we de straat op moesten. Hij bracht luidkeels een dronk uit op de geniale gek die het politiewerk had uitgevonden. Toen trokken we erop uit om iets van dat werk te gaan doen.

We reden in de T-bird het centrum uit. Ik had bij het uitschrijven een draagbare radio meegenomen, iets dat we mee konden nemen op straat. Geen van ons beiden droeg een vest; om een of andere reden dachten we er nooit aan. Joe Gregory's rijstijl was vloeken en remmen. Hij reed strijdlustig, iedere keer wanneer hij achter het stuur ging zitten, verklaarde hij de oorlog. Gas geven, toeteren, remmen, gas geven, toeteren, remmen. De eeuwige file bij de ingang van de Holland Tunnel zou hem eeuwig blijven tergen. 's Nachts, wanneer de fabrieken dicht waren, schoot hij de trottoirband op bij Canal en Hudson, reed vervolgens een heel stuk over het trottoir, om bij het verkeerslicht weer tussen het verkeer te duiken.

'We moeten die rottunnel weer aan Holland teruggeven,' zei hij.

'Die is naar de architect genoemd, niet naar het land.'

'Dat wist ik al,' zei hij. 'Lees eens iets over de prostituées voor, iets wat ik nog niet weet.'

In de stad New York tippelen zo'n vijf- tot achtduizend prostituées. De meesten werken ongeveer twintig zones af. Een zone is een stel blokken waar hoeren hun waar tonen. Zones zijn geen geheime plaatsen, maar straattheaters, waar de acteurs niet op de planken staan maar op het beton. Begrenzingen zijn niet nodig omdat iedereen, van effectenmakelaars tot straatventers, weet waar de show wordt gehouden. Dus ondanks jaren van grootscheepse arrestaties zijn de zones gebleven, richtingaanwijzers naar de warme, illegale seks.

We begonnen bij de zone op West 58th Street, in de buurt van 5th. Dat was de weg die Marc Ross hoogstwaarschijnlijk nam op weg naar huis, vanaf Millard's Red Garter. De meisjes op 58th beschouwden zichzelf als het neusje van de zalm onder de tippelaarsters. Hun clientèle bestond uit zakenlieden en toeristen die zich te ver van de overkapping van het Plaza waagden. In dit gebied werkte maar een handjevol prostituées en ze waren ongewoon terughoudend voor tippelaarsters. Ze werkten bijna allemaal voor actieve pooiers, die altijd in de buurt rondhingen.

Gregory en ik parkeerden een half blok ten oosten van een Madonna-achtige blondine met opzichtige rode schoenen en een roodleren jas met aangesnoerde riem. Ze patrouilleerde voor de ingang van het Park Savoy. Wij wachtten in de auto tot ze een man op leeftijd met een slappe vilthoed te pakken had. Ik stapte uit en liep naar haar toe.

De avondlucht was fris, koel en zeker gezond na een rit naast de kettingrokende Gregory. Terwijl ik op 'Madonna' toeliep, had ze haar prooi tegen een gebouw gedrukt. De mensen die in het verkeer vastzaten, keken toe hoe het tafereel zich ontvouwde, toen ze haar leren jas openmaakte en haar werkkleding tentoonspreidde: witte kant en blauwe zijde. De vilthoed gaf zich zonder strijd over. Ze sloeg haar arm om de oudere heer heen en dirigeerde hem stevig in de richting van 6th Avenue, wat ze verbazend goed deed op haar superhoge stilettohakken.

'Politie,' zei ik. De oude man deinsde struikelend terug en zijn gezicht werd asgrauw. 'Gaat u terug naar uw kamer, meneer,' zei ik. Hij wuifde en schuifelde weg.

'Niet te geloven. Krijgen we dat gesodemieter weer,' zei 'Madonna', die haar arm losrukte. Ze meende het verhaal te kennen. 'Dit is goddomme de vijftiende keer dit jaar dat ik word ingerekend. Komt er geen eind aan die waanzin?'

Ik wenkte Gregory. Van dichtbij kon ik de hoeveelheid make-up zien die ze nodig had om in de markt te liggen. Ze had donkere, bloeddoorlopen en ontstoken ogen, die traanden van de nachtlucht. Ze had een zenuwtrek als ze praatte, wierp steeds haar hoofd achterover en trok met haar gelaatsspieren. Dit was meer dan een zenuwtrek. Dit was het verlies aan controle over de gelaatsspieren dat je aantreft bij crackverslaafden.

'Je kunt twee kanten op,' zei ik. 'Het hangt van jou af.'

'O, op zo'n manier. Ik heb zeker een bordje met 'pispaal' om, hè? Jullie ellendelingen hebben mijn naam zeker op ieder schijthuis in Midtown North staan!'

Gregory kwam aanrijden en duwde het portier open.

'Wat moet ik doen?' zei ze. 'Moet ik iedere gozer van het politie-bureau pijpen soms, voordat jullie me met rust laten?'

Ik wist dat geen enkele smeris die goed bij zijn hoofd was haar met een vinger zou aanraken. Ze probeerde gewoon te chanteren. Als ik had gedacht dat ze een intern probleem zou worden, zou ik gewoon weggelopen zijn en een eenvoudiger geval in haar kraag hebben gevat.

'We willen alleen maar iemand identificeren,' zei ik.

'Zeker die in je broek?'

'Stap in,' zei ik.

'Ik doe geen twee kerels,' zei ze. 'Jezus Christus, wat een stad is dit.'

Ik trok de voorbank naar voren, me afvragend waarom we in een tweedeurs auto waren gekomen en duwde haar tegen haar achterste naar binnen. Ze viel hard op de nauwe achterbank van de T-bird. Een gedrongen Latijns-Amerikaanse kerel met een Fu Manchu kwam snel op de auto afrennen, alsof hij iets met ons te maken had. Gregory hield zijn penning voor het raam.

'Laten we maken dat we wegkomen,' zei ik, terwijl ik me naast haar op de achterbank wrong.

'Rico!' gilde ze. 'Rico!'

'Wat is er aan de hand, agenten?' zei Rico met de Fu Manchu. 'Jullie hebben mijn verloofde in jullie wagen.'

'Ze is op tijd terug voor het huwelijk,' zei Gregory.

'Ik heb hun nummer hoor, liefje,' riep Rico. 'Maak je geen zorgen, schat.'

Gregory reed achteruit 6th Avenue op en toen dwars door het licht bij Central Park South. 'Madonna' sloeg met haar hoofd tegen het raam en begon toen te huilen. Ze rook naar een mengeling van tabak en parfum en haar kont voelde koud aan tegen mijn been. Gregory reed langs een rij koetsjes met paarden ervoor en wrong zich tussen de hekken door, die er stonden om te voorkomen dat er verkeer Central Park binnenreed. Hopen sneeuw stonden als wachttorens naast de ingang.

In de avonduren is Central Park gesloten voor verkeer, en ondanks hele stukken besneeuwde grond was de weg schoon en vol mensen die aan het trimmen waren. Het zag er vrolijk uit met al die neonachtige flitsen van nylon en stretchkleding. 'Madonna' griende en drukte haar gezicht in de ruimte tussen de zitplaats en de deur. Gregory en ik keken recht voor ons uit toen het geschreeuw luider werd.

'Goed idee om het park in te rijden,' zei ik.

'Kan ik weten dat jij de krankzinnigste hoer van New York er tussenuit pikt?'

Gregory reed het centrum uit en stopte onder de bomen op de parkeerplaats van de politie tegenover het bureau Twee Twee, dat alleen door broekies bureau Central Park werd genoemd. 'Madonna' keek op, zag de boomtakken boven zich en jankte opnieuw.

'We moeten haar opsluiten,' zei ik. 'Ze geeft ons geen keus.'

'Wil je haar arresteren?' zei Gregory.

'Ik niet. Jij bent de man die arrestaties verricht.'

'Dan niet,' zei hij. 'Ik moet naar een fuif. Twee, om precies te zijn.'

'Twee feestjes vanavond?'

'En er komen er nog meer aan. De zevenentwintigste moet ik 's morgens bij de stallen van de bereden politie in het centrum zijn. Op 11th en 42nd, om tien uur precies.'

Een paar joggers die om het reservoir boven ons liepen, wierpen snelle blikken naar beneden en probeerden te ontdekken waar het geschreeuw vandaan kwam. Maar joggers moeten verder joggen. En van het bureau keek niemand uit het raam. 'Madonna' begon te hyperventileren.

'Wat is er dan bij de Bereden aan de hand?' zei ik.

'De zegening van de paarden. Een knaap die ik ken zei dat ze er een paar nieuwe lopers uit Tennessee bij hebben. Ze houden een plechtigheid. Een priester die de paarden zegent voor ze de straat opgaan.'

Ik vroeg me af of dat dezelfde vriend bij de Bereden was die ooit een alarmerend telefoontje naar Gregory pleegde. Het paard van die smeris was gestorven in de vrachtlift van een meubelfabriek in het centrum. De agent had pauze genomen en zijn paard naar het dak gebracht. Lui van de bereden politie hielden hun paarden op de raarste plaatsen, erg inventief ook. Er waren een vorkheftruck en twintig paarden voor nodig geweest om het paard weer op de straat te krijgen, waar de bereden politieman netjes de overlijdensakte kon uitschrijven.

'De paarden zegenen,' zei ik, 'geen mens heeft ons ooit gezegend.'

'Paarden hebben geen keus,' zei Gregory. 'Luister, ik moet je om een gunst vragen, maat. Wil jij me een paar uurtjes dekken? Van half negen tot... pakweg elf uur.'

'Zodat jij je feestjes kunt aflopen.'

'Campagne voeren,' zei hij. 'Machtigingen houdt een fuif in Rosie's South. Bureau Twee Nul heeft iets in een proeflokaal op Columbus en 93rd Street. Ik moet mijn gezicht er laten zien, er geweest zijn. Voor je het weet zijn de verkiezingen daar.'

'O, dus je bent van plan iedere smerissenfuif in de stad te bezoeken?'

'Drinken is goed voor het hart. Daar zijn gedocumenteerde bewijzen voor.'

'En hoe staat het met je lever?'

'Ik ben een slimme drinker,' zei hij. 'Hoog glas; ik let op hoelang ik ermee doe. Ik doe minimaal dertig minuten over zo'n drankje.'

'Madonna' huilde niet meer. Ze staarde naar Gregory's achterhoofd. Ik maakte gebruik van deze toestand en liet haar de schetsen zien.

'Heb je dat meisje ooit eerder gezien?' vroeg ik. 'Misschien zondagavond? Het is belangrijk.'

Natte zwarte mascarasporen liepen als voren over haar gezicht. Ze keek naar de schets, snufte nog wat na en keek toen mij weer aan.'

'Wat heeft ze gedaan?' vroeg ze.

'Moord,' antwoordde ik.

'Ze werkt niet op de 58th. Daar ken ik iedereen.'

Ik liet haar de foto van de BMW van Marc Ross zien.

'Nou wil je iets weten over auto's,' zei ze. 'Ik zie heel veel auto's. Maar het is niet een van mijn scharreltjes, dat staat vast. Wat een smerig kreng. Weet je zeker dat we het over 58th Street hebben?'

'Die wagen is geen smerig kreng,' zei Gregory. 'Er stond maar één vingerafdruk op.'

'Je kunt weer terug naar Rico,' zei ik.

'Laten jullie me gaan?' zei ze.

Ik gaf haar een kopie van de tekening en mijn kaartje en zei dat we haar hulp nodig hadden. Tot we die moordenaar te pakken hadden, zouden we steeds weer in die tippelzones moeten inbreken.

'En als ik haar vind, wat dan?' zei ze.

'Vind haar nou maar,' zei Gregory, 'dan kun jij een jaartje vrij de straat op.'

'Dat kunnen jullie helemaal niet doen,' zei ze.

'Ze heeft een smeris vermoord,' zei Gregory. 'Help jij ons, zodat we haar kunnen pakken, dan kom je in aanmerking voor een speciale behandeling.'

'Ik heb geen jaar nodig,' zei ze. 'Rico laat me niet veel langer meer voor hoer spelen. Alleen maar net zolang tot hij zijn bar kan openen in Puerto Rico. Ik zal dat kreng voor jullie vangen. Doe ik. Let maar op. Maar hou je aan je afspraak.'

'Madonna' werkte haar make-up bij in het donker toen we terugreden naar 6th Avenue. Zij en Gregory hadden het over de kunst van het schoonmaken. Boven Central Park kwamen de sterren op.

7

Drie nachten later spoelde een zware regenbui de hardnekkigste sneeuw zo goed als weg. We hadden het spoor van Marc Ross helemaal nagetrokken. We hadden alle tippelzones, in het centrum en daarbuiten, afgewerkt. Geen van ons beiden had nog zin om met een hoer te praten. Alleen een paar doorzetters van meisjes waren buiten gebleven in de stromende regen en met de meesten van hen hadden we al gepraat.

'Tijd voor een cocktail,' zei Gregory, terwijl hij achter een Greyhoundbus uit Washington D.C. het busstation van Port Authority binnenreed. 'Maar eerst een telefoon zoeken.'

Ik inhaleerde de uitlaatgassen van de bussen terwijl Joe zijn telefoontje pleegde. Ik was doodmoe en had het gevoel dat alle bloed uit me was weggetrokken. Dit doorhalen had me er weer aan herinnerd dat politiewerk eigenlijk alleen geschikt was voor jonge kerels. Gregory was binnen enkele minuten terug.

'Drumm heeft nachtdienst,' zei Gregory. 'Wat zeg je ervan als we even naar de Bronx rijden om te kijken wat er gaande is? Hare Hoogheid juffrouw Delia vertelt ons helemaal nop.'

'En hoe zit het met de cocktail?'

'In de Bronx hebben ze ook cocktails,' zei hij.

Dertig minuten later waren Gregory en ik in het kantoor van brigadier Drumm op het bureau Vijf Eén. Het kantoor rook naar pijptabak en lotion. Op Drumms bureau lagen foto's van de bebloede lichamen van de twee drugsdealers die met de betonstaaf doodgeslagen waren. Maar Drumm was er niet.

'Hé, man,' zei de rechercheur van Ivy League, 'wij doen de hele afdeling vanavond, de brigadier kan overal zitten.'

'Bel hem op,' zei Gregory, 'kan me niet schelen of hij bij een of andere griet zit, waar dan ook. Bel hem op en zeg dat ik hem één ding wil vragen.'

Ik las het dossier van Marc Ross, terwijl zij aan het ruziemaken waren. Drumms verslagen bestonden uit een verzameling getuigenverklaringen en een samenvatting van de technische informatie. Dokter Linn zei dat die gemene snijwond over de keel van Ross waarschijnlijk de eerste wond en zeker de doodsoorzaak was geweest. Er waren geen sporen van seksuele handelingen op het lichaam aangetroffen en de enige toxicologische test die terugkwam, meldde dat het gehalte aan alcohol in het bloed van Ross 0,4 was. Verre van dronken dus. De knoop werd alleen genoemd in verwijzing naar het bloed en het speeksel dat er vanaf was geschraapt. Het bloed was van Marc Ross.

Aan de muur achter het bureau van Drumm hing een ingelijst schilderij van de Buffalo Soldiers. In de prullenbak zat de verpakking van een pennywafel. Ik dupliceerde wat ik uit het dossier van Ross nodig had en legde alles weer terug.

'Kom op, man,' zei Ivy League met een samenzweerdersglimlach. 'De brigadier komt wel terug. Wat is er zo belangrijk dat het niet kan wachten?'

'Krijg de klere,' zei Gregory.

Het was precies twee uur in de nacht toen we in de T-bird stapten. 'Ik heb die kloothommel gevraagd wanneer hij met die knoop aan de gang gaat,' zei Gregory. 'Weet je wat-ie zegt? "Maak je niet druk, ik doe het wel." Niks, dat is wat-ie doet.'

'Dus heb je de knoop meegenomen.'

'Verdomd als het niet waar is.'

'En hoe zit het dan met de aaneenschakeling van bewijsstukken?' zei ik.

'Schakels kunnen gerepareerd worden,' zei hij. 'Ik bel Drumm er nog wel over. Kom op. Ik trakteer je op een tonic in je ouwe bureaukroeg. Dan gaan we herinneringen ophalen.'

Ik wist eigenlijk niet of ik daar wel zoveel zin in had.

De Sawmill aan Tremont Avenue was de kroeg van de agenten van bureau Vijf Eén. Het was een groezelige pijpenla, de bar aan de linkerkant, een rij kapstokken aan de rechter. Aan de rondlopende kant van de bar, bij het raam, zaten drie kerels op krukken blufpoker te spelen. Ze keken ons fel aan, de boodschap van een smeris uit de achterbuurten: 'Rot op, jullie, je hoort hier niet.' Aan het open eind van de bar bij de ruimte achterin, stond een handvol politiegroupies op een kluitje. Een van hen was de lichtblonde, die bij Sonny Guidice op de plaats van de moord was geweest.

Gregory bestelde een tonic voor me en voor zichzelf een Jameson met water. Hij dronk Ierse whiskey, tenminste tot na de verkiezing. Ik keek de bar rond. Ik was al in geen twintig jaar meer in deze kroeg geweest. Het rook er alsof iemand hardgekookte eieren had klaargemaakt en het leek er kleiner en smeriger dan ik me herinnerde. De kapotte tweekleurige tegelvloer was zó korrelig, dat je de ene kleur niet meer van de andere kon onderscheiden. Ik liep de groupies voorbij naar de lege achterkamer. Vier beschadigde vinyl zithoeken, twee aan elke kant van de biljarttafel. Ik gleed in de hoek bij de magnetron, die op een kleine vrieskist stond. Daar lagen een paar burrito's in, speciaal voor de magnetron. Zo konden ze de kroeg opgeven als een eetcafé en hoefden ze minder te betalen voor de kroegvergunning. Op de toiletten zaten nog dezelfde bordjes: Mannen, vrouwen. Geen symbolen, plaatjes, of grappige buitenlandse woorden.

Het moet iemand anders zijn geweest die zich hier zovele avonden had zitten bezatten, niet ik. Zo stom kon ik niet geweest zijn. Maar ik begreep de aantrekkingskracht van kroegen als deze rond middernacht, wanneer je je uniform hebt uitgetrokken maar de adrenaline nog volop door je bloed giert, na alle achtervolgingen en vuurgevechten. Op die manier kun je niet thuiskomen in een rustige, donkere woning. Je moet even uitblazen, de nacht stap voor stap herbeleven met iemand die erbij was, iemand die het begrijpt. Dus loop je binnen voor een borrel. Eentje maar. Het volgende moment heeft de klok zo'n typische nachtelijke sprong gemaakt en is het vier uur. Je vertelt hetzelfde verhaal nog eens en je weet ook dat je morgen terugkomt.

Grote Sonny Guidice dreunde door de deur, gevolgd door een handjevol jonge smerissen. Sonny droeg een verschoten veldjack van de marine, de jonge kerels leren jacks. Hij ging hen regelrecht voor naar de achterkamer.

'Ryan, ouwe rotzak,' zei Sonny, 'een beetje aan het achterbuurten?'

Sonny ging tegenover me zitten. Hij legde zijn pakje Marlboro en zijn rode gasaansteker op tafel tegen de servetstandaard. Een jonge agent schoof naast me; een fors type, eentje die met gewichten traint. Hij droeg een dik leren motorjack, maar nog kon ik zijn vuurwapen tegen mijn ribben voelen drukken.

'Paul Verdi,' zei de gewichtheffer en stak me zijn hand toe. 'Ik heb u daar, op die plek gezien...' Hij wees naar het oosten. Ik wist dat hij de plaats bedoelde waar ze Marc Ross hadden gevonden.

'Anthony Ryan,' zei ik, terwijl ik hem een hand gaf. Het verbaasde me dat hij niet probeerde mijn hand te vermorzelen. Hij begon zijn haar te kammen met een puntkam. De lichtblonde groupie zette een pul bier op onze tafel. Sonny greep haar bij de kont. Verdi gaf haar speelse klopjes.

'Het is zonde van Ross,' zei ik.

'Treurig, man. Heel treurig,' zei Verdi. 'Heb drie jaar met hem gewerkt. Heel goeie kerel. Ik vergat dat hij een jood was. Ik heb een kaart met een katholieke tekst gestuurd.'

Verdi haalde met zijn handpalmen naar boven zijn schouders op. Ik vond dat ze allebei nogal gemakkelijk over de dood van hun partner heenkwamen. Sonny deed het licht in het hokje aan om een driekleurig lintje van verdienste van de Newyorkse politie te bekijken. De kleur van de lamp was nooit veranderd: Klavertjes op een ondergrond die ooit wit was geweest, maar na jaren van nicotinedampen oranjegeel was geworden.

'Ik hoop wel dat jullie voorzichtig zijn,' zei ik. 'Er loopt nog steeds een politiemoordenaar vrij rond.'

'Wij hoeven ons nergens druk om te maken,' zei Sonny, die het lintje aan Verdi gaf. 'Wij dekken elkaar goed. Deze knul' – hij wees op Verdi – 'laat ik je dit zeggen, Ryan, deze knul Paultje Verdi, werkt nu al vijf jaar bij ons, heeft zevenendertig goede vermeldingen en nu een medaille gekregen. De beste smeris met wie ik ooit heb gewerkt.'

Verdi haalde bescheiden zijn schouders op, was klaar met zijn kambeurt, duwde zijn haar in model en liet de kam in een zak van zijn leren jack glijden. Hij trok de rits op.

'Hoeveel medailles heb jij, Ryan,' zei Sonny.

'Niet zoveel,' zei ik.

'Dat komt doordat je te lang in dat rusthuis zit,' zei Sonny. 'Dat verdomde puzzelpaleis aan East River. Een tehuis voor flikkers en verwarde geesten.'

Guidice was een paar jaar jonger dan ik. Afgezien van wat grijs haar en wallen onder zijn ogen, hadden de jaren hem niet onvriendelijk behandeld. Ik had altijd gemerkt dat de mannen die aan het werk bleven er beter uitzagen dan degenen die zich helemaal terugtrokken. Guidice was iets langer dan één meter tachtig en had een zwaar ontwikkeld bovenlijf. Hij had golvend haar, zout-en-peperkleur, droge lippen en donkere randen onder zijn ogen. Hij keek naar mijn haarlijn.

'Je haar begint dunner te worden, Ryan,' zei hij. 'Je begint er oud uit te zien. Je moet je haar voorover kammen en dat hoge voorhoofd van je bedekken.'

'Jij bent niet veranderd,' zei ik.

Joe Gregory leunde tegen de vriezer. Boven zijn hoofd hing een klok met reclame voor Schlitz-bier, in de vorm van een voetbalhelm.

'Zeg eens,' zei Sonny, 'komen die genieën van het hoofdbureau voor deze zaak wel van hun luie reten overeind?'

Verdi zette een glas bier voor me neer, maar ik bedankte. De Stones zongen 'Satisfaction'.

'Ze hebben ons achter de hoeren aan gestuurd,' zei ik.

'Lege harsesen,' zei Sonny. 'Als morgen het hoofdbureau de lucht ingaat, zullen wij het niet missen. Dat kan ik je wel zeggen.'

De bleke blonde gooide kwartjes in het biljart, zocht naar het rek en begon de ballen in de driehoek te trekken. Ze had kort stekelig haar, opgeschoren naar het scheen, en een gezicht zó bleek, dat het wel kleurloos leek. En dan die verbijsterend witte wenkbrauwen.

'Wat denken jullie?' vroeg ik. 'Verdoen we onze tijd daar in die tippelzones? Was Marc Ross een type dat hoeren oppikte?'

'Het type?' zei Sonny. 'Wat voor type bedoel je, het mannelijke type? Ja, hij hield wel van een mokkeltje. En ik weet zeker dat het allemaal geen heilige boontjes waren. Zit je daarmee?'

'Ik wil er alleen zeker van zijn of we op het goede spoor zitten,' zei ik.

'Die vent was niet getrouwd,' zei Sonny, 'dus nou en? Wat maakt het uit? Gaat iemand een klacht over hem schrijven? Gaat iemand hem voor de rechter in de hemel slepen?'

'Ik oordeel niet,' zei ik.

'Dat mag ik hopen,' zei hij. 'Ik weet het nog wel, jij was een wilde indertijd. Ik heb je menige nacht bij het uitschrijfboek zien staan, zo godvergeten opgefokt, dat je je naam nauwelijks meer kon schrijven.'

Gregory dronk zijn glas leeg en zette het boven op de brandblusser. Hij keek naar de biljartende meisjes. Ze droegen allebei een nauwsluitende spijkerbroek en een nauwe donzige sweater. Het stof van de tafel steeg op in het licht van de hanglamp.

'Hoe gaat het met je vrouw, Sonny?' vroeg ik.

'Het vrouwtje is er niet meer.'

'Gescheiden?'

'Nog beter,' zei hij. 'Dood. Op slag dood. Geschept door een wagen op de Palisades Parkway. Zes, zeven jaar geleden.'

'Sorry,' zei ik, 'dat wist ik niet.'

'Ik was verzekerd,' zei hij. 'Maar ik zal je dit zeggen. Ik trouw nóóit meer. Ik doe het liever met mezelf. Maar ik loop hier en daar weleens tegen een grietje op.'

'Eén of twee, niet Sonny?' zei Verdi.

De groupies hingen helemaal over de tafel heen. Gregory dronk opnieuw zijn glas leeg, waarbij de ijsblokjes tegen zijn lippen tuimelden, toen ging hij achterover staan leunen.

'Woon je nog steeds in Pearl River?' vroeg ik.

'Heb het huis verkocht, de grasmaaier en al die troep ook,' zei hij. 'Ik heb altijd een gruwelijke hekel gehad aan dat huis, dat heen en weer reizen en alles. Ik woon weer in Stuyvesant Town.'

Afgezien van Sonny, waren Gregory en ik veruit de oudsten hier, de enigen in kostuum en even misplaatst als Bogart en Cagney in een slecht ingekleurde swingende Coca-Cola-reclame.

'Wat denken jullie dat er die avond met Marc Ross is gebeurd?' vroeg ik.

'Jij bent verdomme de rechercheur,' zei Sonny, 'jij bent de eersteklas. Jij verdient het grote geld.'

'Bent u een eersteklas?' zei Verdi. 'Echt waar? Wat verdient u, een salaris van een inspecteur, zeker? Hebt u ooit beroemde zaken afgewerkt? Son of Sam, bijvoorbeeld, hebt u die zaak gedaan?'

'Je hoeft niet onder de indruk te zijn, Paultje,' zei Sonny. 'Hij heeft nog nooit in zijn leven een misdadiger ingerekend. Hij is een papieren smeris. Daar is hij beroemd om. Zit altijd te schrijven en aantekeningen te maken. Waar of niet, Ryan?'

'Dat is de reden waarom ik geïnteresseerd ben in wat jullie ervan denken. Jullie kennen deze buurt beter dan ik. Jullie hebben Ross gekend.'

'Geloof je die klojo?' zei Sonny, met zijn duim in mijn richting wijzend. 'Rechercheurs van de ouwe stempel, de èchte rechercheurs, zouden de zon niet onder laten gaan voor ze een politiemoordenaar door de straten konden sleuren.'

'Let op Tito Santana,' zei Paul Verdi. 'Dat is degene aan wie ik denk. Hij is een gek en een rotzak. Heeft een hekel aan ons.'

'Wie is Santana?' zei ik. 'Een drugsdealer?'

'Santana is een *drugsbaron*,' zei Verdi, 'heel wat meer dan een dealer.'

Sonny gaf Verdi over de tafel heen een klap tegen de zijkant van zijn hoofd. 'Wat heb ik je nou geleerd?' zei hij. 'Praat nooit met iemand van het hoofdbureau. Zelfs niet met deze zak.'

'Hoe zit het met Santana?' zei ik.

'Gelul,' zei Sonny, 'en ik zal je precies vertellen waarom dat gelul is. Tito Santana heeft ten eerste het lef niet. En ten tweede, hij weet dat ik over hem heenwals als een vrachtwagenlading bakstenen.'

'Misschien is het toch de moeite van het uitzoeken waard?' zei ik.

'Ryan, je bent een klootzak,' zei Sonny. Hij wendde zich weer tot Paul Verdi. Verdi zat zijn haar te kammen. 'Weet je nog dat ik dat kind heb doodgeschoten? Ik heb je erover verteld, Paultje. Nou, dit is die kerel die bij me was: Ryan. Een volhouder. De Rots van Gibraltar voor de kamer van inbeschuldigingsstelling. Deze man pist ijswater. Hij is kapotgegaan op het hoofdbureau.'

Sonny duwde zijn hand in het kruis van de blondine toen ze over het biljart hing. Ze gaf een gil, maar ik begreep dat ze zich afvroeg waarom het zolang duurde.

'Mag ik eruit, Paultje,' zei ik, 'we moeten er vandoor.' Ik stond op en Gregory wierp me mijn jas toe.

Sonny stond achter me op en drukte zich tegen de kont van het blonde meisje, waardoor ze klem zat tegen de tafel. Haar keu schoot door over het vilt en tikte de speelbal van de tafel. Die viel met een dreun op de vloer en rolde tot voor Gregory's voeten. De agenten achter ons brulden van het lachen.

Gregory pakte de bal van de grond op, legde hem op het groene vilt en gaf hem een spin. Sonny hield het blondje van achteren vast, met zijn handen om haar borsten.

'Waar sta jij verdomme naar te kijken?' zei de blonde tegen Gregory.

'Niks in het bijzonder,' zei Gregory.

'Amme reet,' zei ze.

'Nog niet met een geleende lul,' zei Gregory.

'Vuile smeerlap,' zei ze en haar wenkbrauwen van sneeuw werden samengeknepen. 'Je bent goddomme oud genoeg om mijn vader te zijn.'

'Zou kunnen,' zei Gregory. 'Hoe heet je moeder?'

Sonny maakte een gebaar over het blondje heen. Hij hield zijn vinger op voor mijn neus. Ik herinnerde me weer dat hij het prettig vond zijn vingertje op te heffen.

'Weet je, Ryan?' zei hij. 'Jij bent een huichelaar. Je komt hier binnen met het idee dat je beter bent dan ieder ander. Met je tonic, grote nep-eersteklas rechercheur. Je zou eens flink op je lazer moeten krijgen.'

'Laat het me weten als je zover bent,' zei ik.

Sonny duwde de blondine weg en haalde naar me uit, maar Gregory stapte ertussen. Met ons drieën stonden we klem in de kleine ruimte naast het biljart; Gregory blokkeerde alles met zijn grote lijf. Ik stond daar met een vreemd kalm gevoel, iets van opluchting, omdat ik dit wel wilde. Ik wilde dat Sonny me haatte.

'Laten we geen stomme dingen doen,' zei Gregory. 'We doen allemaal hetzelfde werk.'

'Helemaal niet,' zei Sonny, snel met zijn ogen knipperend. 'Je weet waar je me kunt vinden, Ryan. Wanneer dan ook. Wanneer dan ook.'

Gregory en ik liepen naar buiten, Tremont Avenue op. De lucht van de Bronx leek schoner dan vroeger. Een half blok ten westen van de Sawmill kon je het dreigend silhouet van de luchtspoorweg op 3rd Avenue zien. Nu niet meer.

'Wie was die vent ook weer die zei dat je niet meer naar huis terug kon?' vroeg Gregory.

'Thomas Wolfe,' zei ik.

'Volgens mij had hij het over deze plek.'

Wij hebben de neiging aan het verleden te denken alsof we de dagen en nachten als vorsten doorbrachten. De jeugd van nu kan niet tippen aan onze glorie van weleer, zeggen we tegen onszelf. Maar ik herinner me nachten in de kroeg die ik liever zou vergeten. Ik herinner me een smeris, Dinny Prendergast heette hij, die bij het raam van de Sawmill zat en liever de straat opliep om te piesen dan helemaal naar achteren te gaan. Soms, in de kleine uurtjes, stond Dinny buiten en hoorden we de trein krijsend het station binnenlopen. Soms waren we dan net op tijd om Dinny tegen te houden, die precies op deze plek tegen een auto stond te piesen en op de rijdende trein schoot.

Ik ken kerels die de huidige jonge agenten als anders beschouwen, waanzinniger dan wij. Ze beweren dat de kwaliteit bergafwaarts gaat. Maar ik weet beter. Ik moet dan aldoor denken aan kerels zoals Dinny, Sonny Guidice en aan mijzelf.

8

'Wat doe jij hier?' vroeg Delia. Het was halverwege de ochtend; Gregory en ik hadden de hele nacht doorgewerkt. Ik zat achter mijn bureau te telefoneren met de DEA om informatie in te winnen over Tito Santana. Ik had verwacht dat Delia bij het officiële ontbijt van de Liefdadigheidsvereniging van Politievrouwen aanwezig zou zijn.

'We zijn de hele nacht bezig geweest,' zei ik en legde de telefoon neer.

'Waar is je partner?' wilde ze weten.

'In het textielcentrum.'

'Om sokken te kopen?'

'Om te proberen die knoop te identificeren die we in de mond van Ross hebben gevonden.'

'Dat bewijsstuk hoort op bureau Vijf Eén thuis.'

'Drumm weet wat we doen,' zei ik.

'Je meent het. Misschien kan brigadier Drumm me dan ook vertellen wat jullie op dit moment aan het doen zijn.'

Delia zat op het bureau van Gregory, met één voet op de grond. Op het bureau droeg ze platte leren schoenen, voor het gemak en misschien ook om niet zo lang te lijken. Ze had een litteken uit haar kinderjaren op haar linkerknie, in de vorm van een vraagteken.

'Ik ben een dossier aan het doornemen van een drugsdealer genaamd Tito Santana,' zei ik.

'Wie heeft dat besloten, Anthony? Doe je dit liever dan de hoeren ondervragen?'

'Kom op, Delia, dat is op zijn best een slag in de lucht.'

Haar parfum had een kruidige, zoete geur en gaf een exotische sfeer aan een ruimte die gedomineerd werd door de lichaamsgeuren van mannen van middelbare leeftijd. Ze plukte aan een niet-bestaand pluisje op haar rok en overhandigde me toen een ontvangstbon.

'Teken dit,' zei ze.

'Waarvoor?'

'Het is een pieper. Ik wil dat je die bij je draagt.'

Ik tekende het formulier, gaf het terug en gooide de pieper toen in de bovenste la van mijn bureau.

'Ik begrijp best dat we niet genoeg tijd hebben gehad om deze zaak goed door te praten,' zei ze.

'Een vergissing van mij, inspecteur. Ik weet dat er van hogerhand druk op je wordt uitgeoefend.'

'Die druk kan ik wel aan. Ik heb geen problemen met zoiets. Ik hoop alleen maar dat je niet terugvalt in je oude gewoonten, nu je weer aan de Grote Gregory vastzit.'

'En over wat voor oude gewoonten hebben we het?'

'Ik ben niet vanochtend in de lift van dit gebouw uit het ei gekropen, Anthony. Ik heb verhalen gehoord over je oude ploeg en ik wed dat de meeste daarvan akelig dicht bij de waarheid komen. Ik weet nog dat het team van Monseigneur Dunne je oude inspecteur, Eddie Shick, heeft ontvoerd en hem regelrecht naar een ontwenningscentrum heeft gebracht.

'Nou, eigenlijk nemen ze je mee voor je laatste slok.'

'Wat doordacht van ze.'

'Daarna brengen ze je naar het ziekenhuis voor een ontgifting. Dan pas de drooglegging.'

'Daar gaat het mij niet om en dat weet je best. Ik kan niet tegen dat geheimzinnige gedoe van jou en Gregory, met je persoonlijke opvattingen over het doen van een onderzoek. Als ik denk dat je ergens bent, dan zit je ergens anders. En ik zie helemaal geen verslagen verschijnen.'

'Die stapel A-4'tjes,' wees ik, 'is voor jou. Die geven inzage in alles wat we tot nog toe hebben gedaan. Ik was van plan om ze op je bureau te leggen voor ik wegga.'

'Doe dat vooral,' zei ze, terwijl ze opstond. 'En zorg er ook voor dat die knoop direct wordt terugbezorgd in de Bronx. Daarna keer je terug naar de prostituées. En hou die pieper bij je.'

Delia sloot de deur van haar kantoor achter zich. Met een stevige klap.

Gregory zegt dat de beste rechercheurs telefoonrechercheurs zijn. Ik keerde terug naar de telefoon, omdat agent Paul Verdi ons in de Sawmill had verteld dat hij een drugsdealer genaamd Tito Santana ervan verdacht iets met de moord op Marc Ross te maken te hebben. Hoe meer telefoontjes ik pleegde, des te plausibeler leek het.

De afdeling narcotica van de Bronx vertelde me dat Marc Ross recentelijk meer dan tien arrestaties had verricht onder de straat-dealers van Santana. Moordzaken van de Bronx zei dat de twee dealers die in Crotona Park met betonstaven waren doodgesla-gen, beiden door Marc Ross waren gearresteerd. Iedereen zei dat Santana een psychopaat was.

Ik stond bij het raam naar het verkeer onder me, op Madison Street, te kijken en vroeg me af waarom Sonny Guidice er zo zeker van was dat Santana geen politieman zou doden. Het was een te goed spoor om te negeren. Joe Gregory zegt ook dat er niet zoiets als toeval bestaat.

De telefoon ging op het moment dat ik Shanahan van Vermiste Personen de kroeg van Brady in zag duiken. Het was Gregory, die ergens buiten stond te bellen. Ik kon hem nauwelijks verstaan van-wege het verkeerslawaai.

'Schiet op en kom naar de Blarney Stone bar aan 33rd, tegen-over de Garden,' schreeuwde hij. 'Ik heb de kerel gevonden die de knoop kan identificeren.'

Met de ondergrondse zou het vijftien minuten hebben geduurd; met de A-trein naar Penn Station, twee haltes. Maar na dertig mi-nuten rijden als een gek parkeerde ik mijn wagen ten westen van 8th Avenue en liep ik langs de voorkant van het hoofdpostkan-toor, een gebouw dat lang genoeg was om het hele motto van de Amerikaanse posterijen langs de bovenkant uit te spellen; de langste reclameboodschap die ik ooit had gezien. Ik sprintte naar de overkant van de 8th toen ik een gaatje in de verkeersstroom vond.

De vettige ramen gaven de Blarney Stone een ziekelijk aanzien vergeleken met de zaken die aan weerskanten zaten: Een vlekke-loze nieuwe Gap en een officiële zaak met sportkleding en spon-sorlogo's. De etalage lag vol attributen van de Knicks en de Ran-gers.

In de Blarney Stone-bar stonk het naar verschaald bier en spruitjes en het had twee gedeelten, één waar je mocht roken en één waar je mocht kettingroken. Aan de muur vlak achter de stamtafels hingen ongeveer tien openbare telefoons op een rij, al-lemaal bezet. Bij de lange bar links stonden een paar krukken met ongemakkelijke houten spijltjes als rugleuning, maar de meeste aanwezigen dronken staande, kijkend naar het tikker-tape score-bord van ESPN en nerveus spiedend naar de rij telefoons.

Achter de stamtafels aan de rechterkant stond een man met een staartje en getatoeëerde armen vlees te snijden. Zijn klanten waren zakenlui, pooiers, rommelaars op de textielmarkt en postbodes, maar de meesten waren afgegleden sportgokkers. Het was nog geen middag en de tent was al afgeladen. De Rangers en de Knicks waren rivaliserende ploegen die een play-off speelden. Het was hier veel te warm door het eten en verhitte lichamen. Binnen een paar seconden liep het zweet al van me af. Ik trof Gregory achterin, in een besloten zithoek, tegenover een oude man met een grijze gleufhoed. Ze zaten onder een ovale spiegel die in het midden een barst had in de vorm van een gebroken hart.

'Je kent Fashion nog wel, hè maat?' zei Gregory.

Joe en ik waren de fragiele, wonderlijke gokker vaak gevolgd toen we nog werkten voor de Criminele Inlichtingendienst. Ik was hem nog nooit zo dicht genaderd.

'Jullie hebben geluk dat je me hier treft,' zei hij. 'Ik kom hier niet meer zo vaak. Ik haat deze tent. Je ruikt het ongeluk al in de lucht.'

'Dat zijn spruitjes,' zei ik.

Ik kon me zijn echte naam niet herinneren, maar hij had ons zonder het te weten naar tientallen illegale gokholen geleid. Hij was een legende in de textielindustrie en ook een belangrijke sportgokker met de codenaam Fashion. Deze naam stond op de lijsten van ongeveer de helft van alle bookmakers in New York. Kerels als hij arresteerden we niet, die waren veel te waardevol als lokaas. Hij maakte het puntje van zijn sigaar nat en keek me met ijzig blauwe kraaloogjes aan.

'Ik vroeg net aan je partner of hij het verschil weet tussen een kok en een baas.' Fashion wees met zijn duim naar achteren waar de stamtafels waren. 'Een baas draagt geen tatoeëringen. Onthou dat, dat is wijsheid.'

Fashion pakte een medicijnflesje en liet een wit pilletje in zijn open hand vallen. 'Zie je die stomme zak daar, die het vlees staat te snijden?' Ik kom hier afgelopen winter binnen, midden in zo'n walgelijke verliezersdip. Ik verlies met voetbal, hockey, basketbal, universiteitsbasketbal, alles. Nog nooit in zo'n dip gezeten. En die getatoeëerde klootzak heeft een tip, zeg. Kon niet missen. Hij wilde sam-sam doen, maar ik moest hem wel de helft lenen. Lenen, hoor je dat? Tennis, zei-ie. Kan niet missen. Dat zeggen ze altijd, toch? Ik heb gezegd dat-ie moest oprotten.' Fashion sloeg de pil in zijn mond. 'Hij heeft nog de pest in. Daarom eet ik hier niet meer. Ga nooit zitten eten in een tent waar de kok de pest aan je heeft. Dat is wijsheid.' Fashion hield zijn handpalmen open naar de hemel. 'Heb helemaal geen sjoege van tennis.'

Fashion droeg een wollen sportjack dat uit een oosters tapijt gesneden leek te zijn, een blauw overhemd met een witte kraag en een gele das, de breedste das die ik ooit had gezien. Met zijn rechterarm leunde hij op een exemplaar van *Sporting News*, met een rij aantekeningen met potlood naast de basketbaluitslagen, allemaal getallen die voorafgegaan werden door plusjes en minnetjes.

'Fashion heeft onze knoop geïdentificeerd,' zei Gregory. 'Laat hij het eerst maar aan jou uitleggen.'

'Laten we eerst eens kijken wat dit genie weet,' zei Fashion.

'We moeten aan de slag,' zei Gregory, die op zijn horloge keek. 'We zijn aan een zaak bezig.'

De mensen aan de bar brulden om iets in verband met de basketbalwedstrijd tussen universiteiten op ESPN. Fashion keek met een ruk om.

'Nooit op een Notre Dame-wedstrijd wedden,' zei Fashion. 'Wijsheid van God.' Er liep een witte substantie uit zijn mondhoeken. 'Oké,' zei hij. 'Honkbalvraag. Welke broers hebben bij elkaar genomen de meeste home runs geslagen in de geschiedenis van de Major Leagues? Natuurlijke broers. Het totaal aan home runs bij elkaar.'

'De gebroeders DiMaggio.'

Fashion lachte kakelend en begon te hoesten. Die lach konden we altijd herkennen via de afluisterapparatuur. Het gezicht van Fashion werd dieprood terwijl hij zat te piepen en te kokhalzen. Gregory gaf hem een glas water, bang dat de oude man zou stikken. Fashion moest wel tachtig zijn – allemachtig, hij was tachtig toen we hem schaduwden. Even flink doorlachen en hij bleef erin. Maar langzamerhand begon hij weer normaal adem te halen en deed hij een flinke trek aan zijn sigaar.

'Ik zei ook DiMaggio,' zei Gregory, terwijl hij de witte knoop op tafel legde. Het plastic zakje zat vol opgedroogde bloedspatten van een dode smeris. 'Fout antwoord.'

'De gebroeders Alou,' zei ik. Ik dacht niet dat zij vaak homeruns hadden geslagen, maar ik wist dat er een aantal waren.

'Je raadt het nooit,' zei Fashion met een glimlach waardoor je alleen zijn ondertanden zag. 'Het zijn de gebroeders Aaron. Tommy sloeg er vijf, Hank zevenhonderdvijfenvijftig.'

Fashion legde zijn sigaar in de asbak en pakte de knoop op. 'Wat zei ik?' vroeg hij.

'De knoop,' zei Gregory.

'Ik heb het je partner daarnet verteld,' zei Fashion. 'Ik herinner me deze knopen nog goed. Kijk eens naar de vorm, het materiaal, geen plastic troep.' Hij hield het zakje met het bewijsstuk op voor mijn neus. 'Kijk, niet rond, maar ovaal. Dit is niet zomaar een massaprodukt.' Hij prikte over de tafel heen met zijn vinger in Gregory's borst. 'Dat, wat hij draagt, dat is een goedkoop massaprodukt. Ik kan grossen van die knopen inkopen voor een schijntje. Maar jullie knoop is van ivoor. Een speciale bestelling voor een collectie originele cocktailjaponnen. Kleine rode jurkjes met gerolde bandjes in zwart-wit tijgerdessin. Naomi Campbell, het *schwartzer* model, poseerde in deze jurk voor *Mirabella*.

'Wat is de prijs van zo'n jurk?'

'Laat ik het zo uitleggen,' zei hij schouderophalend, 'als je het zo nodig moet weten... Kijk, japonnen als deze worden gemaakt in beperkte oplage. Voor de kapsoneslijers, zal ik maar zeggen. Dus Moppie Rockefeller hoeft niet van haar stokkie te gaan als Poppie Carnegie in dezelfde jurk verschijnt op het liefdadigheidsbal voor transseksuele nazi-weesjes. En als ze zeggen dat ze er twee of drie van maken, betekent dat een stuk of dertig, veertig, op zijn hoogst.'

'Dan moeten ze een lijst bijhouden,' zei ik.

'Dat zou je kunnen vragen.'

'Wie verkoopt die jurken?' zei ik.

'Niemand,' zei hij.

'Goed,' zei ik. 'Wie is de rechtmatig eigenaar van die jurken?'

'Vraag je het mij?' zei hij.

'Welk bedrijf heeft ze gemaakt?' vroeg ik.

'Billy Blass,' zei Fashion. 'Wat hebben jullie smerissen toch? Smoezen jullie niet met elkaar. Ik weet wel zeker dat Billy aangifte heeft gedaan.'

'Wat voor aangifte?' vroeg ik.

'Van de diefstal. Ik dacht dat jullie met een diefstal bezig waren.'

'Waren deze jurken gestolen?'

'Hé, kijk, er gaat hem een lichtje op,' zei hij, terwijl hij boven mijn hoofd wees. 'Jaja. De hele verdomde collectie. Twee *schwartzes* met messen hebben het gedaan, de rotzakken. Op klaarlichte dag. Op de hoek van de 7th en de 35th. Vorig voorjaar. Tijdens de NBA-play-offs.' Fashion fronste zijn voorhoofd, alsof hij zich opeens iets heel vervelends herinnerde. 'Die verdomde Michael Jordan, die is niet menselijk.'

We liepen 33rd Street op. De wind woei uit het westen en nam in snelheid toe in de smallere zijstraatjes. De straten leken schoner dan de laatste jaren het geval was geweest, minder vegers en schooiers.

'Ik heb een sportvraag voor je,' zei Gregory.

'Jíj hebt een sportvraag voor míj?' zei Fashion. Hij deed een greep in zijn zak en trok er een bundel geld uit die te groot was voor zijn vuist. De bovenlaag bestond uitsluitend uit briefjes van twee dollar, het kenmerk van een verslaafde aan de races. 'Laten we het interessant maken. Hoeveel heb je bij je? Fifty-fifty.'

'Fifty-fifty,' zei Gregory, zijn flappen tellend.

'Je partner houdt ze bij zich,' zei Fashion, die me een bundeltje vochtige biljetten overhandigde. Ik wilde Gregory tegenhouden. Ik wist dat hij helemaal niets van sport afwist.

'Kom op met je vraag,' zei Fashion. 'Wacht even... is dit wel een gelegitimeerde vraag?'

'Natuurlijk,' zei Gregory. 'Klaar? Wie' – hij rekte het woord – 'speelde er in hetzelfde seizoen voor de Yankees, voor de Knicks en voor de Rangers?'

'Gelul,' zei Fashion. 'Die was er niet. Nooit gebeurd. Geef me het geld.'

'Dubbel of niks,' zei Gregory.

'Je zei toch *spelen*, ja?' zei Fashion, die zijn bundeltje weer pakte. 'Niet een of andere trainer, of een stomme clubarts, hè? We zeiden toch *spelen*?'

'Spelen, jazeker. Spelen,' zei Gregory. 'Doe je nog mee?'

Fashion gaf me nog meer geld. Ik vroeg me af wat de Algemene Inspectie Dienst van deze scène zou zeggen.

'Ik ga mee, verdomme,' zei hij, naar mij wenkend. 'Dit is onzin, ik weet het wel, maar ik moet het uitspelen. Nou, zeg op, wat is het antwoord?'

Dat is nou precies het kenmerk van een gokker, dacht ik. In al die jaren dat ik met gokkers bezig was geweest, was dat het enige waar je altijd op kon rekenen: ze móesten meegaan. De logica van een weddenschap deed er niet toe, de kennis ook niet. En wat er al helemaal niet toe deed, was of ze wonnen of verloren. Hoe dan ook, ze zetten volkomen kalm in voor het volgende spelletje of de volgende race. Waar het om ging was de actie. Ze moesten in de wilde werveling van geld zitten, bepaald door het toeval, door de lijsten, de telefoon en de geruchtenstroom. Die actie zat hen in het bloed. Het was actie of de dood.

'Nou, zeg je het nog,' zei Fashion. 'Wie was het?'

'Eddie Layton,' zei Gregory. 'De organist.'

'De organist?' zei Fashion, die stokstijf midden op straat bleef staan.

'Hij speelde de sterren van de hemel,' zei Gregory.

9

We lieten Fashion midden op 8th Avenue achter, maaiend met zijn armen als een dronken dirigent. Ik liet mijn auto bij het postkantoor staan en ging achterover in de leren stoel van Joe's T-bird zitten. Sinatra zong 'Last Night When We Were Young'. De stadsgeluiden leken gedempt. De rit naar het bureau op West 35th was maar vijf blokken, tien minuten lopen, twintig minuten met de auto.

Ik dommelde weg bij het gezoem van het verkeer en werd gedesoriënteerd weer wakker. Gregory parkeerde vlak voor Midtown South. South was een modern gebouw van stenen in twee kleuren, diep donkerrood en bleekbeige. Binnen hing een spandoek over de balie, waarop stond dat het 'het drukste politiebureau ter wereld' was. We liepen zonder enige controle naar binnen.

De bureaus van de rechercheurs boven waren door een laag metalen hek met een poort gescheiden van de bank waar mensen zaten om aangifte te doen. Op de bank zat een goedgekleed oud echtpaar. Zij zat te breien, hij te dommelen. Gregory leunde over het hek en maakte de poort van binnenuit open.

Op het naamplaatje op de balie stond 'Ruiz'. De man achter het naamplaatje droeg een spijkerbroek en een zwart T-shirt onder een zwart linnen sportjasje. Vanuit mijn hoek kon ik een lege schouderholster zien. Hij zat met tien vingers op een toetsenbord te tikken, onderwijl in een telefoon sprekend, die hij tussen oor en schouder geklemd hield.

Wat ik van de oude bureaus het ergste miste, was de verhoogde balie. Die heilige balie, hoog oprijzend en beschermd door een versierde koperen stang, naderde je pas als het echt niet anders kon. Ik zat al vijf jaar in het vak voordat ik voor het eerst achter de balie kwam; dat had niets met angst te maken, dat deed je uit respect. Nu is de balie op ooghoogte, jan en alleman rent erachter. Massale verwarring. Gregory zegt dat het bureau inmiddels lijkt op een campus van een of andere sociaal-liberale kunstacademie.

Toen Ruiz ons eindelijk een blik waardig keurde, zei hij: 'Waar komen jullie voor?'

'We moeten de eenenzestig hebben over de ontvreemding van japonnen,' zei Gregory, met zijn identiteitsplaatje in zijn hand. 'Het officiële verslag, alle navolgende verslagen, wat je hebt. Plaats 36th en 7. Het is in juni '93 gebeurd.'

'Ontvreemding,' zei de man met een glimlach. 'Ik dacht dat alleen kerels als Bogey, smerissen uit de film, ontvreemding zeiden.'

'Smerissen uit de film dragen schouderholsters,' zei Gregory. 'Echte smerissen zeggen ontvreemding.'

'Ja, nou, ga zitten, de film begint zo,' zei hij. 'Ik ben met iets belangrijks bezig.'

Gregory boog zich over het bureau, rukte de smeris de hoorn uit zijn handen en hing op.

'Hé, wees niet zo'n betweter, Bogey,' zei de smeris.

'Ben jij een rechercheur, Ruiz?' zei Gregory.

'Ik ben vijf titels verwijderd van de gouden penning,' zei hij. 'Niet dat het jou wat aangaat.'

'Laat ons gewoon zien waar de dossiers staan,' zei ik, 'we zoeken zelf wel.'

'De dossiers over de ontvreemding,' zei Gregory.

'Ik neem de tijd voor jullie,' zei de smeris, die opnieuw begon te telefoneren, 'zodra ik klaar ben. Of misschien wel nooit.'

Ik zei: 'We werken aan de moord op de smeris in de Bronx.'

Zijn gezicht werd vlekkerig rood. 'Waarom hebben jullie dat niet meteen gezegd?' Hij legde de telefoon neer. 'Had dat nou meteen gezegd. Dit vind ik klote, man, zo moet je niet doen.'

We volgden hem naar een achterkamer, terwijl hij in zichzelf bleef mopperen. Langs de wand van de kamer stond een rij metalen archiefkasten die zich uitstrekte van muur tot muur.

'Wat was de datum ook weer?' zei Ruiz, nog altijd verontwaardigd zijn hoofd schuddend.

'Juni '93,' zei Gregory. 'Bill Blass heeft aangifte gedaan. Japonnen, gestolen van de straat.'

'Jullie hadden echt moeten zeggen dat jullie aan de zaak Ross werken,' zei hij. 'Dit was niet eerlijk.'

Vanuit de deuropening kon ik het oude stel op de bank zien. Ze schonken iets uit een thermosfles. De oude man hield twee gebloemde koffiemokken op terwijl de vrouw schonk.

'5 juni,' zei Ruiz, die een dik dossier te voorschijn haalde. 'Hier is het. De zaak is gesloten hangende verder onderzoek.'

'Wie heeft die zaak gedaan?'

'Fleming,' zei Ruiz met rollende ogen. 'Een fossiel. Waardeloze zak. Verdween vlak voor Kerstmis. Niemand wist dat hij weg was.' In de traliekooi aan het einde van de afdeling zaten twee mannen in vettige overalls op de vloer iets in het Spaans te fluisteren. Een smeris, eveneens in een vettige overall met 'Autodiefstal' op de rug, stelde in het Engels vragen en typte de antwoorden in. Hij typte de letters één voor één.

'Ik zal jullie eens wat zeggen,' zei Ruiz, 'de meeste diefstallen van dure avondkleding worden door travestieten gepleegd. Of het spul is bestemd voor de verkoop aan travestieten.'

Ruiz liep weer naar zijn bureau en trok zijn revolver uit de bovenla. Hij schoof hem in zijn schouderholster. 'Zijn jullie met de auto?' vroeg hij. 'Ik weet iemand die ons misschien kan helpen.'

Ruiz zei het oude echtpaar op de bank gedag. Hij vertelde ons dat ze verderop woonden en er iedere dag zaten. We stapelden ons in de T-bird en reden het centrum uit. Ik las het dossier.

'Hier staat niets over ivoren knopen,' zei ik.

'Ik weet niets van knopen af,' zei Ruiz.

De informant van Ruiz was al vijftien jaar busmonteur bij de stadsbussen. Hij werkte in ploegendienst van vier tot twaalf in de garage op 9th Avenue en 54th.

'Misschien treffen we hem thuis,' zei Ruiz.

Thuis was een smerig gebouw van vijf verdiepingen zonder lift, aan 48th en 11th, de noordoosthoek, tussen de theaterbuurt en de Hudson. Een buurt die bekend stond als de 'Heksenketel'.

'Deze vent,' zei Ruiz, 'is geen smeerlap. Begrijp je wat ik bedoel? Afgezien van zijn manier van leven is hij een goeie vent.'

'Hoe noemen we hem?' vroeg ik, in de veronderstelling dat Ruiz ons zijn werkelijke naam niet wilde geven.

'Soms Nathan, soms Natasja. Hangt er vanaf. Hij is nogal gevoelig.'

Vijf trappen op naar Nathan/Natasja. Ruiz bonkte op de deur. Het rook er scherp naar ammoniak. Op de versleten en gebroken tegels zag je strepen van een mop. Op de overloop hoorde je de bekende middaggeluiden van de spelletjesprogramma's. Hij/zij keek een paar minuten lang argwanend door het kijkgaatje, toen begon hij de sloten los te maken. Daarna het onmiskenbare glijgeluid en de holle klik van de lange stalen grendel.

Nathan/Natasja was een gedrongen donkere man met woeste plukken zwart haar die uit zijn wenkbrauwen schoten en boven de hals van zijn oranje Mets T-shirt uitgroeiden. Hij stelde zich voor als Nathan. Ruiz ging ons voor naar een grote huiskamer, voorbij een kleine keuken, toilet en een deur met een hangslot erop. De muren waren bepleisterd.

Ruiz ging wijdbeens op een ottomane zitten en gebaarde dat wij konden gaan zitten. Op de grond, onder een lege vogelkooi, lag een zwart minirokje van elastisch materiaal.

'Nathan,' zei Ruiz, 'dit is behoorlijk heftig. Ik wil je wel zeggen dat ik nooit iemand bij jou thuis zou brengen als het om flauwekul ging. Anders zou ik hier ook niet zitten. Geloof me maar, het is heftig.'

Joe en ik gingen op de bank zitten, Nathan in de leunstoel. Hij droeg een witte chenille badjas over zijn T-shirt en zijn benen waren bloot. Hij had zwarte balletschoenen aan. Ruiz vertelde Nathan over de dood van een smeris en zijn ogen werden vochtig.

'Nathan weet meer over gestolen kleding dan wie ook in deze stad,' zei Ruiz. 'Nietwaar, Nathan?'

Nathan haalde bescheiden zijn schouders op en veegde met een behaarde vinger zijn ogen af.

'Laat je kamer maar zien, Nathan,' zei Ruiz. 'Toe maar, laat ze de kamer zien.'

Nathan wendde zijn gezicht af en keek uit het raam. Het raam keek uit op het westen over de rivier de Hudson. Van daaruit kon je de USS *Intrepid* zien, nu een drijvend museum. Toeristen liepen om de vliegtuigen heen die op het dek stonden.

'Nathan,' zei ik, 'we betrekken je hier niet in. Wij begrijpen jouw positie. We betrekken je er niet in.'

Gregory keek me woedend en niet-begrijpend aan, een blik die zei: Wat is er in godsnaam met jou aan de hand?

Ik gaf Nathan de schets van de verdachte, daarna de schets van de japon uit Ruiz' dossier. 'De gezochte persoon zou die jurk gedragen hebben en lange witte handschoenen.'

Nathan hield zijn handen op, met dikke, korte, gezwollen vingers. Het waren de gehavende werkhanden van een monteur. 'Velen van ons dragen handschoenen,' zei hij.

Zijn stem verbaasde me. Die was hoog en dun. Ik had een ruw, schrapend geluid verwacht, een verzopen bariton. Hij bekeek de schetsen zorgvuldig.

'Ik ken die persoon van de schets niet,' zei hij. 'Maar de japon is van Bill Blass, uit zijn Conga-collectie.'

'Klopt,' zei ik. 'Heb je die ooit eerder gezien?'

'Zeker,' zei hij. 'Het is een opvallende jurk.'

'Waar?' vroeg Gregory.

'In de club, de Sweet Life in Chelsea. Iemand was ze aan het

verkopen. Ik had hem graag willen hebben, maar de grotere maten zijn zó weg.'

'Heb ik jullie niet gezegd dat hij een goeie kerel is?' zei Ruiz.

'En wat voor knopen zaten eraan?' zei ik.

'Hoe bedoel je, knopen?'

'De knopen op de jurk,' zei ik. 'Heb je daar iets bijzonders aan
opgemerkt?'

'Nee, dat niet.'

'Wie verkocht die jurken?' zei Gregory.

'Een of ander kreng uit Jamaica,' zei Nathan. 'Het spijt me, dat is
niet netjes gezegd, maar ze is een gemeen kreng. Ik kom daar niet
meer zo vaak vanwege die kliek. Ik hou niet van dat ruwe gedoe.'

'Bedoel je een vrouw uit Jamaica?' zei ik.

'O nee, een man, hoor,' zei hij. 'Ik ken zijn naam niet. Een
zwarte man, lang. Hij is daar altijd om wat te verkopen.'

'Waar in Chelsea zit die club precies?' vroeg ik.

'Precies op de hoek van 11th en 28th,' zei Nathan, naar het zuiden wijzend. 'Derde dinsdag van elke maand. Vijfde verdieping...
wacht even.'

Nathan stond op en liep de kamer door. Hij ging op een piano-
kruk voor een kaptafel zitten, die hij gebruikte als telefoontafeltje.
Er was een soapserie op de televisie, maar het geluid stond uit.

'Ik vind je posters mooi,' zei ik.

'Dank u,' zei hij zachtjes. De wanden waren bedekt met ingelijste posters van Broadway-shows. Nathan haalde een papier uit de
la.

'Hier,' zei hij. '19 april. Volgende week dinsdag. Het is een ge-
kostumeerd bal. Iedereen komt.'

Het logo van Sweet Life was een tekening van een danseres van
het type Anita Ekberg, met schommelende boezem. De beweging
werd aangegeven met een rij golvende lijntjes rond de borsten.
Aan de wedstrijden deden deze keer debutanten mee en de aller-
grootste maten van over de driehonderd pond. Op dinsdag 19
april, om middernacht.

'Ik heb jullie gezegd dat Nathan een goeie vent is,' zei Ruiz.
'Vooruit maar, laat je kamer maar zien.'

We volgden Nathan, die het hangslot losmaakte. Ik had aangenomen dat de deur naar een ander appartement leidde. We liepen
een lange donkere gang door en passeerden een kralengordijn.
Hij deed het licht aan en de kamer pulseerde in rood licht. Een
muur vol spiegels, boa's, een zee aan lovertjes en open kasten met
tientallen glinsterende jurken. Honderden paren schoenen met

hoge hakken stonden in een muur met vakjes. En een toilettafel waarvan de spiegel verlicht werd door een rij peertjes, zoals je ze kent van de oude sterren van Broadway.

'Ik ben zeer onder de indruk,' zei ik.

'Ik heb het jullie toch gezegd, nietwaar?' zei Ruiz.

'Nog één ding,' zei Gregory. 'Wij willen wel dat je de persoon identificeert die deze jurk heeft verkocht.'

'Alleen voor ons, Nathan,' zei ik, 'daarna loop je gewoon weg.'

'Ik had andere plannen,' zei Nathan.

Zelfs in de knipperende rode lichtjes, die oranje begonnen te lijken, kon ik de tranen over zijn gezicht zien rollen. Opnieuw beloofde ik hem dat we hem er volledig buiten zouden laten. Ik legde mijn hand op zijn schouder en kon voelen hoe de spieren in zijn rug samentrokken.

'Heb ik dan een keus,' zei Nathan.

10

'We hebben die halve gare vorstelijk behandeld,' zei Gregory. 'Koningin voor één dag.'

We zetten Ruiz af bij Midtown South, daarna reed Gregory me naar mijn auto. 33rd Street stond vol lege gele taxi's, de deuren open, geparkeerd op een plek waar een stopverbod gold. Op de stoep hing een tiental gerimpelde mannen rond, kletsend bij hun auto's, voornamelijk uit het Midden-Oosten. Taxi's behoren van dienst te verwisselen in de garage. Maar dat gebeurde niet meer. Nu waren de garages in Queens, als ze er nog waren.

'Ik ga naar huis,' zei ik.

'Geen moment te vroeg,' zei Gregory. 'Voordat je je hartebloed helemaal over mijn Korinthisch leder uitstort.'

Gregory stopte vlakbij mijn auto. Over mijn voorruit, vlak boven mijn officiële politieparkeerkaart, zat een sticker met de woorden: 'U staat geparkeerd op een plaats waar dat niet mag: op last van de posterijen.'

'Het is niet nodig om als een stoomwals over die vent heen te rollen,' zei ik.

'Kom zeg. Die gek is een informant en wij hebben een moord op te lossen. Ik wed dat hij bij alles en iedereen tranen perst.'

Op de hoek stond een groep toeristen te poseren samen met een vrouw die gekleed ging als het Vrijheidsbeeld. Ze was van top tot teen groen geverfd, haar gezicht, haar haren, alles.

'Dat was het voorlopig,' zei Gregory. 'Vooruit, ga naar huis. We gaan pitten, dan kunnen we weer vroeg beginnen. Misschien kunnen we vanavond echte politiemannen zijn.'

Ik wist dat Gregory gelijk had wat betreft informanten, maar ik was moe en vroeg me af hoe ik die sticker van mijn voorruit moest krijgen.

'Hier,' zei ik en overhandigde hem de pieper waarvoor ik getekend had. 'Delia wil dat je die bij je draagt.'

Op weg naar huis moest ik, vanwege de sticker, rijden met beperkt zicht. Ik praatte hardop tegen mezelf in een poging om wakker te blijven. De rit naar Yonkers duurde maar twintig minuten. Ik was de spits nog net voor en ik was dankbaar voor de stukjes vrije baan. Ik kon alleen nog aan mijn bed denken.

Op de politieradio interviewde het voormalig hoofd van de Guardian Angels, de voorzitter van de PBA, de belangenorganisatie van politiemensen, Lenny Marino. Lenny verhief zijn stem als Martin Luther King met een accent van Queens, met de woorden dat geen smeris zou rusten voor de moordenaar van Marc Ross was gevonden. Lenny gaf me een schuldgevoel. Maar ik moest nu toch echt naar bed.

Het was donker toen ik Leigh met haar zachte warme huid naast me in bed voelde glijden. Ze sliep altijd naakt omdat ze wist dat ik dat fijn vond en ze deed er alles aan om me te helpen in slaap te vallen. Ik ben nooit een goede slaper geweest, maar naarmate ik ouder werd, verergerde dat blijkbaar nog. Ik lag dan naar de weinig meevoelende muren te staren en vergissingen en de dingen waar ik spijt van had bij elkaar op te tellen. Slechts haar aanraking bracht me terug in de werkelijkheid en dat stelde me dan gerust.

'Het is bijna acht uur,' zei ze. Ik had een briefje voor haar achtergelaten om me om acht uur te wekken. 'Ik heb die sticker van je voorruit geschraapt.'

Ik rolde naar haar toe en trok haar tegen me aan. Ik voelde de zachtheid van haar lichaam. In die paar seconden dat ze in bed lag was de temperatuur enorm gestegen. Ik vroeg me af of alle vrouwen zoveel hitte uitstralen. Ik begroef mijn gezicht in haar hals en rook haar parfum.

'Wat gaat het dynamische duo vanavond doen?' vroeg ze.

'Hoeren en nog eens hoeren.'

'Wat een leven,' zei ze. 'De hele dag pitten, de hele nacht feesten.'

Ik begon haar op haar rug te krabben. Ze vond het heerlijk om gekrabd te worden. Dan kon ze urenlang extatisch met haar ogen liggen knipperen tot haar rug helemaal rood, bijna rauw was.

'Hoe laat heb je met Gregory afgesproken?'

'Om tien uur,' zei ik.

'Dan heb je nog tijd,' zei ze, terwijl ze haar handen tussen de band van mijn broek liet glijden en die naar beneden trok. Ik schopte hem uit en duwde hem naar het eind van het bed.

'Heb je je insuline al ingespoten?' zei ik.

'Ja,' zei ze. 'Hou nu op met denken en ontspan je.'

Ik vond haar mond en kuste haar. Met haar hand masseerde ze zachtjes mijn ballen en vervolgens steviger. Leigh was een instinctieve minnares die precies aanvoelde hoe ze hem hard moest krijgen. Ik liet mijn handen teder over dat leeftijdloze lichaam van haar glijden. Een lichaam dat graag gestreeld werd, met heel gevoelige borsten. Ik wreef en kuste, raakte aan en krabde. Ze hief haar been op en legde het over mijn heup. Wij lagen op onze zijden naar elkaar toe gekeerd en ze leidde me bij haar binnen. Heel langzaam deden we het, in ons eigen ritme, ons eigen tempo. Toen duwde ze me op mijn rug en rolde zich boven op me, zodat ze me kon neuken terwijl ze haar bovenlichaam opduwde, alsof ze haar opdrukoefeningen deed. Haar borsten streken heel vluchtig over mijn borst als ze omhoogkwam en weer daalde. Ze staarde me aan terwijl ze haar heupen bewoog. En we zeiden helemaal niets.

Later, toen we hand in hand lagen, hoorde ik haar huilen.

'Wat is er aan de hand?' vroeg ik.

'Niets,' zei ze.

'Vooruit, Leigh. Wat is er?'

'Nee,' zei ze, 'er is niets. Echt helemaal niets. Dat is echt waar. Het is niets.'

Ik hield haar stevig tegen me aan en krabde haar op de rug in wijde cirkels, wat ze zo heerlijk vond. En ik bleef kijken hoe ze in slaap viel.

11

Op dinsdag 19 april, om tien uur 's avonds, zat ik achter een raam op de derde verdieping van een verlaten kofferfabriek naar Joe Gregory te kijken. Die stond aan de overkant van de straat op een vuilnisemmer lampen te verwisselen boven de ingang van de Sweet Life Social Club. We waren al vroeg vóór het travestietenbal met onze surveillance begonnen en hadden opgemerkt dat de deur voor Sweet Life in duisternis gehuld was. Gregory ging erop uit om witte peertjes van 150 watt te kopen en licht boven de ingang te maken, zodat we de feestgangers beter konden zien.

'Denk er eens over na om in de beveiliging te gaan, Ryan,' zei Sid Kaye, toen hij me een bos sleutels overhandigde. 'Pientere kerels zoals jij willen ze direct hebben. Er liggen functies met een salaris dat in de tonnen loopt op een knaap als jij te wachten.'

Sid Kaye was een ex-smeris die voor ons geregeld had dat wij in de fabriek mochten zijn. Sid had een goeie tijd met ons gehad en daar herinnerden we hem dan ook geregeld aan. Hij was chef beveiliging bij Orion Insurance, dat het pand als eigendom claimde. Hij was ook voorzitter van de Gepensioneerde Rechercheurs van de Newyorkse politie en zat in het bestuur van verscheidene andere verenigingen van ex-politiemannen en -FBI'ers; het blauwe ondergrondse netwerk, dat de stad New York in handen had.

'Ga heen, Sid,' zei ik, 'in de tonnen, zeg je?'

'Ik zit je niet te belazeren,' zei hij, 'ze beginnen het in deze stad eindelijk door te krijgen. Privé-beveiligingssystemen is de trend van de toekomst. Amerika begint zich eindelijk te realiseren dat ze ons nodig hebben. Binnen een maand kan ik je een droombaan bezorgen.'

'Hoe komt het dat ik nooit van dit soort banen hoor?'

'Voor dit soort banen kun je geen advertenties zetten. Iedere achterlijke gladiool komt uit zijn hok te voorschijn. Dit kan alleen mondeling.'

Gregory sprong van de vuilnisbak en hinkte een paar keer. Er was niemand in de buurt die hem had gezien. 11th Avenue was leeg. Er stond zelfs geen geparkeerde auto. De stenen muren van het gebouw waren bedekt met afbladderende aanplakbiljetten. Gregory stak met de zak vol oude peertjes behoedzaam de straat over en ging de fabriek binnen.

'Wanneer we horen dat er een baan vrijkomt, houden we het stil,' zei Sid. 'We gaan bellen. En ta-ta-taaa, zodra Gekke Gerretje ervan hoort, is de plek vergeven.'

'Noem mij één smeris die nu een ton verdient,' zei ik.

Hij vertelde me over voormalige smerissen uit New York die nu met hun reten op leren stoelen zaten, op de hoogste verdiepingen van praktisch alle wolkenkrabbers van de stad. En daar konden ze blijven, zolang ze onthielden dat hun gezamenlijke waarde op straatniveau lag en ze de vinger aan de pols hielden. Ze waren goed georganiseerd, brachten zelfs hun eigen telefoongids uit. Het leken de klassenlijsten in het blaadje van de oud-studenten van Ivy League wel: Wie zat er bij Time-Warner, wie bij Sloan-Kettering of bij de Citibank. De meesten waren bekende namen, goeie kerels, goeie smerissen, het puikje van de afstudeerklas, mannen die je vroeger opbelde als je vastzat in een moordzaak. Nu belde je hun secretaresses als je kaartjes voor het theater wilde, of een beveiligingsontwerp voor een 747, of een directe afspraak met de beste hartspecialist in New York.

'Ach, je hoeft alle reilen en zeilen van een systeem niet meteen te kennen,' zei Sid. 'Als er wat is, kijk je gewoon in de gids. Bel mij, of bel een ander. Er is niets wat niet iemand in dat boek voor je kan regelen.'

Sid stopte met zijn krasse verhalen toen hij Gregory met de vrachtlift naar boven hoorde komen. Hij had gezegd dat Joe er niet geschikt voor was.

'Onthou dit,' zei Sid. 'Er is altijd wel een of andere kerel die weer een kerel kent die iets voor je kan doen wat een andere kerel niet voor je kan doen.'

Gregory kwam binnen, kankerend over zijn knieën. Sid stond op om te vertrekken. Ik keek naar de ingang van de club. Die nieuwe peertjes maakten veel verschil. De ingang was duidelijk te zien, maar de rest van het blok hing nog steeds in een geel waas. Ongeveer twintig jaar geleden was de stad New York op geelgekleurde straatverlichting overgegaan om geld te besparen. Het gele licht was onnatuurlijk. Ze verslechterden het zicht in het donker, omtrekken werden vervormd, afstanden leken korter. Kleuren waren niet te onderscheiden, rood leek zwart; je kon niet in de schaduwen kijken. Dat alles wakkerde de aangeboren paranoia van de New Yorkers alleen maar aan. En het misleidde de bewakingscamera's.

'Ik ben weg,' zei Sid. 'Morgen vlieg ik naar Vegas, een seminar over terrorisme. Doe de lichten uit als jullie gaan en brand de tent hier niet af. Geef de sleutels maar aan George McGrath op mijn kantoor als jullie klaar zijn. Ken je George McGrath nog? Van de zeventiende eenheid. Een heer. Maar wat kun je anders verwachten van de zeventiende eenheid?'

Gregory en ik gingen in omgekeerde stoelen bij het raam zitten om de ingang van de club in de gaten te houden. In de kofferfabriek rook het schimmelig, net als op een oude zolder.

'Heb jij je weleens in een van die verklede kerels vergist?' zei Gregory. 'Ik niet. Kan me niet schelen wat ze aanhebben. Je kunt het zien. Handen te groot, vooruitstekende adamsappel, benen te gespierd, te brede trekken.'

'Misschien wanneer je wat te veel ophad.'

'Zo dronken ben ik nooit geweest,' zei hij. 'Er is altijd wel iets opvallends. Het loopje, de stem, baardstoppels. Iets.'

Delia had ons verlof gegeven van de hoerenpatrouille zodat we samen op de uitkijk konden. Ze zei dat het haar niets zou verbazen als de moordenaar een man was. Het was de bedoeling dat Nathan/Natasja de Jamaicaanse heler zou aanwijzen. De Jamaicaan zou ons weer naar degene leiden die de jurk van Bill Blass had gekocht.

'Denk jij dat Ross zich vergist had?' zei ik.

'Vergist? Nee,' zei Gregory. 'Hij was misschien een beetje vreemd, wie weet. Een musicus, misschien vond hij dat soort dingen leuk. Ik denk dat een smeris niet misleid mag worden. Als Ross met een travestiet ging, was het opzet.'

Na korte tijd kwam de eerste taxi voorrijden. Er stapten twee lange mensen in avondjurken uit, met een te zware lach.

'Daar gaat-ie dan,' zei Gregory toen de volgende taxi stopte. Toen de derde. Vanaf deze afstand zagen sommige gasten er bijzonder aantrekkelijk uit. Het geklik van hoge hakken klonk op naar boven, waarvan er enkele waren die gedragen werden door echte damesvoeten. Nathan had ons verteld dat er wel vrouwen kwamen, uit de showbusiness en SoHo-types.

Joe richtte de camera op de glitterende menigte op de helderverlichte plek die hij had geschapen. Ze gedroegen zich allemaal alsof ze elkaar kenden en stonden om beurten op de deur van de club te bonzen. Hij liet de camera zoomen tot de deur opening.

Bijna twee uur lang wachtten we op het verschijnen van het korte gedrongen lichaam van Natasja, terwijl de taxi's, auto's en limousines af- en aanreden. Het leek wel de uitreiking van de Oscars, maar dan met meer decolleté. Soms arriveerden ze in groepen en stroomden de taxi's uit, haren in model duwend, japonnen gladstrijkend, elkaars verschijning controlerend voordat ze naar binnen gingen. De meesten kwamen alleen. Maar geen Nathan. Geen Natasja.

'Hij heeft ons laten zitten,' zei Gregory. 'En hij heeft gegarandeerd de Jamaicaan gewaarschuwd. We hadden die lul de stuipen op het lijf moeten jagen.'

Om kwart over twee begon Gregory de spullen in te pakken. Nathan had gezegd dat hij om één uur zou vertrekken en ons zou treffen op de hoek van 28th Street. Er was al een hele tijd niemand meer aangekomen en een paar gingen alweer weg.

'Weet je wat, maat,' zei Gregory. 'Ik heb zitten nadenken, wij hebben die zak helemaal niet nodig.'

We sloten de apparatuur in de achterbak van de auto en staken over naar de club. De lift stonk; er hing zoveel parfumlucht, dat alles aan me begon te jeuken. De deuren gingen open op de vijfde verdieping, een wand met blokken matglas. Boven een gewelfde ingang hing crêpepapier. Aan weerszijden, bij een fluwelen koord, stonden twee uitsmijters, gekleed als zaalwachten in het theater.

'Bureau Tien,' zei Gregory, die zijn penning omhooghield voor de neus van een van de zaalwachten. 'We moeten jullie branduitgangen controleren.'

We wachtten niet op toestemming maar liepen gewoon voorbij, in het typische loopje van smerissen, alsof wij heer en meester waren van de zaak. Een ronde bal in het midden van het plafond wierp gekleurde kringetjes van licht op de grond van een fabriekshal, waar ooit de naaimachines, drukpersen of draaibanken hadden staan dreunen. We liepen naar links, omdat je een huiszoeking altijd links begint. De tafeltjes waren leeg; het publiek stond beneden bij het toneel.

Daar paradeerde iemand in een jurk met een gerafelde zoom. De menigte applaudisseerde dolenthousiast. In de schijnwerper kondigde iemand met een cape en slappe zwarte hoed iets aan, terwijl hij een trofee boven zijn hoofd zwaaide. We baanden ons een weg langs de wanden van de hal en tussen de tafeltjes door.

Gregory duwde de deur van de damestoiletten open. Daar stond een lang zwart persoon in een japon van goudlamé voor de spiegel te hangen om wimpers bij te werken, die even lang en dik waren als kartonnen lucifers. Wat het ook was, het was alleen en negeerde ons, terwijl Gregory de deuren van alle toiletten opengooide.

In het herentoilet was het druk. Voor elke pot stond een kerel, met zijn jurk opgetrokken en zijn slipje naar beneden. Een lange brunette met een diadeem schreeuwde 'visitatie, visitatie,' en draaide zijn jurk achterstevoren, zodat hij door de heuphoge split kon piesen.

We kwamen de herentoiletten uit op één niveau hoger dan de dansvloer achter het toneel. De menigte ging, nog altijd applaudisserend, uiteen. Sommigen liepen in de richting van de uitgang. Het was een zee van lange mensen in avondjaponnen, pruiken en pumps maat vijfenveertig. Ik zag geen Nathan of Natasja. Toen bleef Gregory stokstijf voor me stilstaan.

'Kijk,' zei hij wijzend. 'Zwarte jurk, naast Ivana Trump. Lange witte handschoenen.'

Ik zag maar één persoon met lange witte handschoenen.

'Dat is ze, maat,' zei Gregory. 'Donkere huid, grote hoeveelheid haar, lange witte handschoenen.'

Het haar klopte, die grote zwarte krullen en golven, de lengte klopte ook, het was waarschijnlijk de kleinste persoon in de ruimte. De huid was donker, een roodbruine gelaatskleur en de handschoenen klopten ook. Maar ze leek veel te adembenemend vergeleken met onze schets. Ze had volle lippen en een glimlach die de jupiterlampen had kunnen vervangen.

Gregory klom over de stang die de dansvloer van de tafeltjes scheidde. Hij sprong een meter naar beneden op het parket. De witte handschoenen bevonden zich in de stroom mensen die zich naar de uitgang begaven. Ik hield mijn ogen op haar gericht terwijl ik me ook op de dansvloer liet vallen. De vloer was goed ingewreven en dus glad. Ik voelde een duw van achteren en struikelde over een kabel die omhoogleidde naar het toneel. Toen ik opkeek was ik haar kwijt in de zee van enorme pruiken en breedgeschouderde vrouwen.

Ik haalde Gregory in bij de lift. Hij sloeg op de knop alsof dat hielp om hem sneller te laten komen, maar hij was nog steeds op weg naar beneden, langs de vierde etage. Ik nam de trap.

Vijf trappen later rende ik met een klap de deur uit, de koude avondlucht in. De witte handschoenen bevonden zich in een zwarte jas op de hoek van 29th Street, waar ze in een gele Checkertaxi stapten. De persoon keek achterom naar mij toen ik de straat op kwam hollen. Toen de taxi optrok, herhaalde ik in gedachten het nummer tot ik het in mijn notitieboekje had geschreven.

'Waar is ze?' schreeuwde Gregory.

'Taxi,' zei ik en wees het centrum uit. De verkeerslichten volgden een groene golf, maar wij zaten midden in een rode golf, helemaal 11th Avenue af. De Checker remde voor het tweede stoplicht voor ons.

'Kijk goed waar hij afslaat,' zei Gregory. 'Ik ga de wagen halen.'

Ik begon over de middenstrook te rennen en bleef goed op het verkeer voor me letten. Ik was nog drie auto's van de Checker verwijderd toen de lichten op groen sprongen. Ik draaide me om, maar geen Gregory. Voor me uit zwom de school kleine rode achterlichtjes tussen de groene lichten in. Ik begon opnieuw te rennen. Nog drie blokken. Mijn ademhaling kwam boven het geklik van de verkeerslichten uit. Mijn rechterenkel deed zeer.

'Instappen,' schreeuwde Gregory. Hij wierp het portier open. De aderen in mijn achterhoofd bonsden. Mijn huid prikte alsof er duizend naaldjes in gestoken waren en voelde heet aan.

'Ik geloof dat hij bij 42nd linksaf is geslagen,' zei ik. Het zweet liep in mijn ogen, wat branderig aanvoelde.

'Ze gaat het centrum uit,' zei Gregory, 'terug naar de Bronx.'

Gregory schoot met gierende banden naar links, 42nd Avenue op. Voor ons stond niemand voor het licht te wachten. Hij sloeg wild rechtsaf naar 12th Avenue in de richting die het centrum uitleidde. Op 57th Street gaf hij gas voor de afslag naar de Henry Hudson Parkway en negeerde het voorrangsbord. Achter ons werd getoeterd en gillend op remmen getrapt.

'Rustig aan,' zei ik, 'we weten niet eens zeker of ze het wel is.'

'O ja hoor, maat, ze is het,' zei hij, 'ik voel het.'

Typisch Gregory, dacht ik. God zelf zou hem er niet vanaf kunnen brengen. Ik was nooit erg goed geweest in het identificeren van iemand aan de hand van een tekening. Bovendien hadden we maar vijftien seconden naar een overvolle dansvloer kunnen kijken. We gingen af op een donkere huidskleur, witte handschoenen en een zigeunerpruik. Maar Gregory ging volkomen op zijn intuïtie af. En niemand die hem daar vanaf kon brengen. Ik maakte de veiligheidsgordel vast.

We haalden de Checker bij het monument van Grant in. Er reden gelukkig nog maar een paar Checkers rond. Mijn ademhaling begon weer normaal te worden. Gregory voegde twee auto's achter de taxi in en begon de achtervolging. De Checker ging op de rechterweghelft rijden, voor de afslag naar de Cross-Bronx Expressway. We volgden de taxi een paar blokken lang in oostelijke richting, daarna de smalle bochtige straten van de Bronx in. Toen we district Vijf Eén naderden, begon ik er in te geloven.

'Gas terug,' zei ik, 'we zitten er te dicht op.'

Toen de taxi op Tremont Ave naar rechts ging, waren wij nog maar de enige twee auto's. De chauffeur begon af te remmen. Wij hielden stil bij het trottoir. Zij stopten op de hoek, tegenover Crotona Park. Gregory bleef onder de helling van de heuvel, tegenover de Arthur Murphy Houses, staan. Achter ons was een blok met dichtgespijkerde winkelpanden en de lichtgeschilderde Iglesia Mission de Dios.

'Laten we gaan kijken waar ze heengaat,' zei hij.

Ik kon Gregory horen ademen toen ze uit de taxi stapte. Ze keek één keer achterom, de straat af in onze richting, maar ik dacht niet dat ze ons kon zien. De taxi reed weg.

'Waar wacht ze op?' vroeg Gregory.

'Misschien totdat wij iets doen,' zei ik.

'Ze heeft ons helemaal niet gezien,' zei Gregory.

Ze stapte snel van het trottoir, met lange, snelle passen.

'Ze gaat het park in,' zei ik. Binnen enkele seconden was ze tussen de bomen verdwenen.

Gregory reed vlug naar de ingang van het park. Ik sprong eruit en zei tegen hem dat hij op deze hoek weer op me moest wachten. Hij zou om het park heenrijden en de uitgangen in de gaten houden. Ik was nog geen tien stappen verder of ik realiseerde me dat ik de radio had moeten meebrengen.

Het was pikdonker in het park. Ik rende ongeveer dertig meter, bleef toen muisstil staan om te luisteren naar de weerkaatsing van het geklik van hoge hakken of het slaan van een tasje tegen een dijbeen. Niets. Ver weg kon ik de gloed van een vuurtje zien.

Ik wist uit mijn tijd op het bureau Vijf Eén dat het park aan de noordkant breder was en op heuvels lag. Het langste pad boog zuidwaarts af in de richting van Boston Road. Ik rende een heuveltje op, hurkte en tuurde het pad af bij het licht van de koplampen van passerende auto's. Alweer niets. Ik rende naar een korter pad dat weer terugboog naar het noorden en zag haar een lichte helling afgaan naar het hek. Mijn kleren waren nog bezweet van de vorige ronde. Gebroken glas kraakte onder mijn voeten.

Vijftig meter van het hek hoorde ik mannenstemmen met een Spaans accent voor me in het donker bij het hek. 'Hé, schatje. Waar ga je zo haastig naartoe? Kom terug, schatje.' Gefluit en tststsss, alsof er een poesje werd gelokt. Ze keek over haar schouder toen ze de straat op stapte. Ik rende de heuvel af naar het hek.

Opeens stapte vlak voor me een grote man uit de bosjes. Hij stond met zijn rug naar me toe en ik botste voor hij het wist tegen hem op. Toen hij zich omdraaide zag ik een metalen voorwerp in zijn hand glimmen. Ik raakte hem recht in zijn gezicht met mijn beste vuist en alle kracht van mijn gewicht toen ik struikelde. Er kraakte daar iets, een bot of een tand. Het zilveren voorwerp vloog tegen mijn borst, toen hij tegen de grond tuimelde.

Het glimmende metalen voorwerp was een blikje bier. Ik pakte het blikje op voordat alle bier eruitgelopen was en drukte het in zijn hand. Hij begon zich op te winden. Maar dat had hij wel vaker gedaan. Het was Francis X. Hanlon, de oude smerisrammer.

12

'Ben je het ermee eens, Anthony?' vroeg Delia. 'Was het onze verdachte?'

'Ik kan niet zeggen dat ik honderd procent zeker ben. Maar het is beslist de moeite waard om het uit te zoeken.'

'Ze is het,' zei Gregory, 'gegarandeerd.'

We zaten in het kantoor van Delia op de dertiende verdieping. De ramen keken uit op het stadhuis. Op de twintigste etage stonden werklieden op steigers de gevel te reinigen met metalen staven waar stoom uitspoot. Onder hen was het steen houtskoolgrijs van de roet, boven hun hoofden prachtig wit.

'Jullie weten niet waar ze heenging,' zei Delia, 'en welk gebouw ze binnenging.'

'Het moet vlakbij het park zijn,' zei Gregory. 'Ik heb in dat gebied rondgereden. Als ze ver bij het park vandaan was gelopen had ik haar moeten zien.'

'Wij vermoeden één van de zes gebouwen, beginnend bij 711 Crotona Park North, in westelijke richting,' zei ik. 'Zes of zeven gebouwen hoogstens.'

Delia stond op en liep naar de wandkaart van district Vijf Eén, die ze van de afdeling cartografie had laten komen. 'Kan ze een van deze zijstraten ingegaan zijn?'

'Dat zou kunnen.'

'Dus je weet het niet zeker van die zes gebouwen. Het zouden er zestig kunnen zijn.'

'Het zouden er wel honderdzestig kunnen zijn,' zei ik, 'maar dat denk ik niet. Ze woont heel dicht bij het park. Daar verwed ik iets onder.'

Delia ging zitten en streek haar rok glad tegen haar dijbenen. Ze droeg weer een van die pakjes waarmee ze macht uitstraalde. Dat soort mantelpakken droeg ze altijd als ze naar een belangrijke vergadering moest.

'Wanneer gaan jullie terug naar die travestietenclub?' zei ze.

'Dat is maar één keer per maand,' zei Gregory. 'Alleen op de derde dinsdag.'

'Ja, maar er zijn mensen die die tent moeten runnen,' zei Delia. 'Iemand organiseert die gekostumeerde bals. En die moeten weten wie die Jamaicaan is.'

'Nathan heeft de Jamaicaan gewaarschuwd,' zei Gregory.

'Hij kan zich niet blijven verschuilen,' zei Delia.

'We gaan weer terug naar de Bronx,' zei ik, 'een kijkje nemen bij een vrouw die Tina Marquez heet. Ze was door Marc Ross gearresteerd. De afdeling voorwaardelijk zegt dat zij op 719 Crotona Park North woont. Precies waar ik die vrouw afgelopen nacht kwijtraakte.'

'Tina Marquez,' zei Delia, terwijl ze haar aantekeningen doorlas. 'Vijf Eén heeft Tina Marquez al ondervraagd. Vlak na de moord op Ross. Ze zeggen dat ze een waterdicht alibi heeft.'

'Sinds Watergate is niks meer waterdicht,' zei Gregory.

Op Delia's bureau lag de zondageditie van de *New York Times*, opengeslagen bij 'ongemeubileerde appartementen'. Er waren er vijf of zes rood omcirkeld aan Upper East Side.

'Dat gedeelte van Crotona Park begint interessant te worden,' zei ik. 'Dat is ook de plaats waar die knapen met die staven zijn omgebracht. Beide slachtoffers waren drugsdealers die ook al eens door Marc Ross waren gearresteerd.'

'Ik wil niet dat jullie van de hak op de tak springen,' zei Delia. 'Ik heb liever dat we bij één strategie tegelijk blijven. Die stavenmoorden vallen onder de verantwoordelijkheid van Neville Drumm.' Ze draaide zich om naar het raam om te zien waar ik naar keek. Ze zag er moe uit, haar gezicht was opgeblazen en schraal. 'Jullie blijven allebei "zij" zeggen. Denken julie nog steeds niet dat de persoon die jullie gevolgd zijn een man zou kunnen zijn?'

'Alles is mogelijk,' zei ik.

'Helemaal niet,' zei Gregory, 'ik zag haar vanuit een betere hoek dan Ryan en heb haar in het gelaat kunnen zien. We hebben ook met de taxichauffeur gepraat. Die zegt dat het geen kerel was.'

Er stonden drie ingelijste foto's op het bureau van Delia. Eén was een portret in sepia van een jong zwart echtpaar dat op een gammele veranda stond. Een andere was van een ouder, blank echtpaar, dat stond te wuiven vanaf het dek van een cruiseschip. De derde was van een grote zwarte politieman en een kleine blanke vrouw, die poseerden aan weerskanten van voormalig hoofdcommissaris Howard Leary.

'Wat is er met je hand gebeurd?' vroeg Delia. Mijn rechterhand was gewond en opgezet en hij klopte nog na van de klap die ik aan Francis X. had uitgedeeld. Ik was zelf net zo verrast geweest als hij. Ik had nog nooit in mijn leven de eerste klap uitgedeeld.

'Ben gisteravond in het park gevallen,' zei ik.

'Op je knokkels?' zei ze. 'Laat een politiearts er even naar kijken.'

Ik was niet van plan mijn gewonde hand door een politiearts te laten bekijken. Als je dat deed, kreeg je onmiddellijk de rode kaart van de IAD. Verwondingen aan de handen werden nauwkeurig onderzocht. Ik zou de naam krijgen dat ik potentieel gewelddadig was.

'Moet je horen wat ik denk,' zei ze, met haar ellebogen voorover op haar bureau leunend. 'Als het een vrouw is, hebben we niets meer dan we al hadden. Als het misschien een man is... dan hebben we een nieuwe invalshoek.'

Delia wist dat mijn mening ambivalent was. En om helemaal eerlijk te zijn, begreep ik niet hoe Gregory zo zeker kon zijn. Joe Gregory dacht altijd hardop; eigenlijk zou hij zijn meningen eerst moeten overdenken voordat hij ze uitsprak. Maar soms kon hij ook met verbijsterende helderheid door rookgordijnen heenzien, een vermogen dat hij niet onder woorden kon brengen.

Delia sloeg met haar vlakke handen op het bureau. 'Ik wil niet dat jullie je nog met deze invalshoek bezig houden,' zei ze. 'Ik neem iemand met een frisse kijk. Tot dusverre is die ivoren knoop het enige solide bewijs dat we hebben. Ik denk dat we te maken hebben met een travestiet die ook prostitué is. Iemand uit die club. Ik heb mensen nodig die daarin geloven.'

'Dit was een vrouw,' zei Gregory, 'geloof me maar.'

Delia stond plotseling op. We begrepen de hint en liepen naar de deur.

'Heb je die pieper nog?' zei ze.

'Ja hoor,' zei ik, 'we gaan Tina Marquez bewerken.'

'Nee, dat doen jullie niet,' zei ze. 'Ik zal aan Drumm vragen om Tina Marquez opnieuw te ondervragen. Jullie gaan weer naar de tippelzones. Ik wil geen kritiek als het een straatprostituée blijkt te zijn geweest. Nog één week.'

Dus gingen we weer naar de tippelzones. Sinds mijn drankperiode had ik niet meer met zoveel hoeren gepraat en zo vaak de zon zien opkomen. Twee weken lang stelde ik de meisjes op straat dezelfde vragen en probeerde ik open lipzweren te negeren. Ik hield het vol door mezelf voor ogen te houden dat er een smeris was vermoord.

Maar het maakte niet uit als Gregory bij me was en 'The Rose of Tralee' zong tijdens het afscheidsdiner van een of andere leuteraar die ouwe koeien uit de sloot haalde. De boodschap die van de straat kwam luidde als altijd: Marc Ross was onbekend en de tekening van de verdachte was zo doorzichtig als de Lijkwade van Turijn.

Twee weken lang sleepte de moordzaak van Ross zich voort, terwijl wij tussen de verdoolde kinderen rondwandelden. Ik ondervroeg de groep prostituées die 's nachts uit de patrouillewagens in Baxter Street klommen: rijen vrouwen in korte rokjes en hoge laarsjes, aan elkaar vastgeketend om voorgeleid te worden. Op Houston en Delancey zag ik wanhopige tienerhoertjes die kerels pijpten voor zakgeld. Op de 3rd en 13th ondervroeg ik een nasale heroïnehoer, die bleef knikken tot haar knieën het begaven en ze haar kin openhaalde aan een parkeermeter. Ik deed de tippelzones buiten het centrum: dakloze vrouwen die het onder het viaduct van Upper Park Avenue deden voor een dosis crack van drie dollar. Dan terug naar de meisjes in het centrum die bij de ingang van de Lincoln Tunnel werkten. Sommigen van hen leefden in canvas postkarretjes die ze hadden gestolen van de posterijen.

Na twee weken herkenden ze mijn auto. Dan liepen ze niet meer weg. Ze kenden de vraag inmiddels. Ik vroeg het niet meer. Het antwoord was meestal een haastig: 'Nee, schat, ken haar niet, schat,' onderwijl langs mijn schouder kijkend of ze eenzame mannelijke chauffeurs langzaam voorbij zagen rijden.

Ik liet de travestieten op de vleesmarkt aan Gregory over. Gespierde meisjesmannen met gigantische pruiken op, lippen dik rood geverfd, die vanaf vijftien centimeter hoge hakken tartend op hem neerkeken. Het leek me gerechtigheid om hem te zien kletsen met een of andere vent in een jurk op 9th of 10th Avenue. Het was zijn verdiende loon.

Op dinsdag 26 april, om tien uur 's avonds, zestien dagen na de moord op Ross, haalde ik mijn partner, Meneer de Politicus, op van een Iers feestje bij Rosie O'Grady's aan 7th Avenue. Gregory nam het stuur van me over en reed naar een avondwinkel op 8th Avenue. Hij kocht er een kwarktaart en ik pakte de *Times* van woensdag uit de kiosk. Daarna reden we naar de Market Diner voor meeneemkoffie en -thee. We gingen met de rug naar de Hudson zitten eten, terwijl Gregory zijn zweet liet opdrogen. Ik vroeg me af wat smerissen 's nachts doen in slapende steden.

'Wat een godvergeten tijdverspilling, maat,' vond Gregory, die de kwarktaart met een plastic mes aansneed. 'Duizend hoeren in één week. Ik stel voor dat we die kerel van een Santana op de korrel gaan nemen. Ik heb het bureau gebeld. Ze hebben alle informatie over zijn handel te voorschijn gehaald.'

'Sonny Guidice zegt dat Santana het lef niet heeft.'

'Jij bent degene die zegt dat Sonny een klootzak is.'

'Weet ik,' zei ik. 'Ik heb Santana's dossier al doorgenomen.'

Gregory had rode ogen van de drank en zijn kleren stonken naar rook. Het water kabbelde tegen het paalwerk achter ons. Ik dronk van mijn koffie door het plastic dekseltje heen. Het smaakte bitter en gaf mijn tanden een rul, vies gevoel.

'Mijn eerste arrestatie was een hoer,' zei hij. 'Heb ik je dat verhaal weleens verteld? 't Is een grappig verhaal.'

'Al twintig jaar lang op gezette tijden,' zei ik.

'Ik breng haar op voor een proces, weet je wel,' zei hij. 'Voor de eerste keer dat ik op Honderd Centrum kom. Ik verdwaal daar altijd op de achtertrapjes. Die temeier lacht zich kapot. Ze is geboeid en valt steeds over haar eigen benen vanwege de hoge hakken. Eindelijk kom ik bij de goeie deur. Maar ik hoor me daarbinnen in die rechtszaal een geschreeuw! Ik gluur naar binnen, zie dat het er bomvol is en dat de rechter met een kop als een biet tegen iedereen staat te brullen. Dus ik doe die deur weer dicht, ga op een bank in de gang zitten en kijk mijn papieren door. Ja toch, ik was nog maar een broekie. Ik wou niet dat-ie tegen mij ging staan blèren.

Maar om een lang verhaal kort te maken: ongeveer tien minuten later beginnen er om de twintig minuten regelmatig smerissen met hun gevangenen naar buiten te komen, precies op de klok af. En ik hoor dat het binnen stil is geworden. Dus ik ga naar binnen.

Op het moment dat ik die deur opendoe, word ik door een gerechtsdienaar bij de arm gepakt, die met zijn vingers op zijn lippen gebaart dat ik stil moet zijn. Hij controleert mijn papieren en zet me in de rij. Er staan zo'n dertig tot veertig smerissen met gevangenen voor me in de rij, maar die gaat snel. Het gaat ècht snel. Niemand zegt wat, krankzinnig stil gewoon, het leek *The Twilight Zone* wel. Dan zie ik de griffier zitten, die met wat papieren schuift alsof het geen morgen meer wordt. Hij kijkt niet eens op. Hij deelt boetes uit, legt vonnissen op, verklaart niet ontvankelijk, wat dan ook. Iedere smeris legt een paar dollar op tafel, een paar hoeren betalen ook. Het enige geluid dat je hoorde was gesnurk, de rechter, edelachtbare Harold hum-drum Doyle. Hij lag met zijn hoofd op tafel als een roos te pitten. Het is er nooit meer zo efficiënt aan toe gegaan als die avond.'

We gaven de resten van de kwarktaart aan de chauffeur van een ambulance en reden toen een paar blokken in zuidelijke richting voorbij het Javits Convention Center, waar de allerflitsendste hoeren werken. Het gebied rond het centrum was afgesloten voor voetgangers. Stadsvernieuwing en nieuwbouw rond Times Square verdreven de werkende meisjes van het eiland.

Het was prettig om uit te stappen en de benen te strekken; ik begon weer aan het nachtwerk te wennen. Het was koel en vochtig in de lucht. Langs muren en hekken schoot het onkruid op en je kon voelen dat het voorjaar voor de deur stond. We gingen de goede kant weer op.

'En, heb je die levensgevaarlijke meid al gevonden, mop?' zei een lang zwart meisje in een open ski-jack, met een rode beha en een rijbroek. Ze had korstjes op haar neus en kin, overdekt met een dikke laag make-up. En ze stond op kauwgom te kauwen.

'We zoeken nog,' zei ik, terwijl ik haar opnieuw een exemplaar van de schets gaf.

'Aan je partner heb je ook niet veel,' zei ze, op Gregory wijzend, die zijn vochtige kleren aan het rechttrekken was. 'Die is te druk bezig met zijn broek uit zijn naad te trekken.'

Ze gooide het pamflet op de grond en ging verder met het afscheuren van bonnetjes voor Burger Kings van een papier dat tegen een hek was gewaaid. Over de hele lengte van het blok stonden auto's. Meisjes stonden via de portierraampjes te onderhandelen of zaten in de auto's, terwijl je hoofden op en neer zag gaan. Naast me op de grond lagen naalden, kleine crackflesjes en de glimmende verpakkingen van condooms.

'Hoe zit het met de andere meisjes?' vroeg ik. 'Heeft iemand iets gezegd? Maakt niet uit hoe raar het is. Misschien is het wat.'

'We hebben het erover gehad, schat,' zei ze, terwijl ze de kauwgom van de ene kant naar de andere liet gaan. 'Geloof dat maar. Moorden op smerissen zijn niet goed voor ons vak. Begrijp je wat ik bedoel?'

Gregory probeerde de aandacht te trekken van een forse blanke meid in een bontjas. Alleen maar een bontjas. Ze stond voorovergebogen midden op straat het verkeer op te houden, om haar blote kont te laten verlichten door de felle koplampen.

'En hoe zit het met aids?' vroeg ik het meisje dat bonnetjes stond te scheuren. Stomme vraag, maar ik was moe en had geen zinnige smerisvragen meer over. Op een gegeven moment weet je niets meer te bedenken.

'Laat me je hand eens zien,' zei ze. Ik hield mijn rechterhand op. Ze duwde haar roze tong tegen het groene ding waarop ze had staan kauwen. Het was geen kauwgom, het was latex. Toen boog ze haar hoofd voorover en zoog op mijn duim tot aan mijn handpalm.

'Pepermuntsmaak,' zei ze, terwijl we beiden naar het met speeksel overdekte groene condoom aan mijn vinger keken. 'Die laat ik zo om je lul glijden, schat. Zonder handen. Je weet niet eens dat-ie er zit.'

Ik schudde met mijn hand en het condoom vloog over de straat. Toen zocht ik in mijn zak naar een zakdoekje, vond daar eindelijk een dollarbiljet en gooide dat ook maar op straat. Ze begon te lachen en wees naar mijn gezicht. 'Jij zou eens wat vaker naar buiten moeten, schat.'

Gregory liep op zijn horloge kijkend naar de T-bird. De lachende hoer riep het meisje in bont.

'Hé, Wanda. Hé Wanda.'

Voordat ze de kans kreeg om de grap verder te vertellen, kwam er een blauw-witte patrouillewagen van het bureau langsrijden. De klanten reden snel weg, de vrouwen schoten klikkend de straatjes in.

'Wat zeg je ervan als we naar de Bronx rijden,' zei Gregory, toen ik instapte. 'Even bij Tina Marquez aanwippen.'

'Neville Drumm heeft haar voor de tweede keer ondervraagd en opnieuw als verdachte afgewezen.'

'Ik ben bloednieuwsgierig hoe ze er uitziet,' zei Gregory. 'Ga me niet vertellen dat jij niet nieuwsgierig bent.'

'Het is bijna middernacht.'

'Ze is danseres, nietwaar? Ze komt waarschijnlijk net thuis. Ze zal blij zijn een stel van die aantrekkelijke kerels als ons te zien.'

'O zeker,' zei ik, 'misschien maakt ze wel een ontbijtje voor ons klaar.' Ik doorzocht het handschoenenkastje op papieren servetjes.

'Vertel haar hetzelfde grappige verhaal als die hoeren,' zei Gregory.

13

De Bronx is de enige wijk van New York die bij het vasteland van Noord-Amerika hoort. We kwamen er twintig minuten na het afscheid van de lachende hoeren van Manhattan aan. Gregory parkeerde de T-bird naast de speelplaats tegenover 719 Crotona Park North. De speelplaats was schoongeveegd, geen splintertje glas of een leeg crackflesje te bekennen. Daarentegen stond de straat vol autolijken die verder ontmanteld werden. Onder de wielloze carrosserieën lag afval.

'Zou mijn wagen hier veilig zijn?' zei Gregory.

'Niets is hier veilig,' zei ik.

Ik had geen idee hoe Tina Marquez eruit zou zien. Ze was vijfentwintig en haar enige arrestatie was wegens het feit dat ze de drugs van haar man, Hector Marquez, verborgen hield. Ze had met verscheidene zakjes van vier gram cocaïne in haar mond alles tegenover de agenten staan ontkennen; waarschijnlijk heeft ze daarbij geklonken als Marlon Brando in *The Godfather*. Iemand heeft haar er schijnbaar van kunnen overtuigen dat een kapot zakje tot een acute hartstilstand zou leiden, waardoor haar kinderen voortaan zonder moeder zouden opgroeien. Tina werkte mee en kreeg voorwaardelijk. Hector kreeg vijf jaar.

De straat leek heuvelachtiger en veel rustiger dan ik me uit mijn tijd op het bureau herinnerde. De maan scheen door de boomtoppen van het park. Toen ik uit de auto stapte, zag ik een silhouet tegen de achtergrond van het hek rond de speelplaats. Een groot, bewegend silhouet. Gregory zag het ook.

'Ryan,' gromde het silhouet, 'broeder Ryan.'

Ik klikte de klem van mijn holster los en pakte mijn pistool. Joe liep naar de kofferbak van de auto voor een betere schootshoek, zodat hij vanaf het dak van zijn auto niet de bovenkant van mijn schedel eraf zou schieten. De wind deed de bladeren ritselen. Het rook naar de paardestront die de stadsreiniging altijd weghaalde nadat er parades waren geweest. Gregory leunde op de kofferbak, zijn ellebogen gekromd, zijn pistool in de aanslag.

'Wie ben je verdomme?' schreeuwde ik.

Het silhouet trok zich terug tussen de schommels en ik zag de Civil War-pet en het grote houten kruis bengelen. Het was Francis X. Hanlon, de oude smerisrammer. Hij krabbelde achteruit, glipte door een gat in het hek en verdween in het duister van Crotona Park.

'Jij hebt overal vrienden,' zei Gregory.

'Omdat ik ze lachend achterlaat.'

In het portiek van 719 Crotona Park North lag een bewusteloze kerel in een overall languit. We liepen langzaam drie trappen op. Alle metalen deuren zagen eruit alsof ze met hamers bewerkt waren. Gregory klopte aan op de deur waar met de hand 3C op geschilderd stond. De overloop stonk naar de bittere amandelgeur van het roken van heroïne.

Gregory zei: 'Pakje voor Tina Marquez van Polo.'

'Jezusmina, Joe. Polo?'

'Hoezo, maatje? Ik zei toch "politie", of niet soms?'

Ik controleerde de gang vanaf de begane grond en lette op de branduitgang. Toen hoorden we een kinderstem achter de deur. We luisterden hoe er onbeholpen werd geprobeerd het slot om te draaien. Toen ging de knop langzaam om en er keek een klein meisje naar buiten, misschien was ze vier of vijf jaar. Uit de blik in haar ogen bleek dat ze ons niet had verwacht en ze begon te huilen. De ketting van het slot tikte tegen de deurstijl. Toen hoorden we voetstappen door de gang komen, volwassen blote voeten op kaal hout. Een vrouwenstem, opgewonden, die Spaans sprak. Ik zag een flits van een wit overhemd en een bloot been, toen ze probeerde de deur dicht te duwen, maar Gregory had snel zijn arm tussen de deur geschoven.

'Politie,' riep ik.

Gregory leunde tegen de deur, gewoon met de kracht van zijn bovenlichaam. De vrouw was sterk, ze duwde hard terug. Gregory's linkerarm zat klem. Het was te laat om zich terug te trekken. We waren alleen maar gekomen om te zien hoe Tina Marquez er uitzag en nu zaten we er middenin. Ik duwde met mijn gestrekte armen net boven de schouder van Gregory en het kettingslot brak los van het verrotte hout. De vrouw tuimelde achterover. Gregory reikte om de hoek op zoek naar de lichtschakelaar. Het kleine meisje schreeuwde. Ik probeerde haar te kalmeren, maar zag toen het vuurwapen dat op Gregory's hoofd gericht was.

Ik greep de bovenkant van revolver vast en omklemde de cilinder, om te voorkomen dat hij draaide. Het lichaam van het kind zat tussen ons klem. Ze klampte zich aan mijn broek vast; kinderhandjes vol beenhaar. Het lukte de vrouw de veiligheidspal los te maken en ik stak het vlezige gedeelte van mijn hand onder de haan. Mijn elleboog sloeg in haar gezicht toen ze de trekker overhaalde en de slagpen drong in mijn hand. Ik rukte de revolver uit haar handen en gaf haar een duw. Ze viel op de grond toen het licht aanging.

'Ierse rotzakken!' schreeuwde ze.

Het vuurwapen was een verzilverde .32 revolver. Met mijn vrije hand bewoog ik voorzichtig de haan terug, haalde mijn hand weg en liet toen de haan behoedzaam en heel langzaam terugkomen tot er geen kogel meer voor zat. De revolver was geheel geladen. Gregory schopte de deur dicht.

'Hebben jullie een huiszoekingsbevel?' vroeg de vrouw. Ik moest twee keer kijken. Zij was de blonde groupie die we met Sonny bij het lijk van Ross en in de Sawmill hadden gezien. Die met de witte wenkbrauwen. 'Laat me jullie machtiging zien. Iedereen kan wel zeggen dat ze smerissen zijn.'

Gregory draaide soepel door de deuropeningen van de ene kamer naar de andere. Ik liet de blonde achteruitlopen tot ze op een bank plofte. Een jongen in een Spiderman-shirt hield het meisje in zijn armen.

'Alleen jullie drieën?' vroeg ik. 'Of is er nog iemand?'

'Zie je nog een ander?' zei ze. 'En ik zie geen huiszoekingsbevel.'

'Waar is Tina Marquez?' zei ik.

'Waarvoor?' zei ze. 'En wie wil dat weten?'

Ze was mager en pezig. Op haar armen en benen waren lange, koordachtige spieren te zien.

'Haar reclasseringsambtenaar zei dat ze hier zou zijn,' zei ik.

'Ze heeft me toch niet afgelegd, hè? Ik heb dat kreng dinsdag nog gezien. Ik kan het bewijzen.'

'Bent u Tina Marquez?'

'Ik ben bij mevrouw Marshall langsgeweest, oké? zei ze. 'Vraag het haar maar, ze is mijn reclasseringsambtenaar. Ik kom altijd op afspraken. Vraag maar na.'

Op de grond stonden een grote televisie op een console en een stereotoren compleet met cd-speler. Het appartement was aardig, redelijk schoon en het meubilair nieuw. Helemaal niet slecht.

'Ze is erop gebrand mijn voorwaardelijke straf te verpesten,' zei ze. 'Drie jaar al en ik ben in die tijd niet één keer over de schreef gegaan. Vraag het mevrouw Marshall maar, oké?'

De groene ogen van de jongen in het Spiderman-shirt waren onafgebroken op me gevestigd, alsof hij mijn gezicht in zijn geest wilde griffen. Zijn haar stond in puntjes overeind als een zelfgemaakte kartonnen kroon.

'Je ziet er niet Spaans uit, Tina,' zei ik.

'Fantastisch,' zei Tina. 'Smerissen, hè? Het enige waar jullie je druk om maken, is wat voor nationaliteit iemand bezit. Alsof we nog aan het begin van deze eeuw zitten.'

'Het komt door de naam *Marquez*,' zei ik, 'dan verwacht je niet zo'n noordelijk type.'

'Dat is nou precies wat er aan jullie mannen zo fout is. Jullie willen alles begríjpen. Bekijk het eens zo. Ik ben Duits-Iers, als je het weten wilt. De naam van mijn man is Marquez, goed? Mijn meisjesnaam is Christina Stohlmeyer. Mijn vader is Whitey Stohlmeyer.'

'Whitey van de Marina del Rey?' vroeg Gregory.

Elke politieman in de Bronx kende Whitey Stohlmeyer. Whitey was de manager van de Marina del Rey, een feestzaal, waar al wel duizend politiefeesten waren gehouden. Gregory knipte de tafellamp aan en stak zijn wapen weg.

'Hoe gaat het met Whitey?' vroeg hij.

'Wij gaan niet meer met elkaar om,' zei ze, met een snelle beweging van haar kaak alsof ze moest gapen. Ik kon zien dat de vlekjes op haar gezicht sproeten waren en dat de littekens op haar arm oude sporen waren. Oude littekens van naalden, helemaal niets recents.

'Jullie komen niet van de reclassering, dat is gewoon flauwekul, niet?'

Tina's ogen waren, evenals haar haren, even licht als haar gelaatskleur, steenachtig, lichtgrijs. Moeilijk om naar te kijken, als iemand die blind is.

'Wij zijn van moordzaken,' zei ik. 'Wij moeten je ondervragen in verband met de moord op agent Marc Ross.'

'Het team heeft al met me gepraat,' zei ze. Het team, dacht ik. Ze is wel erg vertrouwd met het jargon.

'Dit is een tweede ronde,' zei ik.

'Hebben jullie weleens van kantooruren gehoord?' zei ze. Ze droeg een wit Budweiser T-shirt en een rood slipje. Haar voeten waren bloot en de nagels waren gelakt in dezelfde dieprode kleur als haar vingernagels. In de nagel van haar linkerpink was een steentje aangebracht.

'Wat heb je hun verteld?' zei ik. 'We kunnen het altijd controleren.'

'Ik was met iemand samen.' Ze haalde haar schouders op.

'De hele nacht?' vroeg ik.

'In feite wel, ja,' zei ze. Ze keek me iets beter aan en toen klikte er iets in haar hoofd. Eindelijk herkende ze ons. 'Jullie zijn die kerels uit de Sawmill, een paar dagen geleden. Sonny kan jullie niet uitstaan.'

'En hoe zit het met jou?' vroeg ik. 'Ik zou toch denken dat jij ons soort kerels niet kunt uitstaan. Ze arresteren je, sturen je man naar de gevangenis en nou hang je in hun buurt rond.'

'Die kerels hebben me eruit gered,' zei ze. 'Sonny heeft me laten afkicken en heeft me geholpen mijn leven weer op orde te brengen.' Ze stak een sigaret op en zette de kinderen recht op haar schoot. 'Ik gebruikte vier doses per dag toen ze me inrekenden. Nou ben ik er helemaal vanaf. Bel mijn reclasseringsambtenaar maar. Ze test me één keer per week. Doe maar, vooruit.'

'Werk je ergens?' vroeg ik. Ik keek naar de verzameling cd's; er stonden verscheidene zeer recente in het rek.

'Ik dans in Gato's Lounge aan Westchester Avenue,' zei ze. 'Drie avonden per week.'

'Topless?' vroeg Gregory.

'Wat denk jij, ballet soms?' zei ze. 'Waarom? Denk je soms dat ik niet toegerust ben om topless te dansen?'

'Ik zou het niet weten,' zei Gregory.

'Met wie was je samen op de avond dat Marc Ross werd vermoord?' zei ik.

'Dat weten ze allemaal al. Dat heb ik ze al verteld,' zei ze.

Ik had het verslag van Drumm gelezen, maar het was niet specifiek. Alleen maar dat ze met een man was, een bekend lid van de gemeenschap. De kinderen bleven ons maar aanstaren.

'Ik wil het uit je eigen mond vernemen,' zei ik.

'Goed, oké. Ik was met Sonny.'

'Sonny Guidice?' zei ik.

'Jullie wìsten het verdomme niet, hè?' zei ze.

'Wat heb je voor verhouding met Sonny?' zei ik.

'Vraag het hem.'

Voor we vertrokken, ging ik nog naar de badkamer om mijn handen te wassen. Ik wist wel dat het verbeelding was, maar ik voelde nog steeds het speeksel van die hoer met haar condoomtruc aan mijn hand. Ik rommelde tussen meer make-up dan ik ooit in mijn leven had gezien, op het waterreservoir van het toilet, in dozen op de grond. Ik vond een flesje alcohol, goot dat over mijn handen en begon te boenen.

We namen Tina's revolver mee, met de mededeling dat we hem op het bureau zouden brengen bij gevonden voorwerpen, nadat we hem hadden laten controleren door de afdeling vuurwapens. Het jongetje in zijn Spiderman-shirt keek nog steeds naar me toen we door de gang liepen. Het leek wel alsof hij me ergens van kende.

'Onthou dat mijn naam Marquez is,' zei ze toen ze de deur dichtdeed. 'Tina Marquez. Noem me geen Stohlmeyer. Die naam gebruik ik nooit meer.'

14

'Big Sonny is een echte vrouwenversierder,' zei Gregory.

'Altijd geweest,' zei ik.

Nadat we bij Tina weg waren gegaan, patrouilleerden we rond het Crotona Park. Zelfs in de koude nacht hingen er kerels rond de ingangen van het park en kwamen op de T-bird aflopen terwijl we voorbijreden, in een poging oogcontact te maken om te zien of we toehapten, maar doken dan snel het park weer in.

'Ik vertrouw Sonny niet,' zei ik.

'Ik begin te begrijpen waarom je die klootzak niet kunt uitstaan,' zei Gregory. 'Het is een barracuda.'

Het getto zit vol arme jonge vrouwen, die ongelooflijk hulpeloos en kwetsbaar zijn. De meesten vechten om een goede moeder te zijn, ze tellen hun kinderen na iedere harde klap op de straat, beven voor iedere zware, boze stem op de gang. Ze zijn bang en ze vormen gemakkelijk wild voor iedere patjakker die de straten afschuimt, van dronken vriendjes tot barracuda's in een blauw uniform. De wijkagent kan zich gemakkelijk als een ridder op het witte paard voordoen, omdat deze vrouwen hem als een vluchtweg beschouwen en zo niet, dan in ieder geval toch als iemand die hen ten minste één veilige nacht bezorgt. Geen wonder dat hij in hun bedden verwelkomd wordt. Sommige kerels maken daar misbruik van, sportvissers, die hun aas uitwerpen, inhalen en ze weer teruggooien. Sommige kerels geloven zelfs dat het komt door hun charme of hun uiterlijk. Kerels als Sonny bijvoorbeeld.

'Wat vind jij van de stavenmoorden?' vroeg ik.

'Twee van die etterbakken van drugsdealers?' zei hij. 'Ik vind dat die kerel die het gedaan heeft een lintje verdient.'

'Het is recht tegenover Tina's appartement gebeurd.'

'Wat bedoel je daar mee?' vroeg hij.

'Vind je het niet een beetje erg toevallig dat twee van Santana's drugsdealers maar een paar uur na Marc Ross zijn gestorven? Precies aan de overkant van de straat, gezien vanuit het huis waar Sonny Guidice de nacht heeft doorgebracht?'

'Drugsdealers worden bij de vleet vermoord. Het jachtseizoen is altijd open.'

'Weet je nog wat Paul Verdi die avond in de Sawmill zei?' vroeg ik. 'Dat hij Santana ervan verdacht te maken te hebben met de moord op Marc Ross. En denk nog eens na hoe vast overtuigd Sonny was dat het onmogelijk Santana was geweest.'

'Waar wil je naartoe?'

'Misschien heeft Sonny ons maar wat op de mouw zitten spelden. Hij is ertoe in staat om wraak te nemen, de dealers te vermoorden om Santana terug te pakken. Er is iets aan de hand. Er is een oorlog gaande, een of andere psychologische egostrijd tussen Sonny en Tito Santana.'

'Jezus Christus, maatje toch. Ga dat niet tegenover anderen herhalen. Dat is volslagen krankzinnig.'

'Klootzakken als Sonny vinden dat oog om oog, tand om tand boven alles gaat.'

'Heb jij de pik op Sonny? Over iets wat je me niet hebt verteld?'

'Ik heb maar drie keer met hem gewerkt,' zei ik.

'En nadat hij dat kind heeft doodgeschoten nooit meer, hè?'

'Juist.'

'Het zit je nog steeds dwars, nietwaar?'

'Zou het jou niet dwarszitten, dan?' zei ik.

'Ja, maar ik zou er wel overheen komen.'

Gregory ging rechtsaf Tremont op. Ik wist precies waar hij naartoe reed. Het zou de eerste keer in twintig jaar zijn dat ik weer in die straat kwam; ik had hem de rest van mijn tijd op dat bureau gemeden. Hij parkeerde op de hoek. Het adres was 1645 Bathgate geweest. Het gebouw stond er niet meer. Het hele gebied was omgetoverd in Bathgate Industrial Park, drie blokken met gestroomlijnde, moderne betonnen gebouwen achter veiligheidshekken.

'Vertel me je verhaal,' zei hij.

Dit was de eerste keer dat ik er na het proces met iemand over praatte. Afgezien van Leigh, die het al duizend keer had aangehoord. Alle tastbare sporen van die dag waren weg, maar de herinnering eraan stond nog vers in mijn geheugen.

Sonny Guidice viel in. Een moeilijk in te schatten persoon, want hij had nog geen jaar op het bureau gewerkt. Het was even na zessen, 18.05. Er was een oproep in verband met een mishandeling. Toen we er aan kwamen, hoorden we de vrouw in appartement 4C gillen. Een man, die bij haar in het appartement was, zei dat we moesten oprotten. Een buurman zei dat hij haar al urenlang aan het slaan was. De deur en de deurstijlen waren van solide metaal en de vrouw gilde maar door.

We gingen naar het dak en vandaar de brandtrap af. Het was een warme avond, maar er stond veel wind; de brandtrap ratelde toen we naar beneden klommen. Toen we langs de badkamer kwamen, zag ik de vrouw, naakt vanaf haar middel, die het bloed van haar gezicht stond te wassen. Ik liep naar het slaapkamerraam en trok het omhoog. Het schemerde en er vielen gestreepte schaduwen op de muur toen ik de gordijnen opzij duwde en stil de kamer binnen-stapte. Ik hield de gordijnen voor Sonny opzij en begon toen naar de deur te sluipen. Ik kon de stem van de man horen, hij was vlak om de hoek, samen met haar in de badkamer. Terwijl ik langs het bed sloop, ving ik een plotselinge beweging op; iemand die van de vloer overeind kwam. Een gestreept poloshirt. Toen klonk de revolver van Sonny, een oorverdovende knal, ik voelde de luchtver-plaatsing, waardoor ik opgetild werd en het kind achterover tegen de muur vloog.

'Het kind had een pistool, hè?' zei Gregory. 'Het zag er in ieder geval uit als een echt pistool. In dat licht.'

'Hij was zeven jaar en het was een waterpistooltje. Een limoen-groen waterpistooltje. Ik denk dat hij kwam om ons te helpen de ex-vriend van zijn moeder in te rekenen, die haar al eens eerder halfdood had geslagen.'

'Maar Sonny zág een pistool,' zei hij. 'Is het niet mogelijk dat hij vanuit zijn gezichtspunt dacht dat het een echt pistool was? Wat ik bedoel is: Heeft hij in jouw opinie terecht geschoten?'

'Dat heb ik de jury ook gezegd.'

'Dan heb je het juiste gedaan,' zei hij.

'Joe, hij was zeven jaar,' zei ik. 'Zijn bloed spatte over mijn hele gezicht. Toen ik in de kleedkamer terugkwam, hoorde ik de moe-der nog gillen.'

'Maat, het was een ongeluk,' zei hij zacht. 'Ik bedoel niet dat Sonny geen rotzak is. Maar dit was een ongeluk. Je moet het verge-ten.'

Maar ik zal het niet vergeten. Het is verkeerd om dit te vergeten, want wij hebben die vrouw veel erger mishandeld dan een vriendje ooit had kunnen doen. Maar dat zei ik niet tegen Gregory. Hij vindt dat ik te veel bij de dingen blijf stilstaan.

'Ik zal je eens wat zeggen,' zei hij. 'Ik vermoed dat jij hem nu probeert te pakken voor iets dat twintig jaar geleden is gebeurd.'

Over de politieradio die Gregory in zijn T-bird had ingebouwd kwam een inbraakmelding. Op Tremont en 3rd Avenue, vier blok-ken verder.

'Jouw probleem is,' zei Gregory, 'dat jij vindt dat hij de moord op

Marc Ross even diep hoort te betreuren als jij om dat kind treurde. Maar sommige mensen treuren niet, maat. En dat maakt ze nog niet tot misdadigers.'

Een loeiende sirene kwam ons achterop en we werden gepasseerd door een patrouillewagen met zwaailichten aan.

'Moet je die idioot zien,' zei Gregory. Hij doelde erop dat wij hadden geleerd nooit de zwaailichten en de sirene aan te zetten als je dicht bij de plek van de misdaad was. Het lawaai kon de boef waarschuwen.

We volgden de zwaailichten. Er werd die avond weinig jachtig gereden; iedere wagen reageerde, de hele straat leek een golf van rode remlichten. Gregory stopte op de heuvel die op 3rd Avenue uitkeek. Er kwam een vrouw met een pitbull aan een riem voobij. Pitbulls schenen hier de favoriete huisdieren te zijn. Het beest droeg een muilkorf.

'Moet je kijken, allemaal paardestaarten,' zei Gregory. 'Wat gebeurt er als ze hier in de problemen raken?'

Er stonden verscheidene vrouwelijke agenten. Gregory noemde alle jonge vrouwelijke agenten 'paardestaarten'.

'Ze hebben toch mobilofoons,' zei ik. 'Ze redden zich best.'

Er kwam een mannenstem over de radio die zichzelf als Vijf Eén Adam aankondigde en de inbraak vals alarm noemde. De auto's begonnen te vertrekken. Er werd met portieren geslagen, de rode lichtjes doofden. Een van de vrouwelijke smerissen was de lange roodharige Caprice Antonucci, die me "meneer Ryan" had genoemd in de nacht van de moord op Ross. Ze was ergens kwaad over; we konden haar boze stem horen galmen. Ze wees met haar vinger recht in het gezicht van een mannelijke smeris. Die mannelijke smeris van Sonny Guidice.

'Ik zal je wat zeggen,' zei Gregory. 'Wij hebben ons de pleuris gewerkt. Morgen is het feest van chef Shammy O'Brien in de Marina del Rey. Laten we er een etmaal tussenuit gaan en het voor vannacht hierbij laten. Dan heb ik nog even een kans om wat aan mijn campagne te doen.'

'Het geeft mij een kans om met Whitey Stohlmeyer te gaan praten.'

'O, gadverdamme,' zei hij. 'Ik wil er wat onder verwedden dat Whitey hier niet graag over wil praten.'

'Maak je geen zorgen. Ik doe rustig aan met Whitey. Maar ik blijf Sonny Guidice op zijn huid zitten, hoe dan ook.'

Het was vier uur in de ochtend toen ik thuiskwam. Het licht bij de deur was aan, evenals het licht in de gang. Ik liep naar boven om naar Leigh te kijken. Ze lag aan mijn kant van het bed, met het groene lichtje van de klokradio weerspiegeld in haar gezicht.

'Ik heb je horen binnenkomen,' zei ze.

'Heb je je insuline-injectie genomen?' vroeg ik.

'Ja, ja,' zei ze ongeduldig. 'Er staat een stoofschotel in de koelkast. Ik heb er een briefje bij gedaan.'

Ik kuste haar, klopte op haar heup en liep toen naar beneden waar ik het briefje vond. Dat lag meestal op de tafel, maar die lag vol met oude foto's. Ik vond het briefje op de koelkast geplakt: Stoofschotel broccoli en kip in de groene kom. En daarbij de instructies van de magnetron; die schreef ze elke keer voor me op.

Terwijl ik zat te eten, bekeek ik de foto's op de tafel. De rommel verbaasde me. Het was niets voor Leigh om rommel te laten slingeren. Alles wat er lag, kranten, post, een krabbeltje op een stuk papier, werd opgeruimd of ging in de bak.

Leigh was bezig geweest een foto in te lijsten. Het was een oude zwart-witfoto van Margaret, op de dag dat we de zijwieltjes van haar fietsje hadden gehaald. Margaret kwam met een opgewonden en onverschrokken gezicht op de camera toerijden. Ik rende achter haar aan met een uitgestoken hand, waardoor het leek alsof ik haar probeerde terug te trekken. Ik pakte Leighs briefje van de koelkast, maakte het aan de foto vast en schreef erbij: 'Ik snap wat je bedoelt.'

15

De volgende ochtend belde Gregory vanuit het centrum waar het zegenen van de paarden plaatsvond. Hij zei dat hij me thuis zou afhalen om in één wagen naar de Marina del Rey te gaan. Nadat Leigh naar haar werk was gegaan, reed ik naar bureau Vijf Eén. Het oude bureau was een van de weinige gebouwen in dat blok dat nog overeind stond. Gedurende de topdagen had er altijd een soort staat van beleg geheerst, twee smerissen die voor de deur stonden om de gekken en dronkaards weg te houden. In de weekends, op betaaldagen van de bijstand en bij volle maan moesten ze het bloed van de vloer dweilen.

Maar de Bronx was veranderd. Hele blokken met flatgebouwen waren platgebrand, duizenden waren weggetrokken. Bureau Vijf Eén was nu omringd door braakliggend terrein vol stenen. Het bureau dat ooit Fort Apache genoemd werd, heette nu Het Kleine Huis op de Prairie. Ik parkeerde naast een vernielde patrouillewagen. De deur aan de kant van het stuur was dichtgebonden met een waslijn.

Binnen was het er griezelig stil, wat je het gevoel bezorgde van een verlaten huisje aan zee waar de meubels met lakens bedekt waren. Er stond een agent in uniform voor de balie met een zwarte jongen met handboeien om. Hij had gouden tanden, die 'rap caps' genoemd werden, een modeverschijnsel onder rappers. Het waren geen echte gouden kronen, maar vergulde hulzen die de kinderen voor vijfentwintig dollar in een juwelierswinkel kochten en zelf aanbrachten met tangen en Krazy Glue.

De agent achter de balie overhandigde de smeris een verschijningsformulier, dat afgegeven werd bij kleine delicten. De gevangene kreeg, indien hij overtuigend kon aantonen dat hij banden binnen de gemeenschap had, een datum op, waarop hij in de rechtszaal moest verschijnen, waarna hij werd vrijgelaten. De smerissen noemden het 'verdwijningsformulieren', omdat de meerderheid nooit kwam opdagen.

Op een bord met een vinger die omhoogwees, stond: 'Rechercheurs *arriba*.' Ik beklom de met metaal beslagen trappen. Brigadier Drumm zat in zijn kantoor, een kamer die nauwelijks groot genoeg was voor een bureau en een dossierkast. De muren waren voor de bovenste helft lichtbruin geschilderd, de onderste helft donkerbruin. Er zat een ventilator in het raam.

'Waar is je lijfwacht?' zei Drumm.

'Die voert campagne.'

Ik leunde tegen de muur; er was niet genoeg ruimte in de kamer om er nog een stoel neer te zetten. Een rij TL-buizen liep langs het midden van het plafond. Aan de muur hing een kaart met gekleurde spelden: Rood voor moord met een vuurwapen, geel voor moord zonder vuurwapen. Rood overheerste. Twee gele spelden stonden naast elkaar in het Crotona Park... Ik wist dat het moord met een slagwapen was geweest.

'Heeft je baas je al gebeld?' zei hij.

'Nee, waarom?'

'Ik heb haar vanochtend gesproken,' zei hij. 'Ik draag de zaak Ross in zijn geheel aan jou over. Ik kan me niet permitteren er te veel smerissen op te zetten zodat ze van hun werk gehouden worden. Er is nog genoeg andere ellende.'

'Dat kan ik me voorstellen.'

'Ik heb een gruwelijke hekel aan een moordzaak waar het een smeris betreft. Ik heb er gewoon de mensen niet voor.'

Op Vijf Eén waren ze altijd al onderbezet geweest, maar met de exodus van mensen was de misdaad gedaald. Veel minder geweldpleging en berovingen, het aantal moorden was teruggelopen tot een derde van de hoeveelheid gedurende de jaren zeventig.

'Ik zou graag de dossiers zien over de twee drugsdealers die in Crotona Park zijn vermoord,' zei ik.

'Met die betonstaven. Heb je nog niet genoeg te doen? Ik kan je wel al mijn zaken geven, hoor.'

'Nee, dank je,' zei ik, 'ik ben gewoon nieuwsgierig.'

Hij haalde twee grote kartonnen mappen uit een stapel. 'Werk jij je maar het leplazarus,' zei hij.

Ik ging aan de tafel in de kantine zitten. Ivy League was de enige dienstdoende rechercheur; het was zijn beurt om 'op te vangen'. Met andere woorden, wat er de volgende twee uur ook binnen kwam lopen, van zakkenrollers tot drievoudige moord, hij moest het onderzoeken. Ivy League knikte me toe en ging weer verder met de *Times*. De televisie stond aan, een middagpraatprogramma. Regis en Kathie Lee. Op het nieuwsbord hing een foto van Marc Ross, omhangen met zwart crêpepapier.

Ik gooide de eerste map leeg op de tafel en pakte de foto's van de plaats van de moord. Iedereen kijkt altijd het eerst naar de foto's. Junior Nieves had dik zwart haar dat glom en vochtig was van bloed. Zijn neus was opgezwollen en zijn handen waren omhooggeheven, zijn lichaam opgerold en verstijfd in foetushouding. De foto's uit het mortuarium, in een beter licht, toonden de omvang van de verwondingen. Gekneusde en gebroken vingers, die blijkbaar hadden geprobeerd frontale klappen af te weren.

'Wist je dat hij op Cardinal Hayes heeft gezeten?' zei Ivy League, die naar de televisie wees.

'Wie?'

'Regis Philbin. Daar heeft mijn vader ook gezeten. Op Hayes.'

'Goeie school,' zei ik.

Volgens het rapport waren de meest fatale klappen bij beide slachtoffers frontaal geweest. In gevallen waar botte voorwerpen waren gebruikt, kon de lijkschouwer het spoor volgen van scheuren of breuken in de schedel, om te bepalen uit welke richting de klappen waren gekomen. Geen professionele aanpak, dacht ik. Fataal hersenletsel was meestal afkomstig van klappen op het achterhoofd, niet aan de voorkant. Professionele moordenaars wisten dat. Daarom hadden de slachtoffers van maffia-executies altijd schotwonden in het achterhoofd. Sonny zou dit ook hebben geweten.

Ik nam het dossier van Colon door. Aan de foto's kon je duidelijk zien dat de lijkschouwer duidelijkheid had willen krijgen over de afdrukken die het wapen had achtergelaten. Het patroon van de wond kwam meestal overeen met de vorm van het wapen. De lijkschouwer had een stuk betonstaaf langs het gezicht van Jesus Colon gelegd. De afdruk was even precies als van een rubber stempel.

Wie Junior Nieves en Jesus Colon ook vermoord mocht hebben, hij was hen frontaal tegemoet gekomen. Het was een sterk iemand geweest, iemand die ze beiden hadden gekend. Ik kon voor me zien hoe Sonny, in een aanval van razernij over de dood van zijn partner, het park in was gegaan. Tina Marquez had tijdens de ondervraging naar aanleiding van de moord op Ross gezegd, dat ze de hele nacht met Sonny Guidice had doorgebracht. Geen van beiden had, naar mijn mening, een geloofwaardige getuige voor een alibi.

Toen ik opstond, viel er een plastic zakje uit het dossier. Er zat een bidprentje in. Op de voorkant stond een afbeelding van de Maagd Maria die opstijgt naar de wolken. Op de achterkant stond een stempel met 'Hernandez Uitvaartcentra', met een gedrukt gebed dat begon: 'Heer, maak mij tot een instrument van vrede.'

Ik sprak brigadier Drumm aan in verband met het prentje, toen hij geld in de snoepautomaat wierp.

'O jee,' zei hij, 'dat had terug gemoeten naar de man van eigendomsbeheer.'

Drumm trok een Snickers en keek naar het kaartje.

'Eet je geen pennywafels meer?' zei ik.

'Ik heb er een paar thuis liggen.'

Op bureau Vijf Eén stonden drie snoepautomaten. Die waren eigendom van de gezelligheidsverenigingen van het bureau. Met de opbrengst financierden ze de jaarlijkse picknick en stuurden ze bloemen naar de familie van overleden agenten. Junkies hielden de automaten in bedrijf. Die laadden zich vol met zoetigheid voor ze naar het hoofdbureau werden overgebracht, want ze waren zich zeer bewust van de lange uren die ze nog in de cellen op het bureau moesten zitten in afwachting van hun proces-verbaal.

'We hebben dat kaartje ongeveer tien meter van Nieves' lichaam gevonden,' zei Drumm. 'Geen vingerafdrukken. Hernandez zegt dat ze stapels van deze kaartjes in hun aula's hebben liggen. Zeven centra in de Bronx. Iedereen kan binnenwandelen en ze meenemen.'

'En dat is alles?'

'Dat is alles,' zei hij.

Het hoofdkantoor van Hernandez Uitvaartcentra lag aan de Grand Concourse, in de buurt van Fordham Road, waar Leigh en ik dertig jaar geleden onze eerste meubeltjes hadden gekocht. Het lag op mijn route naar huis, dus stopte ik. Buiten het uitvaartcentrum waren werklieden bezig een nieuwe luifel aan te brengen. Dit was de eerste rit sinds jaren door de Bronx bij daglicht. Ik was verbijsterd over al die nieuwbouw.

Ik stopte bij de bushalte, maar herinnerde me toen dat Gregory onze enige officiële parkeerkaart had. Wij hadden er twee gehad, tot Delia de boeken had gecontroleerd. Ik reed zover mogelijk achteruit toen bus Bx2 om me heen draaide, naar de stoeprand manoeuvreerde en stopte met het gesis en gepuf van luchtremmen. Winkelende dames stapten uit en winkelende dames stapten in. De deur ging dicht. Ik stak mijn notitieboekje in mijn jaszak en groef muntjes op uit het handschoenenkastje. Toen de bus optrok zag ik Tina Marquez de bank uit komen hollen, met een enorme boodschappentas waarop stond 'Caldor'.

Tina rende met de bus mee, onderwijl met haar vrije hand tegen de zijkant slaand tot de chauffeur stopte. Ze streek met haar hand haar blonde, rechtopstaande haren goed, grijnsde breed naar de chauffeur en stapte in.

Ik wierp geld in de meter en liep het uitvaartcentrum binnen. In de foyer hing een letterbord waarop de bezoekuren stonden aangegeven. Daaronder stonden drie namen in witte plastic letters: Lourdes Mejias in kamer A, Anita Sanchez in B en Darnell Robinson in C. Er hing een lucht van verwelkte bloemen. Ik liep een lange gang door op zoek naar iemand in het zwart. Mijn schoenen kraakten op de kale houten vloer. Deze plek was leeg, afgezien van Anita, Darnell en een klein meisje in een roze jurk, Lourdes. Ik opende een deur waarop stond 'personeel'. Daar trof ik een jonge vrouw aan met een gezicht dat getraind was om slecht nieuws te brengen.

'Kan ik u helpen,' zei ze somber. Ze stelde zich voor als Marta Hernandez. Ze was achter in de twintig en ging gekleed in een witte zijden blouse en een spijkerbroek. Lang zwart haar, dat ze boven op haar hoofd had vastgemaakt en dat als een waterval van pijpekrullen langs haar gezicht viel.

'Ik ben rechercheur Ryan,' zei ik.

Ik sprak met haar over het bidprentje. Ze zei dat ze er met de rechercheur al over had gepraat. Ze had slechts een flauw accent en eerder Bronx dan Spaans. 'Ik weet niet wat ik u nog meer kan vertellen. Wij geven die bidprentjes met duizenden tegelijk uit, meestal met de naam van de overledene op de achterkant gedrukt.'

'Op deze kaart stond niets, behalve uw firmastempel.'

'Lege kaarten leggen we op een tafeltje bij de ingang.'

'Hoeveel verschillende soorten kaarten heeft u?' zei ik.

'O God, tientallen, op zijn minst.'

Marta droeg aan iedere vinger een ring. Ze opende de bovenste la van een groene dossierkast en haalde een album met bidprentjes te voorschijn. Ik wees naar het kaartje met de ten hemel varende Heilige Maagd Maria te midden van roze rozen.

'Heeft deze prent een of andere betekenis?' vroeg ik.

'Ik kan niet voor de andere bedrijfsleiders spreken, maar deze prent zou ik geven in geval van de dood van een kind.'

Het was me nog niet eerder opgevallen, maar er stonden engeltjes afgebeeld, die boven de Maagd Maria zweefden.

'Kan ik een lijst zien van kinderen die u de afgelopen tijd hebt begraven?'

'Dat moet ik aan mijn vader vragen,' zei ze, 'hij is beneden.'

Ik volgde Marta Hernandez een brede metalen trap af en bereidde me op het ergste voor. Maar toen we de grendel naar beneden duwden en de dubbele metalen deuren openden, hoorde ik het geluid van slaan tegen leer en het gepiep en geschuifel van sportschoenen over canvas.

In het midden van een grote ruimte met een laag plafond was een paar centimeter boven de betonnen vloer een boksring gebouwd. Twee slanke jongens met een bruine huidskleur sloegen naar elkaar onder de oplettende blik van een oude man die een stopwatch bediende. Het was warm in de kamer en het rook er naar zweet.

'Mijn vader,' zei Marta, terwijl we op de man toeliepen die op de mat stond. 'Dit is het enige dat hij nog doet. Werken met deze jongens. Wij hebben al vijf kampioenen afgeleverd die de Gouden Handschoen hebben gewonnen.'

Wij liepen om jonge knapen heen die touwtjesprongen, tegen zware zakken sloegen, of tegen snelle boksballen. Sommigen gromden, sommigen haalden zeer ritmisch adem, anderen briesten de lucht uit door hun neus. De muren waren behangen met foto's van gevechten: Boem-Boem Mancini, Hector Camacho. Aan haakjes hingen paarse satijnen jassen waarop in iriserende letters 'Hernandez Uitvaartcentra' stond. Ik bleef wachten tot ze met haar vader gesproken had, in de verwachting dat ze me aan hem zou voorstellen. Maar hij wilde me blijkbaar niet leren kennen.

Marta en ik liepen alleen naar een achterkamer waar lege kisten stonden in verschillende kleuren en maten. Sommige waren groot, sommige hadden het formaat van een koelbox die je in de zomer mee naar het strand neemt. Ze ging achter een bureau zitten dat helemaal in de hoek was geschoven, zette de computer aan en tikte een aantal opdrachten in.

'Deze gaat sneller dan die van boven,' zei ze. 'Hiermee kan ik twee jaar teruggaan. Anders moeten we de files met de hand doornemen.'

'Eén jaar is voldoende.'

'Welke leeftijdsgroep?'

'Twaalf jaar en jonger,' zei ik. 'Nee, doe maar tot en met zestien jaar.'

Marta tikte, de computer maakte klik- en zoemgeluiden en toen verscheen er een lijst op het scherm. Telkens drukte ze weer op page down. Er was altijd veel meer dood dan je vermoedde. Tragedies die je niet persoonlijk raakten gingen in rook op te midden van de dagelijkse ruis.

'Ik kan ze uitsplitsen in leeftijd en geslacht,' zei ze. 'Maar ze staan chronologisch ingevoerd, op datum van overlijden.'

Dat had ik al gezien. Boven aan de lijst stond Lourdes Mejias. En ik wist waar ze zich bevond. Boven, in een roze jurkje.

'Hoeveel namen zijn het?' vroeg ik.

'Zevenenzestig,' zei ze.

'In één jaar?' Ik hoorde zelf de verbazing in mijn stem.

'Wat had u gedacht?' zei ze. 'We dalen. In de jaren zeventig hadden we er wekelijks drie, in dit centrum alleen al.'

'Wat gebeurt er als we tot veertien jaar gaan?' zei ik.

Er verschenen éénenveertig namen.

'Moet ik nog verder naar beneden gaan?' zei Marta. 'Bij twaalf jaar stoppen, bijvoorbeeld?'

'Nee,' zei ik, 'dit is genoeg.'

Marta maakte een print-out van de lijst en deed me uitgeleide. Voor de tweede maal keerde ik Lourdes Mejias in haar roze jurk de rug toe.

16

De Marina del Rey is een feestzaal in de uiterste zuidoostelijke hoek van de Bronx, aan het eind van Tremont Avenue. Het kijkt uit op de East River bij het punt waar die in de Sound van Long Island stroomt. Ik had door de jaren heen tientallen feestjes van politiemannen in de Marina bezocht. Gregory honderden. Deze keer was ik echter nuchter. Gregory, die meestal buiten het hek parkeerde en naar binnen liep, reed met de T-bird tot voor de voordeur waar hij op de portier wachtte.

'Jij praat maar in je eentje met Whitey Stohlmeyer,' zei hij. 'Daar wil ik part noch deel aan hebben.'

'Begrepen,' zei ik.

Hij gaf de portier een royale fooi uit zijn dikke bundel losse biljetten. Bij gelegenheden als deze wapperde Joe Gregory met flappen als grashalmen in de wind. We stapten de lobby binnen en gingen in de rij staan voor de entreekaartjes. De secretaresses van de chefs, een kliek op zich, zaten achter een klaptafel de lijst van betalers en binnenkomende cheques te controleren. Ze droegen allemaal corsages en handelden de financiële kant van de feesten op dezelfde manier af als de politieafdelingen, zonder een krimp te geven. Iedereen betaalde, geen speciale afspraken of uitzonderingen.

Chef Seamus O'Brien en zijn vrouw, met wie weinigen van ons kennis hadden gemaakt gedurende de veertig jaar dat hij zijn afdeling leidde, stonden de receptiegasten te begroeten die zoals gebruikelijk in een rij stonden te wachten. Mevrouw O'Brien droeg dezelfde corsage als de secretaresses.

'Zal ik je eens wat over Shammy O'Brien vertellen?' vroeg Gregory. 'Waar gebeurd. Op een nacht raakt hij straalbezopen tijdens zijn ronde in Manhattan. Volstrekt lazarus. Een paar uur later wordt hij in de ondergrondse wakker en ontdekt dat zijn zakken stukgesneden zijn en zijn portemonnee, dienstpistool en penning weg zijn. Wat doet die sluwe rotzak? Hij klimt onder de Brooklyn

Bridge en duwt een ouwe schooier in de East River. Daarna springt hij er achteraan. Daarmee omzeilt hij niet alleen de boete voor het verlies van zijn pistool en penning, waarvan hij zei dat hij ze in het water verloren had, maar krijgt hij nog een medaille als held van de maand op de koop toe.'

Whitey Stohlmeyer was achter de tafel bezig de laatste tafelschikkingen te controleren. Whitey liep mank, als gevolg van een aanvaring met een pilaar van de luchtspoorweg. De pilaren wonnen het altijd.

'Ik kan het net zo goed meteen doen,' zei ik.

'Ik ga in de rij staan voor de cocktails,' zei Gregory.

Whitey stond voor de fontein, het pronkstuk van de lobby. Er stond een witte vleugel op een zwevend platform met lelies midden in de vijver. Achter de vleugel was een wand met spiegels die het tafereel weerkaatsten. Nadat Whitey zijn gesprek met de geuniformeerde kelner had beëindigd, liep ik op hem toe.

'Whitey,' zei ik, 'mijn naam is Anthony Ryan, van de hoofdafdeling rechercheurs. We hebben elkaar een paar jaar geleden ontmoet.'

Hij zei: 'O ja,' maar hij kende me niet. Hij had hele legers agenten ontmoet.

'Ik ben de partner van Gregory de Geweldenaar,' zei ik. Naarmate de lobby voller werd, werd het gezoem van stemmen steeds luider.

'Joe Gregory, die gekke idioot,' zei hij met een glimlach. 'Is hij er ook?'

'Hij is een drankje gaan halen.'

'De rotzak is me niet eens even gedag komen zeggen.'

'Hij had ontzettende dorst,' zei ik. 'Hij zei dat hij je later nog op zou zoeken.'

'Over die knaap kan ik je verhalen vertellen,' zei hij.

Whitey was kaal, met alleen een randje kalkgrijs haar, maar hij had dezelfde grijze ogen als zijn dochter. Ik kon zien waar Tina haar kleureigenschappen vandaan had.

'Whitey, ik wil het met je over Tina hebben.'

Als Whitey nog bloed in zijn gelaat had gehad, dan was dit nu ook op slag verdwenen; hij ging naadloos over in de witte piano achter hem.

'Christina,' zei hij, 'toen ik haar nog kende, heette ze Christina.'

'Ik heb haar een paar dagen geleden gesproken.'

Whitey hief zijn handen op om me te stoppen. 'Heb jij kinderen, Ryan?' vroeg hij. 'En kom ik naar je toe om je wat over je kinderen te vertellen? Nee, dat doe ik niet. Omdat je zou zeggen dat het me niet aangaat. En dan zou je gelijk hebben. Begrijp je me goed?'

'Het gaat goed met haar, Whitey. Ze ziet er goed uit en haar kinderen zien ernaar uit dat er goed voor ze wordt gezorgd.'

'Mooi dat te horen. Echt heel nobel van je om me die boodschap te komen brengen. Ik wens haar het allerbeste. En wil je me nu excuseren? Ik moet ervoor zorgen dat de fuif naar wens verloopt.'

'Ken je die agent met wie ze omgaat?' zei ik.

'Excuseer me,' zei hij opnieuw en hinkte naar de eetzaal.

Ik zwierf wat rond op zoek naar een rijdende bar en bestelde een tonic. Rijen kerels in gekreukelde pakken cirkelden rond de tafel met hapjes. Er kwamen tegenwoordig meer vrouwen naar dit soort gelegenheden, maar de verhouding was nog altijd dertig op één. Ik herkende tientallen gezichten, je moest alleen een ietsje langer nadenken in verband met het verouderingsproces. Gepensioneerde smerissen kwamen in groter getale dan actieve. De ruimte was vol mannen die dezelfde ouwe koeien uit de sloot haalden in een poging te verhullen dat ze hun baan eigenlijk verschrikkelijk misten. Gregory stond in een kring van oude hoofdrechercheurs, die allemaal een van Gregory's klavertjes droegen. Ik wrong me ertussen en ging naast Neville Drumm staan.

'Deze zomer is het vijfentwintig jaar geleden dat ik het team van Vijf Eén overnam,' zei Neville. 'Herinner je je die zomer nog, van '69? Anti-oorlogsdemonstraties in heel New York.'

'De verbijsterende Mets,' zei ik.

'De Black Panthers,' zei Gregory.

'Ja,' zei Neville, 'en Neil Armstrong liep op de maan. En we hadden Woodstock, de Manson-moorden in het westen en Chappaquiddick.'

'Die hele Chappaquiddick-affaire had niet zo'n toestand hoeven worden,' zei Gregory. 'Wie was Teddy Kennedy's adviseur eigenlijk? Al die stomkoppen van Harvard – ze hadden een hele nacht om een verhaal in elkaar te draaien en was dat nou het beste dat ze konden bedenken? Ik zal jullie dit zeggen. Als Ted Kennedy van de 59th Street Bridge was gereden en ik was het hoofd van de eenheid geweest, dan was ik zelf het water ingedoken om die meid de boeien om te doen.'

'Wat voor misdaad had ze dan gepleegd?' zei ik.

'Autodiefstal met zelfmoord,' zei Gregory. 'Ik zou gezegd hebben: "Luister eens Teddy, het is als volgt gebeurd. Jij bent uitgestapt om te piesen, zij is achter het stuur gesprongen en ervandoor gegaan. Jij bent achter haar aan gerend en hebt de auto het water in zien plonzen. Je bent erin gedoken en hebt geprobeerd haar te redden, maar je kwam te laat." Dan zou Teddy president zijn geworden. En ik godverdomme minister van Justitie.'

Het aantal decibellen steeg naarmate de ruimte voller werd en de drank stroomde. Het leek wel een bijenkorf met reuzebijen die hun versterkers voluit hadden gezet. Eindelijk kwam Whitey Stohlmeyer binnenhinken om iedereen naar de grote eetzaal te dirigeren. Ik ging naast hem staan in de rij die de gang door moest. Hij keek me geen moment aan.

'Bot gevangen bij Whitey, hè, maat?' zei Gregory. 'Heb ik je toch gezegd, nietwaar?'

'Ja hoor.'

'Had je verwacht dat hij je met open armen zou verwelkomen?'

'Hij blijft haar vader.'

'En ik veronderstel dat jij hem aan zijn ouderlijke plichten wilt herinneren?'

'Misschien wel.'

Gregory en ik stopten onderweg bij de herentoiletten, in de wetenschap dat sommige speeches uit de hand zouden lopen. Een jongen met een vetkuif in het uniform van een kelner overhandigde papieren handdoeken bij de wasbakken. Gregory gaf hem een dollar fooi. Het joch nam een slok uit een plastic bekertje dat hij achter de stapel handdoeken had verstopt. Toen hij het neerzette, werden zijn ogen waterig.

'Delia is er ook,' zei Gregory. 'Moeten we bij haar gaan zitten?'

'Nee,' zei ik.

'Mooi. Ze zit bij de machthebbers van de Guardians. En daar zitten we haar misschien in de weg wanneer ze haar neus in de reet van de baas wil steken.'

We gingen bij Neville Drumm en het personeel van Vermiste Personen zitten. Op ieder tafeltje stonden twee wijnkarafs gevuld met bier van de tap. De mensen op de verhoging zaten al te eten. Iedereen aan onze tafel nam de koteletten. Ik bestelde scampi's.

Midden boven de dansvloer hing een glazen kroonluchter die eruitzag als een miljoen ijsblokjes. Ik moest denken aan de ijsblokjes die de Heilige Maagd hadden geboetseerd in die bitterkoude nacht waarin we het lichaam van Marc Ross vonden. Ik vroeg me af waar de moordenares heengegaan was. Hoever kon ze lopen in dat weer, overdekt met bloed?

Een voormalige chef, die meestal ceremoniemeester speelde, las spreuken voor van een stapel kaartjes. Hij had de naam van

O'Briens vrouw al twee keer verkeerd gezegd. De discjockey probeerde de pointes vergezeld te laten gaan van een roffel en ingeblikt gelach. Toen stond Shammy op om een toespraak te houden. Hij was óf te dronken, óf te emotioneel; zijn speech was onsamenhangend en dwaalde af. Ik had met hem te doen, maar ik wenste dat hij niet zo verbitterd over de nieuwe hoofdcommissaris sprak. Men had Shammy verzocht met pensioen te gaan. Dat had hij met gratie moeten doen. Toen hij 'Four Green Fields' begon te zingen moesten ze hem helpen te gaan zitten.

'Shammy heeft last van Ierse aderverkalking,' zei Gregory. 'Hij is alles vergeten, behalve zijn wrok.'

Toen de toespraken afgelopen waren, begon iedereen te rennen. De kerels die niet naar de toiletten renden, renden naar de rijdende bars. Ik had op Whitey gelet en ik zag dat hij naar buiten glipte, het dek op.

Ik stapte de frisse buitenlucht in. Whitey bevond zich bij de muur, aan het eind van de betegelde patio. Ik liep naar het rode gloeipuntje van zijn sigaret en bleef op een paar meter afstand van hem staan om over de rivier uit te kijken. Op dit punt, waar hij in de Long Island Sound uitmondde, was de rivier breed. Het was een rustige, serene avond, je hoorde geen auto toeteren, geen stemmen. De silhouetten van de bomen en de maan werden in het stille water weerspiegeld. Het hadden de meren van Sligo kunnen zijn.

'Ik weet helemaal niet dat ze met een smeris samenleeft,' zei Whitey. 'Het kan niet erger zijn dan wat ze had.'

Ik vermoedde dat Whitey gedronken had.

'Ze was de beste van haar klas op St.-Luke,' zei hij. 'De nonnen waren dol op haar. Ze had een volledige beurs kunnen krijgen voor Fordham. Volledig. Ze was zo intelligent. Ik weet wel dat iedereen dat soort gelul over zijn kinderen uitkraamt, maar dit is echt waar. Je kunt het in St.-Luke nakijken.'

Binnen ging een lachsalvo op. De wind woei van het water af. Het was geen harde koude wind. Het rook naar modder en een beetje brak, van het water in de baai. Midden op de rivier lag een boot, precies tussen de Bronx en Queens.

'Ik wilde dat ze advocate of arts werd,' zei Whitey. 'Zij wilde actrice worden. Ze was altijd op dansles, of op een andere les. Toneelstukken op school, van dat soort dingen. Ik heb wel duizend keer op haar ingepraat. Wat moet je zeggen? Die kinderen van tegenwoordig. Ze weten alles al. Flauwekul hoef je ze niet op de mouw te spelden, het is toch zo?'

'Die jaren hebben ze allemaal, Whitey. Maar daar komen ze overheen.'

We zaten tussen bruggen in. Rechts had je de Bronx Whitestone Bridge, links de Throgs Neck Bridge. Twee lange snoeren van zilverkleurige kralen schenen in het zwarte water. De kralen van een lichtgevende rozenkrans.

'Geen college voor haar,' zei Whitey, 'nee, meneer. Ze schreef zich in voor die toneelschool in de stad. Een appartement in de Village en alles wat erbij hoort. Toen belde ze me op, omdat ze een part-time baan nodig had. Ik ken de mensen in deze business, geen probleem. Ik vond een baan voor haar als serveerster in een aardige zaak. En het eindigde allemaal toen ze die engerd van een Hector Marquez tegenkwam. Hij was hulpkelner. Ze is nooit meer thuisgekomen.'

Whitey zoog wanhopig aan zijn sigaret, alsof hij het binnenste eruit wilde zuigen.

'Misschien wil ze nu thuiskomen, Whitey,' zei ik.

'Doe niet zo bevoogdend,' zei hij.

'Dat doe ik niet. Ik denk dat ze je hulp op prijs zal stellen.'

Joe Gregory floot vanuit de deur naar de patio. Hij had zijn jas aan en gebaarde met zijn armen dat ik snel moest komen. Het was veel te vroeg voor hem om uit eigen beweging te willen vertrekken. Ik begreep dat het belangrijk moest zijn. Ik draaide me om en wilde weglopen.

'Hé, Ryan,' zei Whitey, 'zeg haar dat ze me een keer belt.'

17

De man met de betonstaaf had weer toegeslagen. Gregory's T-bird reed achter de kleine colonne sirenes en lichtjes aan die zich van de Marina del Rey naar Crotona Park haastten.

'Dit stomme politiewerk hindert me in het campagnevoeren,' zei Gregory. 'Dit is zelfs onze zaak niet.'

'Maar er moet een verband bestaan,' zei ik.

'Wat voor verband, wat dan?'

Er filterde licht door het dichter wordende gebladerte van het park. Gregory hotste de trottoirband op en wurmde de T-bird door het oude ijzeren hek. Het pad was nauwelijks breed genoeg voor een auto. We reden rakelings langs een kapot fonteintje en groene banken die in beton waren verankerd. Gregory parkeerde op het gras achter een rij politieauto's.

'Heel wat blauw hier,' zei hij. 'Ze verwachten zeker dat de menigte over de rooie zal gaan.'

De mensen waren uit de huizen gestroomd die om het park lagen. Ze waren niet gekomen om ons te zien werken; de dood trok hen. Zodra het lichaam weggedragen was, zouden ze weer verdwijnen. We speldden onze penningen op en liepen rechtdoor over een pad waarover de anderen ook hadden gelopen naar het lijk. Geel afzetlint was tussen de bomen gespannen, als een trechter waar de mensen doorheen gesluisd werden.

'Wat is dit voor troep?' zei Gregory. 'Het lijkt de rij voor het loket bij de Citibank wel.'

Achter de drie meter hoge muur van het handbalterrein stonden schijnwerpers van de hulpdienst op een bebloede figuur gericht, die uitgespreid op een smerig matras lag. Het lichaam lag opgekruld, maar je kon zien dat het gezicht tot pap geslagen en bloederig was. Als een halo lag het bloed om zijn hoofd gespat. Verscheidene flesjes met gele dopjes lagen bij zijn knie. Er lagen een crackpijp en een goedkope blauwe aansteker op het gras tegen de muur. In het donker bij de rand van het pad stonden geüniformeerde agenten over en weer grappen te maken met de menigte.

'Daar heb je hem, maat,' zei Gregory. 'Ik weet dat je Sonny Guidice zoekt.'

Gregory wees naar de wagen van de technische recherche. Paul Verdi en Sonny Guidice droegen platte dozen met koffiekannen. Ze deelden koffie uit aan de agenten die aan het werk waren.

'Jij denkt dat Sonny deze knaap heeft vermoord,' fluisterde Gregory, 'en daarna is weggegaan om voor iedereen koffie te halen?'

'Dat doe ik altijd als ik iemand heb vermoord.'

'Degene die dit heeft gedaan moet onder het bloed zitten,' zei Gregory. 'De vent staat daar, zonder een spatje bloed.' Hij kwam dicht bij me staan en ik kon de drank ruiken. Ik begon me steeds onbehaaglijker bij hem te voelen als hij dronk. 'Je kunt je theorieën wat dat betreft beter voor je houden. We hebben hier toch al niet zoveel vrienden.'

Gregory verdween om de mensen te gaan verhoren. De hulpdienst reed nog een schijnwerper naar het lichaam toe. Het onderzoek van de omgeving was afgelopen en nu belichtten ze het lijk voor foto's. Ik vroeg aan Neville Drumm of het slachtoffer al geïdentificeerd was. Ik noemde hem 'brigadier' omdat er jonge smerissen meeluisterden.

'Jorge Colon, de broer van het eerste slachtoffer,' zei Drumm, 'en opnieuw met een betonstaaf. Geen twijfel mogelijk.'

'Werkte hij voor Santana?'

'Hij heeft de plaats van zijn oudere broer ingenomen.'

'Hij lijkt een gebruiker te zijn.'

'Ja, sommigen van hen zijn dat. Maar ze komen hier, om van de straat weg te zijn. Ze zeggen dat Santana hen zou vermoorden als hij erachter kwam.'

'Misschien is hij erachter gekomen,' zei ik.

'Als Santana deze kerel heeft vermoord, heeft hij ze alledrie vermoord.'

De menigte aan de overkant van het pad groeide steeds verder aan en werd ook steeds luidruchtiger. Uit een gettoblaster klonk een rapnummer. Iemand draaide de volumeknop voluit wanneer één bepaald refrein werd herhaald. Ik kon de woorden niet verstaan, maar ik wist zeker dat de boodschap iets was in de trant van 'politie rot op'. Ik liep naar Gregory. Hij stond te praten met een knaap in een jack van de Yankees.

'Vertel mijn partner eens wat je mij verteld hebt, Chico,' zei Gregory. 'Hij heet werkelijk Chico, maat.'

119

'Dat is mijn matras,' zei Chico, wijzend. 'Die *maricón* ligt leeg te bloeden op mijn matras. Ik wil het niet terug, verdomme. Wat een klerezooi, verdomme.'

'Hoe zijn ze aan je matras gekomen?' vroeg ik.

'Gestolen.'

'Waarom?'

'Ze stelen alles,' zei hij.

'Vertel hem hoe,' zei Gregory. 'Hij vindt deze verhalen heerlijk. Hij verzamelt ze.'

Chico zei dat hij een paar maanden geleden ruzie had gekregen met zijn vrouw. Hij had tegen haar gezegd dat hij wel op de overloop ging slapen. Chico had zijn matras gepakt en was de deur uit gelopen. Zijn vrouw was de gang in geveld en had hem gesmeekt dat niet te doen. Ze praatten het uit en begonnen het in de deuropening goed te maken. De verzoening nam hartstochtelijke vormen aan, zodat hij de deur naar het appartement had gesloten. Minder dan een minuut later bedacht hij dat hij de matras nodig had, maar toen hij de deur opendeed, was deze verdwenen.

'Geef me een penning en een pistool,' zei Chico. 'Ik vermoord al die smeerlappen.'

Het was minder winderig dan bij de Marina. Het was vochtig in de lucht en het gras geurde sterk. Het drong tot me door dat het eindelijk lente was geworden. Meer dan een maand te laat.

Ik begaf me naar de auto. Er kwamen nog steeds mensen aanlopen over het pad. Het was even na negenen. Ik hoorde Gregory hollen om me in te halen.

'Kom op, we gaan nog even terug naar de fuif,' zei Gregory. 'Nog even snel een glas pakken en dan rijd ik je naar huis.'

'Eén minuutje,' zei ik, 'ik ga even kijken of Tina thuis is. Ik zie je wel op de hoek.'

Ik stak de speelplaats over waar het naar verf rook. Deze speelplaats werd goed onderhouden. Ze trokken zelfs nieuwe lijnen voor spelletjes op het asfalt.

Op de hoek betrapte ik een mager joch met lege bruine ogen, dat muntjes voor de ondergrondse verkocht. Zijn neus en lippen zaten vol vlekken van zilververf. Verfsnuivers waren beruchte muntjesjatters. Ze hingen rond in de metrostations waar ze de muntjes uit de gleuven van de draaihekken haalden. Die verkochten ze op straat voor wat de gek ervoor gaf, maar het enige dat ze nodig hadden, was genoeg geld om een nieuwe spuitbus te kopen. Bij deze lichtinval leken de zilveren vlekken op zijn gezicht wel zwarte gaten.

Bij het trottoir stond een blauwe Chrysler van Metro Cabs te wachten voor het gebouw waar Tina woonde. Ik liep naar boven en klopte bij haar aan. Ik hoorde haar kinderen roepen en daarna het geluid van hoge hakken die door de gang kwamen.

'O man,' zei Tina, 'wat nou weer?'

'Ik moet je iets zeggen.'

'Godsamme,' hoorde ik haar zeggen toen ze de deur openmaakte.

'Snel graag,' zei ze, 'ik moet naar mijn werk.'

Ze zag er heel anders uit, nu ze gekleed was om naar haar werk te gaan, met zwaar opgemaakte ogen en donkerrode, bijna zwarte lippenstift. De kinderen stonden midden in de kamer, met allerlei spullen in hun armen, kussens, boeken, poppen.

'We geven je wel een lift,' zei ik.

'Er staat een taxi beneden,' zei ze. 'Emily, heb je je medicijn? Ga je medicijn pakken. Zeg tegen Lita dat ze het je geeft voor je naar bed gaat.'

'Gaan ze naar hun grootmoeder?' zei ik. Ik wist dat *Lita* een woord was dat gebruikt werd voor 'grootmoeder'. Tina liep naar de badkamer en liet water op een washandje lopen.

'Ze noemen mijn buurvrouw *Lita*,' zei ze. 'Ze past op. En zeg nu maar wat er zo belangrijk is.'

Tina knielde voor haar kinderen en boende hun gezichten en handen stevig met het washandje.

'Ik heb je vader gesproken. Hij wil dat je hem belt.'

Ze keek me aan, met een snelle blik uit haar ooghoek en stopte met het wassen van de jongen, die deze avond een Superman-shirt droeg.

'Vooruit, kinders,' zei ze. 'Vooruit, schiet op. Kevin, let op je zusje.' Ze dreef de kinderen voor zich uit door de gang. Ik volgde.

'Hij zei dat hij wilde dat je hem belt, Tina,' zei ik.

'Wat heb je hem over me verteld?'

'Ik heb gezegd dat je wel wat hulp met de kinderen kon gebruiken.'

'Ik red me prima met de kinderen.'

'Whitey is hun grootvader.'

Tina klopte op de deur van het appartement aan de overkant van de gang. De kinderen keken vol verwachting naar de deur. Kevins haar stond recht overeind, nog nat van het washandje.

'Dat had hij jaren geleden moeten bedenken,' zei ze. 'Nu heb ik zijn hulp niet meer nodig.'

'Het is altijd beter dan het gedonderjaag van Sonny Guidice.'

'Is dat zo?' zei ze. 'Jij bent wel heel onnozel, hè?'

De deur naar 3A, aan de andere kant van de gang, werd geopend door een jongen met een T-shirt dat om zijn middel was geknoopt. Zijn haar was strak achterover in een paardestaart gebonden. Een zeer opvallende jongen. Prachtig. Zijn gezicht was zo glad en fijn van structuur, alsof het volmaakt was. Maar hij was ouder dan ik bij mijn eerste indruk dacht. De kinderen renden langs hem heen, een lange gang door, naar een oudere vrouw met peper-en-zoutkleurig haar dat in een knot zat.

Tina sloeg de jongen tegen zijn buik en keek langs hem heen. 'Tegen twee uur ben ik weer thuis, Lita,' riep ze naar de oude vrouw.

'Laat ze maar blijven,' zei de jongen. 'Maak ze niet midden in de nacht wakker.' Toen glimlachte hij, een geweldige witte glimlach en stapte achteruit, de deur weer binnen. Maar ik zag nog net zijn rechteronderarm met een zwaar litteken van een brandwond. Ik kon het wiel horen draaien bij het *Rad van Fortuin*.

'Bedankt, Lita,' zei Tina. 'Wees voorzichtig, Angel.'

Angel. Angel deed de deur dicht. Tina liep klikkend voor me uit de trap af. De chauffeur van Metro Cabs was een zwarte man met een boodschap, die met een rode merkstift over zijn kaalgeschoren hoofd geschreven stond: 'Het lot ligt in handen van de Heer.'

Tina opende het portier en stapte in. Nadat ze weggereden waren, probeerde ik de schoonheid van die jongen voor Gregory te beschrijven.

'Zeg, overdrijf het niet, ouwe gabber,' zei hij.

Ik wist dat ik hem eerder had gezien. In een tijdschrift. Misschien een model of een acteur. De wenkbrauwen lichtjes gebogen, te glad en regelmatig, alsof ze geëpileerd waren. De grote bruine ogen en het oogwit, zo volmaakt zuiver, dat het wel blauw leek. Maar het was de huid; ik had nog nooit eerder zo'n gave huid gezien.

En toen wist ik waar ik dat gezicht en die glimlach eerder had gezien. Er had een grote zwarte zigeunerpruik omheen gezeten. En hij rende. Hij rende naar een taxi in Chelsea.

'Die was het,' zei ik. 'Uit de Sweet Life. Dat is degene die we gevolgd zijn. Dat is degene die ik die nacht in het park ben kwijtgeraakt.'

18

De avond daarop gingen we terug om Angel eens van nabij te bekijken. Om zeven uur parkeerden wij naast de speelplaats tegenover 719 Crotona Park North. Het begon warmer te worden; de kinderen speelden in sweatshirts en dunne jasjes buiten.

'Het lijkt wel of we een afspraak hebben om te gaan flaneren,' zei Gregory. 'Ik ben benieuwd hoe ze er uitziet in haar nieuwe gewaad.'

'Ik kan het mis hebben,' zei ik.

'Je hebt het niet mis, maat.'

De telefoon die in appartement 3A was geïnstalleerd, had een geheim nummer. Wij hadden officieel het nummer aangevraagd, plus een lijst van uitgaande gesprekken. Ed, onze verbindingsman bij de telefoondienst, deelde mee dat de aansluiting op naam van Lupe Aponte stond, maar dat de rekeningen werden betaald met overschrijvingen die ondertekend waren door Angel Aponte.

'Wat voor verhaal hangen we hier op?' zei Gregory. 'We willen toch niet dat deze tweeslachtige figuur met de noorderzon vertrekt.'

'Ik zal hun vragen of zij iets afweten van de moorden die in het park zijn gepleegd. Hun raam kijkt er precies op uit.'

Sonny Guidice en Paul Verdi reden ons tweemaal voorbij in hun patrouillewagen, vanuit verschillende richtingen het park inschietend om hun prooi te omsingelen. Het ging hen om de straatverkopers van crack die uit de bosjes te voorschijn kwamen zodra er een auto langzaam langs het blok reed.

Het park wemelde van de dealers. Iedereen die honderd dollar en een warmhoudplaatje bezat, kon in de crackhandel gaan. Sommigen verkochten alleen maar 'dummies', placebo's, zoals zeepschaafsel in een crackflesje. Eén vent verkocht zijn astma-medicijn dat hij had versneden, zodat het eruitzag als beige kristallen.

'Ik hoorde dat Sonny altijd een verse aanvoer van betonstaven in zijn kofferbak heeft liggen,' zei Gregory, 'zodat hij kan toeslaan zodra hij het in zich op voelt komen.'

'Hou toch op,' zei ik.

Francis X. Hanlon, de oude smerisrammer, stond op straat en hief zijn hand op. Hij speelde voor verkeersagent, telkens wanneer een kind de straat overstak. Als er een flinke troep tieners met een dreunende stereo om het blok kwam lopen, stond Francis X. daar, met zijn armen over elkaar geslagen, te wachten tot ze voorbij waren. Tina's boze zoontje Kevin was bij degenen die al waren overgestoken. Alle kinderen zeiden Francis X. gedag en noemden hem 'Padre'.

'Moet je die gek zien,' zei Gregory.

Een kleine Latijns-Amerikaanse vrouw kwam in een gebloemde peignoir uit 711 Crotona Park, onder een luifel van roze plastic met hartjes vandaan, waarop stond 'Juanita's Schoonheidssalon'. Ze slofte op de hakken van haar pantoffels de straat over en gaf Francis X. een papieren zak. Hij zegende haar door met een weids gebaar een kruis in de lucht te slaan. Toen scheurde hij de zak open en begon te eten. Het zag er naar uit dat het een schotel rijst met bonen was.

'Ze geven hem nog te eten ook,' zei Gregory.

'Ze zorgen voor hem, omdat hij voor hun kinderen zorgt.'

'Heeft hij ooit een poot naar jou uitgestoken toen je hier werkte?'

'Nooit.'

De eerste keer dat ik Francis X. zag, hing hij in de arrestantenruimte van het bureau Vijf Eén. Hij hing daar letterlijk. Ik was net een paar weken van de Politie Academie. Ik stond me om te kleden in de kleedkamer, toen een oudere agent zei dat ik naar de arrestantenruimte moest gaan. 'Ze hebben die smerisrammer weer te pakken,' zei hij. 'Hij was op Tommy Kiley gesprongen.' Francis X. hing aan de tralies, zijn handen boven zijn hoofd geboeid en zijn voeten gebonden met een laken. Een paar smerissen stond in de rij op hun beurt te wachten, terwijl Tommy Kiley hem tegen zijn ribbenkast stond te stompen. De meesten van ons liepen weg. Ik heb het nooit weer zien gebeuren. Dergelijke aftuigingen waren allang verleden tijd toen de Commissie Knapp over corruptie bij de politie in 1972 werd ingesteld.

'Laten we gaan,' zei ik, 'dan hebben we dat gehad.'

We stopten alles onder de autobanken: Radio, zaklantaarn en dossiers. Ik kreeg een vleug verse verf in mijn neus toen ik uitstapte: iemand had het klimrek rood geverfd. Het leek wel hetzelfde rood als gebruikt werd voor de brandkranen. Francis X. zat op een schommel met een plastic lepel gele rijst te eten. Hij zong daarbij een van die hymnen die je ook hoort als je langs een missiepost in de Bowery loopt.

'Je vriend roept je,' zei Gregory.

'Hij zit te zingen,' zei ik.

'Nee, hij roept je.'

'Broeder Ryan,' zei Francis X, 'ik had een droom.'

'Nou denkt-ie nog dat-ie Martin Luther King is,' zei Gregory.

'Jij en ik,' zei Francis X. Zijn baard zat vol rijst.

'Hij droomt waarschijnlijk van de nacht dat ik hem een dreun heb gegeven,' zei ik.

'Ik vind dat het de schuld van de staat is,' zei Gregory, 'dat mensen zoals hij op straat worden gelaten. Laten ze er geld voor vrijmaken in de begroting.'

'Dat is mooi, Francis,' zei ik.

We liepen drie trappen op, ervoor zorgend dat we uit de buurt van de open trapleuning bleven en uitwijkend voor een baksteen, die van boven recht op ons afkwam. Ik vroeg me af hoeveel duizenden trappen een gettosmeris gedurende zijn loopbaan beklimt. Tientallen keren op een dag, iedere dag weer. En alle gebouwen hebben vijf verdiepingen, omdat in een gebouw met meer verdiepingen liften en dure waterpompinstallaties ingebouwd moesten worden.

Gregory bonsde verscheidene minuten achtereen op de deur van appartement 3A. Toen de oude vrouw eindelijk opendeed, gooide ze de deur helemaal wijd open en liep terug het appartement binnen.

'*Policía*' zei Gregory, terwijl we aarzelend wachtten en in de gang tuurden.

Het was hetzelfde soort appartement als Tina had, maar dan in spiegelbeeld: Alle kamers waren rechts, met de ramen die op het park uitkeken links. Ik deed de deur achter me dicht en we liepen de gang door, voorbij een badkamer, een keuken en een dichte zwarte deur, waar met de hand een maan en sterren op geschilderd waren.

In de huiskamer zaten Tina's kinderen op de vloer naar *The Cosby Show* te kijken. Alleen een gordijn scheidde de huiskamer van een slaapkamer daarachter. Er hing een kruis midden boven het bed, een dubbel bed dat netjes opgemaakt was, bedekt met een verbleekte sprei. Op de toilettafel stonden kaarsen te branden rond een beeldje van de Heilige Maagd. Ik nam aan dat de slaapkamer van Angel achter de gesloten deur met de maan en de sterren was.

'Wij zouden u een paar vragen willen stellen,' zei ik. Ik merkte dat ik luid sprak, net als ik tegen mijn vader deed. De oude vrouw, die op een versleten erwtgroene leunstoel zat, keek naar *Cosby* en besteedde geen aandacht aan ons. 'Gisteravond is aan de overkant een moord gepleegd.'

Daar stonden we. Ze bleef naar de televisie staren. Op een wandkleed achter haar hingen afbeeldingen van John en Robert Kennedy, en Martin Luther King jr. Op de televisie stond een plastic palmboompje, met 'Puerto Rico' in witte letters op het voetstuk geschilderd.

'Woont u hier alleen?' zei ik, nog luider.

'Ze spreekt geen Engels,' zei Kevin, de zoon van Tina.

Het was warm in het appartement en het rook er naar iets wat gebakken werd. Op het raam dat op het park uitkeek, zat een vette laag. Meteen achter de televisie stond een lokdoos voor kakkerlakken.

'Señora,' zei ik.

'Ze kan ook niet horen,' zei de jongen, wijzend naar zijn oren.

Toen de reclame kwam, stond de oude vrouw op en opende de deur met de maan en de sterren. Ze sloeg de deur achter zich dicht, maar hij viel niet in het slot en Gregory duwde hem open.

De oude vrouw stond met haar rug naar ons toe en zocht in een juwelenkistje van zwart fluweel op een roodgelakte toilettafel. Langs de rand van de toilettafel stonden vier koppen van piepschuim. Op elke kop stond een fraaie damespruik: Twee zwarte, een blonde en een rode. De kamer werd overheerst door twee verrijdbare metalen kledingrekken, zoals je ze in het textielcentrum ziet. Beide hingen vol met rokken, jurken en blouses. Tegen de andere wand stond een onopgemaakt éénpersoonsbed.

De oude vrouw zag ons en kwam snel naar buiten, de deur achter zich sluitend. Ze overhandigde me een kaartje. Er stond op: 'Sally's II is de beste TV-bar in de theaterbuurt.'

TV betekende niet televisie. Televisie was waar de oude vrouw naar zat te staren toen we weggingen.

We parkeerden op West 43rd Street naast het gebouw van de *New York Times*. Op de hoek werd balletje-balletje gespeeld. In hoeken waar de zon nooit kwam, lag vettig zwart ijs. Uit een kar buiten de laadplaats van de *Times* steeg de geur van geroosterde kastanjes op. De theaterbezoekers, tiptop gekleed, haastten zich in alle richtingen. In de drie blokken precies ten noorden van onze parkeerplaats, werd nog altijd het beste theater ter wereld opgevoerd. Het bord buiten Sally's II kondigde aan dat er iedere nacht een travestierevue werd gehouden.

Boven de ronde houten bar in de voorste ruimte van Sally's hing een rode baldakijn. Rond de bar zaten enkele groepjes bij elkaar. Minirokjes en naaldhakken waren in, zag ik. Ik vroeg me af hoe dronken je moest zijn om te denken dat iemand van hen een vrouw was. Maar misschien ging het daar niet om. We vonden een plek aan de bar. Gregory stond naast een persoon in een kort leren rokje, die met over elkaar geslagen benen op een kruk zat, waardoor je zijn dijen zag; de dijen van een vleugelverdediger. Aan de andere kant van de bar daartegenover was een dronken zakenman in een diepgaande discussie gedompeld met het barmeisje. Deze leunde naar hem toe, tot op een paar centimeter van zijn gezicht. Ze droeg een doorschijnende zwarte jurk. Je kon zien dat ze een voorkeur had voor hooguitgesneden Franse slipjes.

'Vraag het haar,' zei ik, met een gebaar naar de vleugelverdediger.

'Hèm, zul je bedoelen,' zei Gregory, 'het is een kerel.'

'Dat moet je tegen haar zeggen,' zei ik.

Sinatra zong 'My Way'. Dat alleen al bezorgde Gregory een pestbui. Ik boog me om hem heen en keek de vleugelverdediger aan.

'Is Angel er ook?' vroeg ik.

'Schat, wij zijn allemaal engeltjes,' zei ze. Haar leren jack stond tot aan de navel open en toonde borsten en tepels. Het barmeisje draaide zich om en keek me aan.

Het was Angel. Ze kwam traag naar me toe lopen, onderwijl de bar afvegend. Het was Angel, dat leed geen twijfel, in effen zwart, de hals met een bescheiden decolleté. Ze droeg zwarte netkousen en bloedrode hoge naaldhakken.

'Angel,' zei ik.

'Mijn naam is Lucinda,' zei Angel, 'maar ik zou een engel kunnen zijn.'

'Wees dan nu een engel,' zei ik, 'en kom even bij ons zitten in dat hoekje daar.'

'Waarom zou ik dat willen?' zei Angel.

Ik toonde mijn penning. De zakenman sloeg zijn drank naar binnen en veegde zijn geld van de bar.

'Melody, kun jij...?' zei Angel.

De vleugelverdediger, Melody genaamd, zwaaide van de kruk af en stapte achter de bar. Midden onder de baldakijn zat, badend in blauw licht, een kleine witte boeddha. 'Willen jullie wat drinken, jongens?' zei Melody.

'Ik niet,' zei ik.

'Een Bud. In een flesje,' zei Gregory.

In tijden van aids bestelde Gregory op plekken die hij niet vertrouwde flesjes in plaats van glazen. Als hij uit een glas moest drinken, vroeg hij om een glas met een oor en hield het met zijn linkerhand vast. Hij meende dat er, aangezien er minder linkshandigen waren, minder zieke lippen aan die kant gedronken hadden. 'Tel maar uit,' zei hij.

Angel greep haar tasje en ik volgde haar naar de hoek, terwijl ze met haar heupen wiegde à la Marilyn Monroe. Ze was tenger, maar ze had wel een middel en heupen.

'Hier noemt niemand me Angel,' zei ze, terwijl ze zich op een stoel liet glijden.

Boven haar hoofd hing de muur vol studiofoto's in zwartwit met handtekening, van schepsels in jurken, allemaal opzichtig gekleed vol glitter en veel veren.

'Voor het rapport, Angel,' zei Gregory, die met een klap zijn bier op tafel liet neerkomen, 'ben je een man of een vrouw?'

'Wat voor rapport?' vroeg ze.

Zelfs van dichtbij had ze een ongelooflijk mooie huid. Ze had helemaal geen make-up nodig. De geur van haar parfum was zacht en verfijnd, niet zo overdonderend als het parfum van de vleugelverdediger.

'Ik zal je dit zeggen voor jullie rapport,' zei ze, 'dat ik, als ik morgen de loterij win, het eerstvolgende vliegtuig naar Trinidad neem. Als ik terugkom kan ik jullie trots vertellen dat ik een vrouw ben.'

'Waarom naar Trinidad?' vroeg ik.

'Trinidad in Colorado, hoor,' zei ze. 'Dat is een klein stadje vlakbij de Mexicaanse grens. Daar is een kliniek. Iedereen gaat daarheen.'

'Ben je weleens naar een club geweest die Sweet Life heet?' zei ik.

'Wie niet?' zei Angel. 'Iedere derde dinsdag van de maand. Het is echt te gek. Je moet ook eens komen kijken.'

Angel had een hese, diepe stem. Maar als ze je zou bellen en door de telefoon zeggen dat ze Lucinda was, zou je het geloven.

'Ben je daar dinsdag de negentiende ook geweest?' vroeg ik.

Ze pelde een beetje lippenstift van haar mondhoek en stak er een sigaret in. Ik pakte haar aansteker en gaf haar vuur. Ze staarde naar me langs het vlammetje. Gregory keek naar de toiletten en probeerde de bordjes te ontcijferen.

'Jij bent door het park achter me aangerend,' zei ze, terwijl ze de rook door haar neus blies. 'Toen ik je gisteravond bij Tina zag, wist ik dat ik je eerder had gezien. Ik dacht dat het misschien in een vorig leven was geweest.'

'Had je gezien dat we je volgden?' vroeg Gregory.

'De taxichauffeur.'

'Waarom begon je te rennen?' vroeg ik.

'Wat denk je?' antwoordde ze. 'Wil je weten hoe vaak ik 's nachts door kerels naar huis gevolgd word?'

'Nee, laat maar,' zei Gregory.

Ik begon met haar de tekening van de moordenares voor te leggen. In mijn ogen leek ze niet op Angel, maar ik wilde wel een reactie zien. Het was een brede glimlach, waarbij al haar witte tanden bloot kwamen. En die gelaatskleur, zo glad en roodbruin, als je eigen huid na de heerlijkste dag aan het strand die je ooit in je leven had gehad.

'Ik hoop niet dat het mij moet voorstellen,' zei ze. 'Jezus, moet je die ogen zien.'

'Denk je zelf dat het jou moet voorstellen?' zei ik.

'Als dat zo is, dien ik een aanklacht in.'

'Waar was je op de avond van 10 april 1994?'

'Wat voor een dag was dat?'

'Een zondag.'

'Ik werk op zondag van zeven uur tot sluitingstijd. En sinds ik begonnen ben, zes maanden geleden, heb ik geen avond overgeslagen. Vraag het maar aan Melody, zij is hier de baas.'

Gregory stond op en liep naar de bar. Melody zat alleen. We waren blijkbaar niet goed voor de business.

'Hoe laat sluit deze tent?' zei ik.

'Als het stil is,' zei Angel, 'zoals door de week, dan stoppen we om één uur. Dat komt niet vaak voor. We hebben vaste shows laat op de avond en nog een tweede show om middernacht. Er vallen soms theaterbezoekers binnen, voornamelijk toeristen. We adverteren in *Playbill* en er zijn er altijd die denken dat een TV-bar een plaats is waar ze Oprah tegen kunnen komen. Je lacht je rot als je ziet hoe ze proberen erachter te komen waar ze verzeild zijn geraakt.'

Ze opende haar zwarte leren tasje en pakte een lippenstift in een gouden huls. Haar vingernagels waren donkerrood; de kleur paste precies bij haar schoenen. Lou Reed zong over gekleurde meisjes.

'Hou je van Lou Reed?' zei ze. 'Dat is een heel stoute jongen.'

'Ben jij een stout meisje?' vroeg ik.

'Hangt er vanaf wat jij onder stout verstaat.'

Ze ging achterover zitten en stiftte haar volle lippen. 'Vertel je me nog waar het eigenlijk over gaat?'

'Het gaat over moord,' zei ik.

'O, ik beken,' zei ze, 'daar wil ik graag voor gepakt worden. Maar ik zou wel eerst hun ballen afgesneden hebben. Het zou een fantastische buurt zijn zonder die klootzakken.'

'Heb je het over de drugsdealers in Crotona Park?'

'Ze hebben een klein meisje vermoord op wie mijn moeder oppaste,' zei ze. 'Maria. Een schat van een kind. Ze kwamen langsrijden en schoten in het wilde weg vanuit het autoraampje. Dat zijn de ware mannen voor jou hè? Van die grote sterke kerels.'

'Ik heb het niet over hen.'

'Over wie heb je het dan?'

'Een smeris,' zei ik.

'Schrijf die ook maar bij op mijn rekening. Wat maakt het uit?'

Gregory kwam weer naast me zitten. Hij had zijn biertje niet losgelaten.

'De manager bevestigt wat ze zegt,' zei hij. 'Wat dat dan ook waard is.'

'Zou je bereid zijn om in een rij te gaan staan om geïdentificeerd te worden?' zei ik. 'Met deze kleding aan?'

'Geef me een dag de tijd,' zei ze. 'Ik kan er beter uitzien dan nu.'

Ik overhandigde haar de tekening van de jurk. Ze trok de tere huid van haar voorhoofd in rimpeltjes terwijl ze hem bestudeerde. De jurk die Angel droeg had lange mouwen. Ze trok steeds aan de mouw om het litteken van de brandwond op haar arm te bedekken.

'Hoe kom je aan dat litteken?' vroeg ik.

'Van een vlammenwerper,' zei ze. 'Ik heb als kind in het park met die troep lopen klooien. De spray bleef op mijn huid plakken.'

'Haarlak?' vroeg ik.

'Wella,' zei ze.

Veel straatkinderen hadden in hun arsenaal zelfgemaakte minivlammenwerpers. Ze plakken een gasaansteker boven op een spuitbus met haarlak of schoonmaakspul. Ze knippen de aansteker aan, duwen de bovenkant van de spuitbus naar beneden en de spray komt eruit in een straal vuur.

'Ik heb een vriendin die ook zo'n litteken heeft,' zei ik. 'Die draagt altijd lange handschoenen.'

'Ik heb meer handschoenen dan Imelda schoenen heeft,' zei Angel.

'Jezus Christus!' gilde Joe Gregory. Hij sprong ongeveer een meter de lucht in, waarbij hij met zijn knieën tegen de onderkant van de tafel sloeg. Hij ging staan en stak zijn hand in zijn broekzak alsof zijn onderbroek in brand stond. Hij haalde de pieper te voorschijn en gooide hem op tafel.

'Een vibrator, wat een giller,' zei Angel. De pieper ratelde over de tafel.

'Je had hem op de triller gezet in plaats van op de pieper,' zei ik. 'Bel de nachtbalie.'

Gregory ging op zoek naar een telefoon. Angel blies rook door haar neus en bekeek de schets opnieuw. Ze schoof hem weer naar me toe.

'Een beeldige jurk,' zei ze, 'maar ik heb hem nooit van mijn leven gezien.'

'Zelfs niet in Sweet Life?'

'Ik heb een eenvoudiger smaak dan dit soort jurken,' zei ze. 'Het leven is al ingewikkeld genoeg.'

Ze streek haren uit haar gezicht. Ze droeg geen pruik. Haar haar was dun, maar het glansde.

'Ken je Sonny Guidice?' zei ik.

'Is hij een vriend van je? Nee, zeg maar niks, kan me niet schelen. Hij is een mispunt.'

Toen Gregory terugkwam, stond zijn gezicht bleek en hij transpireerde. Hij pakte de pieper, stak hem in zijn jaszak en pakte me toen bij de arm.

'Kom mee, maat,' zei hij.

Ik stond op en overhandigde Angel mijn kaartje. Ik zei dat ik haar zou bellen als ik een rij gegadigden had gevonden voor de identificatie. Gregory trok opnieuw aan mijn arm, in de richting van de deur.

'Ben je wel in orde?' vroeg ik.

'Deze is het niet,' fluisterde hij.

'Dat weet je zeker?'

'Ik weet het zeker,' zei hij. 'De echte heeft zojuist in de Bronx een andere smeris vermoord. Paul Verdi.'

19

Een moord op een smeris komt voor smerissen altijd als een ver-
rassing. Dat komt doordat ze werken in een aura van persoonlijke
onsterfelijkheid. Gregory en ik lieten Angel achter en reden zwij-
gend naar het noorden, in de richting van de Bronx. We hadden de
feiten niet. We moesten meer feiten kennen om deze gebeurtenis
als vreemd te kunnen ervaren, net zoals het zelden voorkomt dat
je voor de tweede keer door de bliksem wordt getroffen. Hoe vaak
je ook de doedelzakken voor een begrafenis had horen spelen,
iedere klaagzang begint met een ijselijke kreet.
  'Waarom zeggen we eigenlijk dé Bronx?' zei Gregory ten slotte.
'Niemand zegt dé Brooklyn of dé Manhattan.'
  De lichten van de stad brandden met verbijsterende helderheid.
De met roet aangeslagen huurkazernes vertoonden een unieke ar-
chitectuur: balustrades, deklijsten, bogen die ik nog nooit had opgemerkt. Plotseling leek graffiti belangrijk.
  'De eerste kolonist die ten noorden van de rivier de Harlem
ging wonen, was een man die Jonas Bronck heette. Bronck
bouwde een grote boerderij en woonde daar met zijn familie. De
mensen die erheen gingen, verwezen naar de familienaam, alsof
het om een persoonlijke visite ging. Dan zeiden ze: "Wij gaan naar
de Broncks."'
  'Onzin. Waar heb je dat gelezen?'
  'Ik heb het niet gelezen. Ik heb het tijdens de stadstoer gehoord.'
  Het was stil op de radio. Om de zoveel seconden drukte iemand
op de ontvangstknop en hoorde alleen maar ruis. Ik wist zeker dat
de hoofdbonzen, uit angst voor de onvermijdelijke reactie, hoopten dat het nieuws van de moord op Verdi niet bekend zou worden
vóór de volgende ploegenwisseling. Meer dan de helft van de smerissen die op de straat waren, werkten minder dan vijf jaar in dit
vak. Straatagenten leven op adrenaline en emoties. Gooi een
flinke dosis jeugd in de pan en hij kookt over.

Voordat we bij de Willis Avenue Bridge waren, begon het nieuws zich te verspreiden. 'Smeris vermoord,' zei een gejaagde, nerveuze stem over de radio, die duidelijk anoniem wilde blijven. Een hoop ruis en daarna een griezelige stilte. 'Waar?' vroeg een andere stem. 'Geen officieuze berichten, graag,' zei de zendcoördinator. 'Eenheden moeten zich identificeren en wachten op toestemming van de Centrale.' 'De Bronx,' zei de eerste stem. 'Vijf Eén.' 'Klootzakken,' zei iemand. 'Vuile teringlijers,' zei een ander. 'Geen officieuze gesprekken graag,' zei de zendcoördinator streng. 'Orders van patrouillecommandant Donald P. Walsh. Dit is KEA841. Het is nu 23.45.' 'Pak die klootzakken voordat ze jou pakken,' gromde iemand. Daarna een heel koor van scheldwoorden en ruis. Een gewapende woedende menigte in blauwwitte patrouillewagens, allemaal met de vinger op de ontvangstknop, schreeuwde door en over elkaar heen in een waanzinnige verwarring van woede en vrees. De zendcoördinator was machteloos en liet het maar uitrazen.

'Ik ben nog nooit een stadstoer wezen maken,' zei Joe Gregory, toen we de Bronx binnenreden. 'Ik ben nooit naar het Vrijheidsbeeld, boven op de Empire State of het dak van World Trade geweest. Ik woon hier verdomme mijn hele leven al en een heleboel dingen heb ik nog nooit gedaan.'

Carter Avenue was verstopt door politieauto's. Een vermoorde smeris trok altijd de meeste aandacht, voornamelijk van blauwe uniformen, een klein fortuin aan koper bij elkaar. We parkeerden de wagen een half blok van de plaats van de misdaad. Recht tegenover 1809 Carter Avenue stond een kleine, zilvergrijze man in een goedgesneden zwart kostuum te midden van een aantal persverslaggevers en free-lance cameramensen. Lenny Marino, voorzitter van de PBA, stond gebruind en fris geschoren, woedend met zijn vinger te zwaaien.

Ik liep achter Gregory aan door een nauwe straat achter een verlaten zuurfabriek. Aan het eind van de straat stond iemand van de technische recherche het hangslot van een drie meter hoog ijzeren hek te bepoederen. Achter het hek was een ommuurde binnenplaats, die vol stond met smerissen en schijnwerpers. Achter op de binnenplaats stond een blauwwitte auto.

Joe Gregory liep recht op de patrouillewagen af. Hij duwde zijn stropdas tussen zijn broekband, zodat die niet in de plas bloed zou bungelen die recht onder het portier van de chauffeur lag. Toen ging hij op zijn hurken zitten en keek in de ogen van de dode smeris.

Agent Paul Verdi was door zijn linkerslaap geschoten. De wond waar de kogel naar binnen was gedrongen, een paar centimeter achter het linkeroog, was besmeurd, maar klein en rond. De wond in de rechterkant van de hals, waar de kogel er weer uit was gekomen, was kenmerkend, groot en gerafeld. Het roet op zijn gezicht duidde erop dat het pistool heel dichtbij was geweest, maar de huid niet had geraakt. Ik kon de omtrekken van een kam in zijn rechterborstzakje zien.

'Hij is van buiten de auto beschoten,' zei brigadier Neville Drumm. 'Kijk maar naar de deur. Bloed aan beide kanten.'

Het bloed was nog nat, zodat de technicus een druppelaartje kon gebruiken. Het vormde een plasje in een richel boven op de deur en liep in een straaltje over de lichtblauwe lak van auto nummer 3402. Het raampje naast de chauffeur stond open, maar het binnenframe van de deur aan de bovenkant en de binnenkant van het plafond waren met bloed bespat. Verdi lag op zijn rug uitgestrekt over de voorbank, met zijn neus tegen de onderkant van het stuurwiel gedrukt. Hij was klaarblijkelijk beschoten terwijl hij rechtop zat en onderuit gezakt, of over de stoel heen getrokken. Net als bij Ross was zijn broek naar beneden getrokken. Zijn dijbenen en witte onderbroek waren besmeurd met bruine make-up. Kleine rode vlekken stonden in het wilde weg over zijn ondergoed en huid verspreid. Het was geen bloed, maar lippenstift. Zeker zes afzonderlijke vegen.

'Dit is flauwekul,' zei Gregory. 'Moet je al die make-up en lippenstift zien. Wie krijgt er in godsnaam zoveel lippenstift op iemands ondergoed als het niet met opzet is gedaan?'

'Zijn er getuigen?' vroeg ik. De schijnwerpers stonken naar brandend metaal.

'We hebben een buschauffeur,' zei Drumm. 'Hij zegt dat hij aan de noordkant van het park een zwartharige vrouw in de patrouillewagen heeft zien stappen. Lange witte handschoenen, chique jurk. Hetzelfde signalement als in de zaak Ross.'

Joe Gregory trok een paar chirurgenhandschoenen aan en begon het bovenlichaam te bevoelen. Ik begreep dat hij naar een knoop zocht. Maar die was er deze keer niet. Hij liep naar de andere kant van de auto en leunde naar binnen om naar de lippenstiftsporen te kijken.

'Ik denk dat ze is uitgestapt om te piesen, of iets dergelijks,' zei Drumm. 'Daarna is ze omgelopen, het raampje stond open, en *bamm*. Eén schot. Moet je hier op de grond kijken.'

Een spoor van bloedvlekken op het beton leidde een paar passen bij de auto vandaan en hielden een eindje voor de straat op. Het zag er niet uit als bloed van een gewonde die de plaats ontvlucht. Bloed dat van een bewegend lichaam valt, maakt grillige sporen en heeft de vorm van een traan. Het puntige uiteinde wijst de vluchtrichting aan. Deze sporen waren in de vorm van een hoefijzer en te regelmatig van elkaar. Op pasafstand. Het kwam van schoenen met naaldhakken. Ze was in het bloed van haar slachtoffer gaan staan en had een spoor naar het hek gemaakt.

'Heb je een patroonhuls gevonden?' vroeg ik. Indien de moordenares een automatisch pistool had gebruikt, zou er een patroonhuls uitgeworpen zijn. Ik dacht aan de vermiste Glock 19 van Marc Ross. Misschien pasten de kogelsporen. Misschien was het het moordwapen.

'Niks,' zei hij. 'Niks gaat ooit van een leien dakje.'

Ik keek rond op de binnenplaats en dacht: Waarom hier? Dit was een volkomen afgezonderde plek te midden van verlaten fabrieken. De steeg was de enige manier om er binnen te komen. In de hoek stond een afvalcontainer gevuld met opgevouwen pizzadozen. Op de grond lagen bierblikjes. Ik wist precies wat voor plek dit was.

'Het is een smerisgat,' zei ik.

'Zoals je er nog nooit één gezien hebt,' zei Drumm.

Een smerisgat is een schuilplaats die smerissen gebruiken om op adem te komen, weg uit het blikveld van bazen en burgers. Het is een toevluchtsoord waar ze een paar momentjes rust kunnen nemen. Sommige jongens gaan er even slapen, lezen of eten. Sommige jongens maken er een dolle boel van. Toen ik nog in uniform liep, had iedere straatagent wel een sleutel van zo'n plek. In mijn wijk was er een fotozaak. De eigenaar had vier britsen in een achterkamer. Hij zei dat het de goedkoopste veiligheidsverzekering in de stad was. De binnenplaats bezat alle vereisten. Ik wist zeker dat Paul Verdi het hek zou hebben afgesloten als hij hier in uniform, samen met een vrouw, binnenreed.

'Hoe is ze naar buiten gekomen?' vroeg ik.

Drumm haalde zijn schouders op. 'De eerste smerissen ter plaatse troffen de poort gesloten aan. Verdi's sleutels zitten nog in zijn zak. Of ze is over het hek geklommen, of ze had een eigen sleutel.

'Waar was zijn partner terwijl dit allemaal plaatsvond?' zei ik.

'Sonny was op het bureau, een arrestatie aan het uitschrijven die ze vlak daarvoor in Crotona Park hadden verricht. Verdi is alleen teruggegaan, op zoek maar bewijsmateriaal.'

'Hij moet beslist ergens naar op zoek zijn geweest.'

'Misschien was hij op zoek naar een wijf,' zei Drumm. 'Ik zeg je alleen maar wat ik weet.'

'Verdi moet haar gekend hebben dat hij haar hier mee naartoe heeft genomen,' zei ik. 'Wat zegt Sonny ervan?'

'Hij heeft geen idee wie het geweest kan zijn.'

'Misschien heeft hij niet diep genoeg nagedacht. Ik zal eens met hem gaan praten.'

'Tijdverspilling,' zei hij. 'Ik heb het al met hem doorgenomen.'

'Dan doe ik het opnieuw.'

Sonny Guidice stond in een groep geüniformeerde agenten. Ik baande me een weg door die beschermende kring. Sonny's neus was rood, alsof hij gehuild had. Hij zag er ziek uit en haalde moeizaam adem.

'Ryan, godverdomme,' zei hij.

'Gecondoleerd met je partner,' zei ik.

'De aard van het beest,' zei hij. Hij haalde drie keer diep adem.

'Wat voor beest?' vroeg ik.

'Het vak. De aard van dit rotvak. Je kent de risico's zodra je je hand opheft om de eed af te leggen. Iedereen haat je, godverdomme. Iedereen wil je dooie lijk zien.'

Zijn ogen stonden donker en glazig, met vergrote pupillen. Na twintig jaar in het donker past een dier zich aan en wordt een nachtdier.

'Als ik bij hem was geweest,' zei Sonny, 'man, dan was dit nooit gebeurd. Nooit.'

Een geüniformeerde agent met een geschoren schedel, die ik bij Sonny's team in de Sawmill had gezien, mompelde instemmend.

'Deed hij dit soort dingen vaak?' zei ik. 'Alleen patrouilleren?'

'Nee,' zei Sonny. 'Hij zei dat hij had gezien dat de verdachte iets in de bosjes gooide. Hij zette me af bij het bureau en ging terug. Ik zit daar een proces-verbaal op te maken en het volgende moment breekt de hel los. Timmy rent binnen om te zeggen dat Paultje is neergeschoten.'

'Had Paultje vijanden?' vroeg ik.

'Als je mij belazert? Als een smeris in deze godvergeten jungle geen vijanden maakt, dan doet-ie zijn werk niet naar behoren.'

'Kun je een of andere vijand in het bijzonder bedenken?'

'Zeg,' zei hij, 'we hebben ik weet niet hoeveel arrestaties verricht. Meestal kennen we die klootzakken niet eens meer. Ze komen naar je toe en zeggen: "Hé, ken je me nog?". En dan kijk je ze aan en je weet niet meer welke Jan Rap dat geweest is.'
'En wat Tito Santana betreft?' zei ik.
'Dat weet ik niet, man.'
Sonny's gezicht beefde en hij stond voortdurend tegen de grond te trappen. Na iedere zin keek hij naar de lucht en stond ik tegen zijn profiel te praten. Ik dacht niet dat Sonny Guidice de subtiliteit bezat om zijn act zo goed op te voeren. Hij was bang.
'Ik was verdomme bij hem, man...'
Joe Gregory had een zaklantaarn met vier batterijen geleend en voegde zich bij de technische recherche, die de grond in de hoek achter de vuilcontainer onderzocht. Sonny's neus liep in de koude lucht. Hij stond hem aldoor aan zijn mouw af te vegen.
'Denk eens heel goed na, Sonny,' zei ik. 'Er is een vrouw gesignaleerd die bij je partner in deze auto is ingestapt, in de buurt van Crotona Park. Hij moet haar vertrouwd hebben, anders had hij dat niet gedaan.'
'Misschien heeft ze gezegd dat ze een getuige was,' zei hij.
'Waarom zou hij een getuige meenemen naar het smerisgat?'
'Dat weet ik niet. Echt niet. Ik weet het niet.'
'Wat weet je wel?'
'Ik weet alleen dat een hartstikke goeie kerel daar dood ligt. Een betere smeris dan jij ooit bent geweest.'
De commandant van de technische hulpdienst vroeg om meer belichting achter de afvalcontainer. Er lag een hoop sneeuw achter de auto, die helemaal zwart was geworden door de uitlaatgassen.
'Was Paultje een versierder?' vroeg ik. 'Had hij een vriendinnetje?'
'Mijn partner was getrouwd, Ryan. Is dit het moment om dergelijke rottigheid te opperen? Wat vind je?'
'De klok tikt door. Hoe langer de klok tikt, hoe meer kans de moordenares heeft om vrij rond te lopen.'
'Vraag dat soort onzin niet aan mij,' zei hij. Hij begon zijn gewicht van de ene voet naar de andere te verplaatsen en op zijn handen te blazen. 'Het klinkt als een vraag van de IAD, verdomme.'
'Je hebt in dit geval niet veel keus,' zei ik.
'Dat zien we nog wel,' zei hij. 'Hé, Timmy, ga Lenny Marino even voor me zoeken. En breng hem hier naartoe.'

'De PBA kan je niet helpen, Sonny,' zei ik. 'Jij bent niet het subject van ondervraging. Je partner ook niet.'

'Maar wat jij nu aan het doen bent, is niet koosjer. Het gaat om een reputatie, weet je dat? Straks leest Margie een kop in de *Post* dat Paultje de grootste rokkenjager van de stad was.'

'Is Margie zijn vrouw?'

'Ja,' zei hij. 'En hij heeft nog twee kinderen op het eiland. Kleine meisjes.'

Ik rook iets aan Sonny, iets zurigs. Hij stond nog steeds van de ene voet op de andere te hippen.

'Zeg, Ryan,' zei hij. 'Ik weet wel dat je je werk doet en alles. Maar ik heb al een verklaring afgegeven aan brigadier Drumm daar. Dus sodemieter op met je gelul.' Toen liep hij langs me heen, waarbij hij hard tegen mijn schouder opbotste. Ik keek hem na terwijl hij door de steeg liep.

Joe Gregory zei altijd: 'Je moet op je instinct vertrouwen.' Wanneer de haren in je nek rechtop gaan staan, is er absoluut iets niet in de haak. Misschien was Sonny emotioneel over de dood van zijn partner. Misschien had hij andere dingen aan zijn hoofd. Verschillende mensen reageren op verschillende manieren. Ik wist het niet. Maar mijn nekharen stonden overeind.

'Ik wed dat dit een hinderlaag is geweest,' zei Gregory terwijl hij de chirurgenhandschoenen van zijn handen rukte.

'Heb je nog iets in de auto gevonden?' vroeg ik.

'Zoals wat?'

'Zoiets als een bewijsstuk?'

'Make-up op zijn onderbroek,' zei hij. 'Tonnen lippenstift.'

'Wat was er zo interessant achter die afvalcontainer?'

'Een verse sigarettepeuk.'

'Met lippenstift erop?'

'Niet dat ik kon zien. Een of andere smeris kan hem daar wel achter gegooid hebben.'

De technische recherche was nog twee volle uren bezig. De commissaris kwam helemaal niet opdagen. Iemand had hem gewaarschuwd dat het incident bezoedeld was. Op het hoofdbureau noemen ze dat 'zedelijk verderf'.

Ik liep de steeg door op zoek naar Sonny Guidice. Er hingen een paar free-lance fotografen rond, in de hoop een plaatje van het lijk te kunnen schieten. Iedere avond dezelfde gore koppen. Tot in de vroege morgen reden er free-lancers door de stad, alle politiebanden afluisterend, op zoek naar bloedige taferelen die ze aan de ochtendkranten konden verkopen. Daarmee hoopten ze op de kans van één op een miljoen, een foto te maken die de voorpagina van de *Times* zou halen, zodat hun carrière van de grond kwam. Sonny was nergens te bekennen. Gregory kwam met zijn handen in zijn zakken en gebogen hoofd door de steeg achter me aan. 'Waar is iedereen naartoe gegaan?' zei hij.

Er waren nog maar ongeveer tien agenten over. Er zat een brigadier met overgewicht in zijn patrouillewagen, met zijn hoed over zijn ogen getrokken en een zwarte rouwband over zijn penning. Op Webster Avenue trof ik Kaalkop.

'Lenny heeft hem naar huis gestuurd,' zei Kaalkop.

'De PBA-voorzitter heeft Guidice naar huis gestuurd?' vroeg ik met luide stem.

'Hé, hallo, je moet mij niet hebben,' zei hij. Zodra hij het gezegd had, wist hij dat hij een stommiteit had begaan. 'Het kan ook inspecteur Brosnan, de commandant, zijn geweest. Ze praatten allemaal door elkaar. Jezus, ik weet niet wie dat bevel heeft gegeven.'

Hij wist heel goed wie Sonny naar huis had gestuurd. Ik bleef hem ongelovig aankijken.

Patrouillewagens reden in een stille optocht voorbij, heen en weer op Webster Avenue. Agenten van verschillende wijken. Een vreemde, geïmproviseerde erewacht, ingegeven door de kille werkelijkheid van ons leven. Op het laatste ogenblik wendden ze hun blikken af; eigenlijk willen ze het liever niet weten.

'Sonny had een heleboel emotionele spanning,' zei Kaalkop. 'Volkomen van de kaart.'

'Datzelfde geldt voor twee smerissen,' zei ik.

20

Onderweg naar het hoofdbureau schreef ik alles op nu het nog vers in mijn geheugen stond. Hoewel in de latere rapporten alle feiten nauwkeurig zouden worden weergegeven, waren er altijd nuances, stemmingen, indrukken op het moment zelf, die je in het stuntelig taalgebruik van een smeris niet kunt vangen. Sonny, die verdomde Sonny.

Misschien lag het wel aan mij. Misschien was ik al te lang van de straat. Misschien had Gregory gelijk en hield ik een heksenjacht en was Sonny degene met de hoge zwarte punthoed. Ik probeerde me te herinneren hoe het was om vierentwintig uur lang in dit soort buurten te werken. Je trekt muren om je heen op als je zover van het gewone leven af staat. Maar ik was nog niet klaar om af te rekenen met de man die ik toen was.

'Heb je de wond gezien waar de kogel naar binnen is gedrongen?' vroeg Gregory aan mij. 'Negen millimeter, zo zeker als wat. Ik wed dat de kogel uit het wapen van Ross is gekomen.'

'Iedereen in de Bronx heeft een negen.'

'We zullen zien wat Vuurwapens zegt.'

'Ja, dat is goed,' zei ik.

Ballistische vergelijkingen zijn verre van accuraat. Kogels spatten uit elkaar of raken beschadigd doordat ze tegen botten aankomen. Daardoor zijn vergelijkingen moeilijk. Zelfs wanneer een kogel door een bepaald wapen is afgeschoten, dan nog kun je de eigenaar van het wapen maar zelden achterhalen.

'Deze beide moorden zijn in scène gezet,' zei Gregory. 'Ze probeert het eruit te laten zien als iets van seksuele aard. Hartstocht, gelul. Er loopt een politiemoordenaar rond, maat.'

'Een zeer selectieve politiemoordenaar, die het voorzien heeft op het team van Sonny Guidice.'

'En wie vaart er wel bij dat scenario?' zei Gregory. 'Ik wed Tito Santana. Ze zijn bezig geweest zijn straathandel te ruïneren. Die arrestatie die ze vanavond hebben verricht... dat was een man van Santana. Moet ik nog meer zeggen?'

'Ik denk dat we maar eens een kijkje moeten nemen.'
'Wat?'
'Ik zei dat we maar eens een kijkje moeten gaan nemen.'
'Sorry, maar ik raak altijd een beetje in de war als je het met me eens bent.'

We reden door verlaten straten in de Bronx, wachtten op het groene licht, luisterden naar het geklik van de groene golf. We kwamen voorbij het gebouw van het verkiezingscomité en ik dacht terug aan de nacht die ik in dat gebouw had doorgebracht om de telmachines te bewaken, nadat er een hertelling was verordend. Om middernacht sloten we onszelf in en vielen voor de machines die aan ons waren toevertrouwd in slaap. 's Nachts werd de verwarming automatisch uitgeschakeld en werd het snel koud in het gebouw. Wij doorzochten de voorraden en verkiezingsattributen op dekens. Toen ik later wakker werd, wist ik niet meer waar ik was, ik droomde nog half. Ik zag tien smerissen op de grond liggen, allemaal gewikkeld in de Amerikaanse vlag.

'Waarom heeft ze Marc Ross doodgestoken en schoot ze op Verdi?' zei ik. 'Als ze voor Santana werkt, had ze de eerste keer met Ross al heel gemakkelijk een pistool kunnen gebruiken.'

'Vrouwen en messen, het oude verhaal. Toeval. Ze maakte Ross af en merkte dat snijden wel heel bloederig is. Veel te veel troep. Het verpestte haar jurk.'

Dergelijke argumenten, die de oude theorie ondersteunen dat steken typisch iets vrouwelijks is omdat het minder gewelddadig en daarom minder mannelijk zou zijn, heb ik nooit geloofd. Steken is niet minder gewelddadig. Het vereist kracht om een mes door huid, vet, spieren, kraakbeen, bindweefsel en bot te steken. Schieters zijn laffe moordenaars, ver weg, geen verbinding met de kogel. Degene die een mes hanteert, moet bereid zijn bloed aan zijn handen te krijgen, binnen het bereik van het slachtoffer te komen en de stank van zijn laatste adem te inhaleren. Dat vereist pure haat. Het vereist lef. Dat heeft met geslacht niets te maken.

'Waarom heeft ze Verdi's revolver dan niet ook gestolen?' vroeg ik.

'Eén revolver is genoeg,' zei hij, schouderophalend.

Bij het gerechtsgebouw aan East 161st Street drukte een smeris in uniform met een kartonnen dienblad, waarschijnlijk met koffie en donuts, op een bel naast een massief stalen deur. Het was een ouwe kletsmeier van een agent. Zijn uniform was verschoten, er hingen rafels aan en was wit versleten rond de zakken. Tijdens bezoekjes aan begraafplaatsen graven ze hun oudste uniform op en na middernacht draagt iedereen zijn oudste blauwe uniform.

Vanaf de heuvel in de buurt van het gerechtsgebouw kon je in het Yankee Stadium kijken. We reden de helling af in die richting en konden in de heldere sterrennacht het middenveld zien liggen en vandaar helemaal naar boven, tot aan de lege blauwe zitplaatsen van de uitgestrekte bovenste tribune.

Ik herinnerde me dat ik als kind op hete zomermiddagen in de schaduw van de luchtspoorweg stond te wachten tot de ijzeren hekken omhoogrezen en de plaatsen op de open tribune voor vijfenzeventig cent in de uitverkoop gingen. Met tien jongens uit onze buurt pakten we de trein en gingen op de warme houten banken zitten schreeuwen naar Mantle in het centrum en naar Yogi, een vlekje in de verte. We bleven tot de vijfde inning op de open tribune. Dan gingen we naar beneden, voorbij de badkamers en de snackstand, renden over het inwerpveld, in de hoop dat daar niemand aan het opwarmen was. We glipten naar de goede plaatsen bij het veld waar we de fout geslagen ballen gingen zoeken en werkten ons steeds verder in de richting van de Yankee-dug-out. De negende inning was meestal van ons. De Yanks lagen ver voor, de mensen waren al weg, de portiers waren er al tussenuit gepiept. Eén inning lang leefden we net als de rijke mensen met hun seizoenkaarten, een paar meter verwijderd van onze helden. Daarna reden we allemaal weer terug naar huis, waar we op tijd aankwamen voor het avondeten, en we hadden medelijden met iedereen die niet in New York woonde.

'Ik stel voor dat we Santana van zijn bed lichten,' zei Gregory. 'Kijken wat hij te zeggen heeft.'

'Denk je dat hij tegen ons zal praten?'

'Dat zou ik maar doen als ik hem was.'

'Waarom, Joe? Omdat wij smerissen zijn? Het kan hem geen moer schelen wie wij zijn.'

Op de avonden dat er niet gehonkbald werd, was River Avenue een buurt van lege parkeerplaatsen, gesloten kraampjes en troepen zwerfhonden. Maar een paar blokken voorbij het stadion staat altijd een rij, of het nu wel of niet speelseizoen is.

'Ga langzamer rijden,' zei ik.

We reden langs vrouwen en kinderen die tassen en limonadeflessen bij zich droegen, net als die rij in de nacht dat Marc Ross werd vermoord. Maar deze madonna's stonden niet te wachten om de Moeder Gods te zien. Zij stonden buiten het huis van bewaring in de Bronx in een rij te wachten op bussen en bestelauto's, die hen naar de vaders van hun kinderen in de gevangenissen buiten New York brachten. In hun tassen hadden zij extra kleren bij zich om zich te kunnen verkleden tijdens de lange rit, haarlak en rollen met kwartjes voor de verkoopautomaten in de lobby's van de gevangenissen. Gekleed in hun meest sexy kleding renden zij naar de automaten om snoep en chips te trekken voor hun mannen, die onder de tafels tegen hun benen zaten te wrijven en zeiden dat ze van hen hielden.

Maar ze wisten best dat dat gelul was, want als die kerels thuiskwamen, hadden ze spierballen en zagen ze er heel goed uit. Veel te goed voor hen, vonden ze zelf, dus na een weekje thuis zochten ze iets beters en gemakkelijkers. Die kinderen kwamen nooit in het stadion, ze bleven er altijd een paar blokken van verwijderd.

'Je bent niet meer kwaad op Lenny Marino,' zei Gregory. 'Klopt dat?'

'Nee,' zei ik.

'Hij doet gewoon zijn werk. De PBA-voorzitter zorgt voor de smerissen, dat is zijn werk.'

'Weet ik.'

'Je zit ergens over te piekeren, maat,' zei Gregory. 'Je bent veel te meegaand. Gooi het eruit.'

'Je wilt het toch niet horen.'

De lichten van Manhattan hadden niet meer de kristalheldere uitstraling die ze hadden gehad toen we de stad uitreden. Ik voelde een dof soort treurigheid. De werkelijkheid op de binnenplaats had de intense geconcentreerdheid verminderd.

'Sonny Guidice stinkt,' zei ik.

'Bedoel je zijn lichaamsgeur?'

'Dat maakt er deel van uit.'

'Dat is angstzweet,' zei hij, 'iets dat je lichaam afscheidt als je in doodsangst zit. Dat ruikt net zo als wanneer je bier hebt gedronken en Limburgse kaas hebt gegeten, ja toch?'

'Niet helemaal.'

'Wat dan wel?'

'Meer dan dat,' zei ik. 'Hij is veel te opgefokt. Zo paranoïde als de pest. Als een kerel die drugs gebruikt.'

Gregory reed de FDR Drive op; Manhattan leek wel een ander land. Hij staarde voor zich uit naar het verkeer en reed nog steeds in zijn nachtelijk tempo. Toen zag ik zijn hand voor mijn neus. Tussen duim en wijsvinger hield hij een klein flesje met een paars dopje. Daarin zat een beigekleurig brokje van een gekristalliseerd iets.

'Op de voorbank van de patrouillewagen,' zei hij. 'Onder Verdi's benen.'

Ik had geen laboratoriumanalyse nodig om te weten dat het crack-cocaïne was.

21

Al vroeg arriveerden de smerissen en ambtenaren van het hoofdbureau met sombere koppen en exemplaren van de *Daily News*.
Op de voorpagina stond groot en vet: SMERIS VERMOORD.
Daaronder het ondoorgrondelijke gelaat van Paul Verdi. Ze zeggen dat je voor officiële foto's nooit moet glimlachen. Stel je voor
dat je iemand doodt, dan willen ze geen foto van een grijnzende
smeris op pagina drie.

In de rust van ons nachtelijk kantoor was ik verdiept geweest in
mappen, maar toen de zon opkwam begonnen de belletjes van de
liften te klinken, sloegen de telexen aan, begonnen de telefoons te
rinkelen en gingen de lichten aan. Vlak voor tienen kwamen Delia
en Gregory binnenstappen, zij waren naar de autopsie geweest.
Gregory verdween naar de koffiekamer.

'Je ziet er verschrikkelijk uit,' zei Delia. Ze ging recht tegenover
me op het blad van Gregory's bureau zitten. Joe hield zijn bureau
altijd leeg, afgezien van zijn telefoon en de foto van G. Gordon
Liddy, zijn favoriete solist. 'Ik heb zojuist met de chef gesproken,
Anthony. De hoofdcommissaris verklaart dat hij een speciale eenheid wil formeren. Die gaan we vanuit dit kantoor leiden. We zullen ruimte moeten scheppen.'

Ze keek de kamer rond om de beschikbare ruimte te taxeren.
Delia zou niet naar de begrafenis gaan. Zij had maar één begrafenis van een smeris in haar leven bezocht, die van haar vader,
toen ze twaalf jaar was. Ze zwaaide met een exemplaar van de
Daily News voor mijn neus.

'De kranten zeggen dat de dader dezelfde is geweest als in de
zaak Ross,' zei ze. 'De chef wil weten hoe ze tot die conclusie konden komen.'

'Veel mensen ter plekke, veel koper en een aantal grootbek-
ken.'

De krant waarmee ze zwaaide was een editie uit New Jersey, wat
niet zo'n geweldig idee van haar was. Sinds haar scheiding had ze

bij haar zus in Hoboken gewoond en gebruikte ze het appartement van haar moeder in Kew Gardens als haar officiële adres. Dat werd allemaal heel stil gehouden, want een smeris uit New York mocht niet in New Jersey wonen.

'Laat ik even heel duidelijk zijn,' zei ze, 'ik wil alle schijn vermijden dat er hier in dit bureau lekken zijn. En ik laat iedereen vallen die de behoefte voelt goede maatjes met de pers te worden. Iedereen.'

Ik wendde me geheel tot Delia. Dit was geen loze opmerking; ze zei het ergens om. Zij maakte een toespeling op het feit dat Gregory de reputatie had op goede voet met de journalisten te staan. Ze zocht naar één goede reden om Gregory te lozen, omdat ze hem als een hinderpaal voor haar carrière zag. Maar ze was duidelijk geweest en ging verder met in gedachten de bureaus te verschuiven.

'Ik heb het niet tegen Gregory gezegd,' zei ze, 'maar bij Vuurwapens zeggen ze dat de kogel afkomstig is van de Glock 19 van Marc Ross. In het openbaar zeggen ze dat de kogel in goede conditie was, maar tegenover ons zijn ze heel erg zeker. Ze hebben het wapen het afgelopen jaar getest.'

'Gregory had al voorspeld dat hij uit Ross' pistool afkomstig zou zijn.'

'Misschien is hij helderziende,' zei ze. 'Het kan me niet schelen wat hij allemaal bedenkt, zolang het Glock-verhaal maar niet in de kranten komt.'

'Waren er aanwijzingen van seksuele activiteiten op het lichaam?'

'Lippenstift, make-up...'

'Zaad?'

'Niet op grond van het externe onderzoek. Misschien vindt het lab iets.'

'Dit tafereel is in scène gezet, Delia.'

'Misschien,' zei ze. 'Vind jij dat we ons op Santana moeten concentreren?'

'Hij heeft een motief.'

'Ik zie dat je personeelsdossiers meeneemt,' zei ze.

'Ik heb je handtekening nagemaakt. Ik neem alle arrestaties door die Ross en Verdi hebben verricht.'

'Dat heb ik al laten doen,' zei ze. 'Je zit gewoon je nacht te verspillen. Als je meer met me praatte, hoefde je niet zoveel tijd te verdoen.'

'Het kan geen kwaad om het twee keer te doen.'

146

'Welke andere handelingen ben je van plan dubbel te doen?'
Johnny McGuire, de technicus, was bij de voorste balie bezig
draden aan een elektronisch afluisterapparaat te solderen, dat er
uitzag als een kleine drijvende mijn. De geur van schroeiend plastic vulde het kantoor.

'Oké, inspecteur,' zei ik. 'Je kunt me helpen. Laten we jouw contacten bij de IAD gebruiken om de dossiers die ze over agent Alphonse Guidice hebben in handen te krijgen.'

Zodra ik het gezegd had, had ik spijt. De ex-man van Delia was
commandant bij de IAD. Haar scheiding was zojuist uitgesproken.
Het was misselijk om het zo te brengen. Ik had niet moeten zeggen
'jouw contacten'.

'Ga eerst maar door met Tina Marquez,' zei Delia, terwijl ze opstond. 'Ik wil haar uitsluiten als verdachte voordat ik mijn aandacht op Santana richt. Er ligt een identificatiemap in mijn kantoor, loop er even langs. En laat het aan die vroegere smeris, die
bewaker van de jachthaven, hoe heet hij ook alweer, zien.'

'Larry Stanky,' zei ik.

Ze deed een paar stappen en draaide zich toen om.

'Ik zal je verzoek aan de IAD in overweging nemen,' zei ze, 'en
in de tussentijd geen geheimhouding. Ik wil alles weten.'

Nee, dat wil je niet, dacht ik, toen ze wegliep. Jij wilt echt niet
weten dat we coke onder het lichaam van Paul Verdi hebben gevonden. Dat flesje met het paarse dopje in de bovenla van Gregory's bureau waar je zojuist met je kont boven op hebt gezeten.
En je wilt ook niet weten dat wij besloten hebben dat bewijsstuk in
eigen beheer te houden en te wachten tot het verslag van het toxi-
cologisch onderzoek van Verdi er is. En ten slotte wil je helemaal
niet weten dat we van plan zijn de cocaïne, indien dat noodzakelijk
blijkt te zijn, later te 'vinden'.

Ik fotokopieerde de arrestatiemappen en liep toen naar de koffiekamer. Gregory en Albie Myers zaten daar een sessie over poli-
tieke strategie te houden toen ik binnenkwam. Rechercheur Albie
Myers was een jeugdvriend van Joe en zijn campagneleider. Zijn
functie was hoofd misdaadanalyse, maar hij organiseerde de koffieclub, de picknicks, de 50/50-loterij, de hele santenkraam. De
lijst met leden van de Emerald Society was aan de muur geplakt.
Naast de meeste namen stonden kruisjes, groen voor de suppor-
ters van Gregory, rood voor die van Kivelahan, die de stoutmoe-
digheid bezat te denken dat hij kon winnen. Degenen die zich onthielden, hadden geen kruisje.

'Ik heb de arrestatieverslagen uit de Bronx doorgenomen, Anthony,' zei Albie. 'Die kerels zaten Santana werkelijk op zijn kop. Ze hebben ik weet niet hoeveel arrestaties verricht. Volgens hetgeen ik uit zijn biografie opmaak, is Santana een terechte verdachte.'

'Zei ik het niet, maat,' zei Gregory.

'Ik heb niet gezegd dat het niet zo was.'

Ik keek in de koelkast of er verse melk stond. Albie Myers had de koelkast teruggehaald van de afdeling nadat per ongeluk was geconstateerd dat het laatste, ongeëtiketteerde gedeelte van onze cola-automaat, blikjes bier bevatte. Albie voerde als rechtvaardiging aan dat we de koelkast nodig hadden voor het bewaren van filmpjes. Er zat meer *cerveza* in dan celluloid.

'Waren het goede vangsten?' vroeg ik.

'Hoe bedoel je, "goed"?' zei Albie.

'Hadden ze flinke vangsten? Bleken het drugs te zijn en niet zeep of lactose? Zaten er nog rare dingen tussen?'

'Niks raars, voor zover ik kon zien. Goede vangsten, zeer solide werk voor geüniformeerde straatagenten.'

'Ik ga ze zelf doornemen,' zei ik.

'Dat had ik al gedacht,' zei Albie.

Albies loopbaan als straatagent bestond uit één week op de straat en vijfendertig jaar achter een bureau. Gregory was op zoek naar theezakjes, terwijl Albie me uitkleedde voor achterstallige betalingen voor de koffieclub en de Emerald Society. Eén kop koffie kostte me vijfentwintig dollar en de melk rook zuur.

'Vertel eens iets over Santana,' zei ik.

'Massadealer, voornamelijk crack,' zei Albie. 'Controleert het noordelijke gedeelte van Crotona Park van 3rd Avenue tot Southern Boulevard. Zijn dealers hangen in het park rond, maar hebben niet meer dan een beetje illegaal spul bij zich. Grotere voorraden liggen verborgen in geheime appartementen in de buurt.'

Albie Myers en Gregory waren een aantal zomers als kind strandmeesters geweest. Ironisch genoeg had Albie zo'n grote hekel gehad aan papieren invullen, dat hij liever zuurstof 'spaarde' dan formulieren invulde voor nieuwe zuurstofflessen. Hij klemde het masker over het gezicht van iemand die duidelijk dood op de golven had gedreven en deed van 'fff, fff,' uit de zijkant van zijn mond. De mensen die om hun gebruinde held heenliepen, beseften nooit dat hij net deed alsof hij het ventiel opendraaide. Eén fles per zomer was zijn doel.

'Is Santana een Puerto Ricaan?' zei ik. 'Dominicaans? Colombiaans? Panamees...?'

'Hij komt uit Belize,' zei Albie. 'Volgens het verslag van de afdeling jeugdcriminaliteit is hij in een weeshuis van de jezuïeten opgegroeid. Hij is met elf jaar weggelopen, hier naartoe gekomen en heeft in souterrains geleefd. Het oude liedje.'

'Waar ligt in godsnaam Belize?' vroeg Gregory.

'In het uiterste zuidelijke puntje van Mexico,' zei Albie. 'Dat is zijn probleem ook. Hij heeft geen enkele binding met de Latijns-Amerikaanse families hier. Hij vindt het prettig een buitenstaander te zijn. Toen hij dertien was, heeft hij twee Puertoricanen overhoop geschoten, een bendekwestie. Een maand nadat hij uit Warwick kwam, hing hij achter een bus op 3rd Avenue. De bus schampte langs een pilaar van de luchtspoorweg. Zijn rechterkant was verbrijzeld. Hij is een arm en een been kwijt, maar kreeg een kwart miljoen toegewezen door de rechtbank.'

'Hij heeft het vast goed geïnvesteerd,' zei ik.

'In wijn, vrouwen, snelle wagens. Hij ging werken in een nachtclub op Tremont en Boston Road, de Toucan Club. Verloor zijn baan. Hij hield levende vogeltjes in kooien. Ze stierven altijd al na een paar dagen vanwege de rook.'

'En zijn vrienden zogen hem verder uit,' zei ik.

'Toen hij nog maar vijftig dollar over had,' zei Albie, 'kocht hij een kilo heroïne van de Colombianen. Hij is later pas met coke begonnen.'

'Heroïne?'

'De Colombianen zitten zwaar in de heroïne. Ze halen het in het Verre Oosten en gebruiken vervolgens de smokkelroutes die al opgezet waren voor de coke.'

'Is er dan een markt voor?'

'Heroïne is weer terug. Een heleboel oudere junkies keren de crack de rug toe. De handel die Santana op de straat verkoopt, is voor tachtig procent zuiver, zodat ze het kunnen roken of snuiven. Hij begint inmiddels te versnijden, maar hij heeft alweer een heel nieuwe clientèle opgebouwd.'

Tachtig procent heroïne zou in mijn tijd in de Bronx het grootste deel van de junkies hebben gedood. Het gemiddelde was vier tot vijf procent zuiver, de rest melksuiker, lactose, soms Cremora.

'Zijn de paarse dopjes zijn handelsmerk?'

'Nee, geel. Santana gebruikt altijd gele dopjes op zijn flesjes.'

'Wie gebruikt paarse dopjes?'

'Paars is van de Highbridge Boys, een bende uit Manhattan, Puertoricanen, jonge kerels. Die proberen al jaren de Bronx over te nemen.'

'Je meent het,' zei Gregory. Hij keek me aan over zijn halve brilletje. 'Interessant. Paars is dus van de Highbridge Boys.'

Het flesje dat Gregory onder het lichaam van Paul Verdi had gevonden, had een paars dopje.

'Is Santana gek genoeg om smerissen te vermoorden?' zei ik.

'Hij is absoluut gek,' zei Albie. 'Sinds hij in de handel zit, voert hij oorlog met alle andere drugshandelaren, inclusief de Highbridge Boys.'

'Waar moeten we hem zoeken?'

'Als je zo gek bent,' zei Albie, 'hij woont bij de Toucan Club.'

'Mijn partner hier is zo gek,' zei ik.

'Als je zo gek bent, is het heel erg met je gesteld,' zei Albie.

Ik liet hen achter tijdens een bespreking van een faxcampagne en bleef buiten het kantoor van Delia staan wachten tot ze de telefoon neerlegde.

'Het spijt me wat ik gezegd heb over je contacten bij de IAD,' zei ik, 'ik had het beter moeten formuleren.'

Op haar bureau lag een schets van het kantoor. Rechthoekige vakken waren in verschillende standen ingetekend.

'Ik weet niet eens meer wat je gezegd hebt.'

In Delia's kantoor rook het naar bloemen en lijm. Er hing een nieuwe kaart achter haar aan de muur, met een kaart van het district Vijf Eén eraan vastgemaakt. In het gebied rond Crotona Park zaten verscheidene spelden.

'Waar betrek je me in, Ryan?'

'Ik probeer erachter te komen of er een verband bestaat tussen de dood van de smerissen en de dood van de drugsdealers van Santana.

'Door in IAD-dossiers te snuffelen?' zei ze. 'Heb je wel solide informatie omtrent agent Guidice?'

'Is een slecht gevoel solide?'

'Kom me daar niet mee aanzetten, Anthony. Ik wil niet horen dat je inlichtingen betreffende corruptie achterhoudt.'

'Nooit,' zei ik. 'Heb je die identificatiemap met de foto's van Tina Marquez voor me?'

Ze overhandigde me een kartonnen map met het nummer van de lopende zaak bovenaan geschreven met een tekstmarker. Ik wist dat er vier series met arrestatiefoto's van bleke blondjes in zouden zitten, van wie Tina Marquez er één was.

'Nadat je dit afgehandeld hebt,' zei ze, 'wil ik dat je achter die Santana aangaat. Benader hem nog maar niet, misschien voeren we met hem een andere strategie. Blijf op afstand.' Achter haar stond een kleine radio die jazzmuziek uitzond, die net werd weg-gedraaid. 'En tussen haakjes, het IAD-dossier dat je hebben wilt ligt dinsdagmiddag in het gebouw. In het kantoor van de politie-rechter. Vraag me niet hoe het er komt.'

22

'Had Paul Verdi een gezin?' vroeg Leigh. Die vraag stelde ze altijd het eerst.

'Een vrouw en twee kleine meisjes,' zei ik.

'Jezus,' zei ze, 'kan ik iets doen?'

'Schrijf haar,' zei ik, 'laat haar weten dat er iemand aan haar denkt. Ik zou niets anders weten.'

Leigh was boven geweest toen ik binnenkwam. Ik hoorde haar in onze slaapkamer. Ik had nooit gemerkt dat het huis kraakte toen de kinderen nog thuis waren. Maar sinds ze de deur uit waren kon ik alles horen kreunen. Ik wist precies waar Leigh boven me liep: van het bed naar de kledingkast. Iedere beweging werd door het lawaai overgebracht en verbond ons in het heden.

Toen ik naar boven liep, zag ik dat de laden van de kast openstonden. Kleding lag in stapels op bed, koffers stonden open op de grond. Jaren geleden zou ik paniek hebben voelen opkomen bij een dergelijke aanblik van kleren en koffers. Op die momenten wist ik zeker dat ze er genoeg van had de vrouw van een smeris te zijn. Of mijn vrouw te zijn. Wij waren een paar moeilijke jaren te boven gekomen, maar je wist nooit hoe diep de littekens waren. Het scheen me toe dat gezinnen van politiemannen altijd bezig waren te genezen.

'Je bent al vroeg aan het pakken, hè?' zei ik.

'Vast een paar dingen,' zei ze, 'truien en dergelijke. Je moet de dingen nooit op het laatste moment doen.'

'Zeker,' zei ik.

Toen ik jonger en een pasgetrouwd man was, had ik geprobeerd de logica van dat vroege pakken te weerleggen. Zeker wat al die truien voor die paar dagen betreft. Maar ik heb geleerd met de stroom mee te gaan. Ik weet dat het haar manier is om bezig te blijven.

'Ga je deze moord ook doen?' zei ze.

'De commissaris vormt een speciale eenheid. We gaan de zaken van Ross en Verdi samenvoegen.'

'Dan neem ik aan dat ik voor jou niet hoef te pakken.'

'Dat moet je niet zeggen, Leigh. Ik ga naar de bruiloft.'

'We zien wel,' zei ze, 'we zien wel wat er gebeurt, vandaag over veertien dagen.'

'Vandaag over veertien dagen zijn we op de trouwerij,' zei ik. 'Ik zal het huwelijk niet missen. Dat beloof ik je.'

'Het spijt me, Anthony,' zei ze zachtjes. Ze liep naar het raam, het raam op het oosten dat uitkeek op de Heilig Hart-kerk. 'Ik weet het ook niet. Ik ben kwaad op je, omdat het erop lijkt dat je niet naar de bruiloft van Margaret wilt. Dan hoor ik dat van de vrouw van de agent en haar twee dochtertjes en vind ik mezelf zo verdomd stom dat ik me zo opwind.'

'Het is niet stom.'

'Ik wil dat je weer goed met Margaret bent,' zei ze. 'Als het aan jullie lag, zouden jullie gewoon uit elkaar drijven.'

'Dat is niet helemaal mijn fout. Ik denk dat ze die kerels uitzoekt...'

'Hou toch op, Anthony,' zei ze, terwijl ze haar armen om mijn hals sloeg. 'Ze zoekt geen kerels uit alleen maar om jou dwars te zitten. Hou eens op met analyseren.'

Ik trok haar tegen me aan en ze drukte haar gezicht tegen mijn borst.

'Het spijt me,' zei ik.

'Ik weet ook niet waarom Margaret met die verdomde surfer trouwt,' zei ze. 'Maar ik weet wel dat ze onze dochter is en blijft. We kunnen ons niet zomaar van haar afkeren.'

'Dat weet ik,' zei ik.

'Werk vanavond nou eens niet aan die zaak,' zei ze, 'laat het even rusten.'

De volgende ochtend, nadat Leigh boodschappen was gaan doen, liep ik naar boven, naar de werkkamer. De zon kwam door de effen blauwe gordijnen. Ik legde mijn horloge op de tafel, zodat ik genoeg informatie kon opzoeken, en stoppen voordat Leigh thuiskwam om te lunchen.

Ik legde de laatste hand aan het invoeren van de namen van de kinderen uit het uitvaartcentrum van Hernandez. Ik was er al mee begonnen, maar had het nog niet af kunnen maken. Daarna voerde ik de arrestatie-activiteiten van het team van Sonny in. Ik moest toegeven dat het team van Sonny buitengewoon actief was. Ze concentreerden zich op bepaalde blokken, verrichtten tientallen arrestaties en gingen dan verder naar andere gedeelten van de wijk. Zo werkten ze de hele wijk af en spaarden niemand. De arrestatierapporten, vooral die van Marc Ross, waren zeer grondig.

Het enige zwakke punt dat ik kon ontdekken was, dat de hoeveelheden die ze vingen als bewijs betrekkelijk klein waren. Maar dat was niet ongebruikelijk. Geüniformeerde smerissen hadden de hulpmiddelen niet om het tegen de grote dealers op te nemen. De lui die ze wèl pakten, de straatdealers, kregen maar zelden grote hoeveelheden van de handel toevertrouwd.

In het najaar van 1993 begon het team van Sonny te werken aan de handel van Tito Santana, aan de noordelijke rand van Crotona Park. Ze waren niet aflatend; er ging geen week voorbij of ze arresteerden wel iemand. Sonny begon zelf ook meer arrestaties te verrichten. De vangsten werd groter, de arrestaties waren van hogere kwaliteit. Misschien liet hij hun de juiste manier zien. Misschien was Sonny een beter smeris dan ik dacht.

'Caprice Antonucci heeft me opnieuw gebeld,' zei Leigh, onder het snijden van een tomaat. 'Ze wil ergens met je over praten. Ze klonk nogal overstuur.'

Leigh vond het prettig om voor de lunch haar blouse uit te doen, om ongelukjes met het eten te vermijden. Dan droeg ze een soort slabbetje over haar beha.

'Zei ze waarover ze wilde praten?'

'Ze klonk behoorlijk ernstig, en zo'n heel ernstig meisje is ze nooit geweest.'

'Zeg haar dat ze me belt,' zei ik.

'Heb ik voor de tweede keer gedaan,' zei Leigh. 'Ze zegt dat ze je de hele tijd in haar wijk ziet. Ik weet niet waarom ze je dan niet aanspreekt.'

Na de lunch ging ik douchen en maakte me gereed voor de afspraak met Gregory. Ik moest steeds denken aan Caprice Antonucci, die Leigh had verteld dat ze mij in de wijk ziet. Ik had mijn twee werelden altijd gescheiden gehouden. Nu scheen Leigh iets van mij te weten vanuit een andere bron dan ik. Dat gaf me een onbehaaglijk gevoel.

23

Het kantoor van de Newyorkse politierechtbank was op de vierde etage van het hoofdbureau. Toen de liftdeuren opengingen werden wij met accordeonmuziek begroet. We volgden het spoor van smeltend ijs naar de verhoorzaal.

'De politie van New York is een Ierse instelling,' zei Gregory. 'Daarom zijn ook alle lichtjes buiten de bureaus groen.'

'Dat vind ik een goeie,' zei ik. 'Een leuke opening voor je overwinningstoespraak.'

'Vorig jaar heeft Barney Savage die ook al gebruikt.'

'Dat weten ze niet meer,' zei ik.

De verhoorzaal was een miniatuurrechtszaal met vijf rijen banken voor toeschouwers. Hij maakte deel uit van het kantoor van de rechter, waar alle interne processen afgehandeld werden. Hier werden smerissen vervolgd voor overtredingen die varieerden van niet op de post zijn tot moord. Delia vertelde me dat het IAD-dossier van Sonny zich in de verhoorzaal zou bevinden, 'per ongeluk' tussen dossiers terechtgekomen die in behandeling waren. Commandant Joe McDarby, die hier de baas was, gebruikte deze zaal voor feestelijkheden. McDarby bouwde iedere keer als een zaak was afgesloten een feestje.

Het feest dat nu in volle gang was, werd gehouden ter afsluiting van de Fort Hump-verhoren. Fort Hump was de naam die de smerissen hadden geven aan een experimenteel bureau in Queens, waar vijftig procent van alle rangen vrouwen waren. Het proces was niet gevoerd vanwege corruptie, maar vanwege hormonen. Seks was het schandaal van Fort Hump: seks in de auto's, seks in de cellen, seks in het kantoor van de commandant. Uiteindelijk waren talloze personen schuldig bevonden aan onbetamelijk gedrag. Maar de misdaad in de wijk was reëel gedaald gedurende het experiment, evenals het aantal klachten van burgers. Zeven koppels trouwden, in voor- en tegenspoed, terwijl eenendertig mannelijke agenten door hun burgervrouwen werden verlaten. En ondanks de onheilspellende prognoses van de PBA, nam het aantal verwondingen toegebracht aan agenten niet toe en werd er niet één team opgeheven wegens dood van één van beiden.

Commissaris Joe McDarby stond achter de verhoogde katheder van de rechter op de accordeon 'La Femina' te spelen. Delia leunde over de tafel van de griffier, waar ze noten stond te kraken met de rechtershamer. Wij baanden ons een weg naar de tafel van de aanklager. In normale rechtszalen stond de aanklager het dichtst bij de jurybank, maar hier was nooit een jury bij, er was alleen een rechter, die werd benoemd door de hoofdcommissaris. In deze rechtszaal stonden de drankjes op de tafel van de aanklager en de hapjes op die van de verdediging.

'Ruik je dat, maat?' zei Gregory. 'De scherpe geur van ethische normen? Of is dat advocatengelul?'

In deze zaal werden ieder jaar honderden Newyorkse smerissen beboet of ontslagen. Er stond veel op het spel, een klein fortuin aan pensioenen en emolumenten. Sommige smerissen namen een advocaat van de PBA in de arm, anderen een eigen verdediger. Maar al haalden ze Perry Mason zelf erbij, als de hoofdcommissaris ze weg wilde werken, dan waren ze weg; dat was de manier waarop het behoorde te gaan. Geen hoger beroep, geen tranen, alsjeblieft.

'Je hebt nog geen uur,' zei Delia, met een vinger naar de klok. 'Nadat je klaar bent, wil ik dat je Larry Stanky opzoekt en hem laat kijken naar de map met de foto van Tina Marquez. Maak eens en voor altijd een eind aan die mogelijkheid. Ik heb een hekel aan losse draadjes.'

'Absoluut,' zei ik, 'ik ook.'

'Doe het dan gewoon,' zei ze.

Delia liep terug om te praten met inspecteur Bruce Browne van de IAD. Hij had Sonny's dossier meegebracht vanuit Hudson Street. Browne stond voortdurend zijn zilverkleurige haar achterover te duwen en de mensen te observeren. Hij wist waarschijnlijk wat er aan de hand was, maar hij was een kille figuur en we moesten zijn spel meespelen.

'We gaan nu Santana opzoeken,' zei Gregory. 'Vergeet Sonny nou. Hou eens op met die stomme ideeën, maat.'

'Zodra ik hiermee klaar ben.'

Afgezien van Browne waren er nog meer zwaargewichten aanwezig: twee plaatsvervangende commissarissen, de chef van de Criminele Inlichtingendienst, de commissaris van onderzoek en een heel contingent van de PBA. Gregory zocht de zaal af, op zoek naar Macs en O'Dingesen; de verkiezingen kwamen naderbij. Hij controleerde zijn zakken op speldjes met klavertjes erop en zwierf in de richting van de tafel van de verdediging met de vlammetjes. Voor de eerste keer realiseerde ik me hoezeer een rechtszaal op een kerk lijkt.

McDarby stond met zijn ogen dicht muziek te maken. Toen hij toegelaten werd tot de studie rechten aan Fordham was hij straatagent geweest. Gregory had kunnen regelen dat hij op ons kantoor als beambte kon komen werken, zodat hij overdag kon werken en 's avonds studeren. Wij herinnerden hem sinds zijn benoeming tot baas van de politierechtbank vele malen aan zijn schuld jegens ons. Smerissen als McDarby hielden zich aan hun contracten. Toen hij met spelen ophield, liep ik naar hem toe. Zijn gezicht bloosde en zijn krullende haar was vochtig van het zweet.

'Ik zie je niet zoveel meer sinds je bent gestopt met drinken,' zei hij, met een blik op inspecteur Browne. 'Alleen maar als je een gunst wilt.'

'Dan zal ik vaker komen.'

McDarby nam een flinke teug Heineken en zette het flesje terug op de bijbel. Zijn hemd was gekreukt door de accordeon. Vanaf de griffierstafel kwam het geluid van een drumbeat. McDarby keek woest naar Delphine Seldman, secretaresse van de chef van de Criminele Inlichtingendienst. Delphine, die zich in Iersgroene cadeauverpakking had gewikkeld, zette het volume van de cassetterecorder open. Zij was een van de debutantes in het gebouw en kreeg altijd een persoonlijke uitnodiging. McDarby fluisterde altijd in de oortjes van vrouwen die er het best uitzagen. Tijdens de kersttijd of op promotiedagen zwierven de twee Joes, Gregory en McDarby, samen over de etages, met de glazen in de hand, op zoek naar de plaatsen waar de festiviteiten op hun hoogtepunt waren.

'Het ligt in mijn kantoor,' fluisterde McDarby. Hij drukte zomaar wat op zijn accordeontoetsen, een noot hier en een noot daar en probeerde nonchalant te doen, toen hij de sleutel in mijn hand liet glippen. Gregory zei dat McDarby veertig jaar smeris zou blijven. Hij was niet slinks genoeg om het te kunnen maken als advocaat in de buitenwereld. Bobby Fuller zong 'I fought the law and the law won'.

'Doe de deur op slot,' zei McDarby. 'Als Browne je daar aantreft, zeg je dat je de telefoon gebruikt. Je hebt misschien twintig minuten. Hij blijft nooit langer dan een uur, zodat hij kan zeggen dat het zijn lunchtijd is geweest.'

'Laatste keer, ik zweer het je,' zei ik.

'Zet alleen dat rottige cassettedeck af,' zei McDarby. 'Ik ga "Lady of Spain" doen, of ze het nou leuk vinden of niet.'

MacDarby's kantoor lag aan de andere kant van het gebouw en keek uit over de East River. Er lag een schoenencatalogus op zijn bureau opengeslagen. Onder de catalogus lag het dossier van Sonny Guidice. Het was dunner dan ik verwacht had. De klachten gingen terug tot het midden van de jaren zeventig, waarvan de meeste betrekking hadden op grof optreden, sommige op geweld-dadigheid. Het was allemaal onderzocht, maar er was geen ern-stige straf opgelegd. Maar in de jaren negentig veranderde er iets.

Buiten het kantoor hoorde ik iemand hardop praten en ik be-dekte het dossier met de schoenencatalogus. Ik hield de hoorn aan mijn oor en omkringelde een paar instappers, maat vierenveertig. Aan de wand hing een omlijste foto van Spencer Tracy in een filmscène in een rechtszaal. Het lawaai stierf weg en ik keerde te-rug tot het dossier. Drie jaar geleden waren de volgende aanteke-ningen gemaakt:

05-10-91 om 10.45, anoniem tel., man; beweert dat agent Gui-dice verscheidene zakken heroïne in beslag nam van ongeïden-tificeerde jongeren in de buurt van Clinton Avenue en Jefferson Place.

29-05-92 om 13.20, anoniem tel., man; beweert dat agent Gui-dice contant geld en flesjes crack stal van Willy op Bathgate.

02-06-93 om 03.15, anoniem tel., vrouw; beweert dat agent Guidice en twee ongeïdentificeerde mannelijke agenten Sky, een drugshandelaar in Crotona Park, hebben geslagen en be-roofd.

14-08-93 om 03.50, anoniem tel., vrouw; beweert dat agent Guidice en partners een kilo coke hebben gestolen van Dejuan en het voor $16.000 hebben verkocht.

21-03-94 om 3.20, anoniem tel., vrouw; beweert dat agent Guidice drugsdealers op Southern Boulevard beschermt.

De laatste drie klachten, gedaan door een anonieme vrouwelijke beller, vonden alledrie plaats in de vroege ochtenduren. Nog iemand die slapeloze nachten heeft van Sonny Guidice.

Alle klachten werden terzijde geschoven als ongegrond. Het was duidelijk dat er geen serieuze pogingen tot onderzoek waren gedaan. Ik kon niet geloven dat de IAD niet over Sonny Guidice heengewalst was.

Uit de verhoorzaal klonk gelach; het feest trok aan. Bob Marley had de muzikale omlijsting weer overgenomen. Ik kopieerde alle informatie en raakte Sonny's dossier met niets anders aan dan een potlood. Nadat ik de deur achter me in het slot had gedraaid, begon ik aan de moeizame poging Gregory van een feest weg te tronen.

24

Gregory parkeerde op Boston Road, vlak voor de Toucan Club. Ik was klaar met het herschrijven van alle inderhaast neergekrabbelde aantekeningen die ik in het kantoor van McDarby had zitten maken.

'Actieve smerissen krijgen veel klachten,' zei Gregory. 'Het eerste wat die smeerlappen doen wanneer ze gearresteerd worden, is een klacht indienen wegens gewelddadig optreden of corruptie. Dat denken ze in de rechtszaal als troef te kunnen gebruiken. Het is een bewezen feit.'

Aan de overkant stond een tengere man tot aan zijn ellebogen onder de motorkap van een oranje Chevy Malibu verzonken. Op een vettige lap op het trottoir lag zijn gereedschap. Aan de telefoonpaal was een houten bordje bevestigd waarop stond 'Benito's autoreparaties'. Benito had geen zaak, maar had een deel van de openbare weg in beslag genomen om daar zijn Amerikaanse Droom te realiseren. Uit zijn radio blèrde de Latijnse versie van 'Under the Boardwalk'. Hier verbaasde het je niet dat er meer Rodriguezen dan Smithen in het telefoonboek van New York stonden.

'Zeg maar dag met je handje tegen de accu,' zei Gregory, toen we naar de Toucan Club liepen. We waren nog geen drie blokken verwijderd van de plaats waar het lichaam van Marc Ross was aangetroffen.

De voordeur van de Toucan Club was gesloten, maar we hadden de Mercedes van Santana achter de zaak geparkeerd zien staan. Gregory bonsde op de deur, waardoor er een kwade hond aansloeg die zo heftig en grommend tegen de deur opsprong, dat de hele voorpui rammelde.

'Hebben we een plan de campagne?' zei Gregory.

'Dit is jouw plan,' hielp ik hem herinneren.

Twee mannen in een wit bestelbusje stopten bij het verkeerslicht en gluurden wantrouwig naar ons. Het busje was met grote krullerige letters volgespoten; de boodschap luidde 'Jaime-Ecuador'.

'We zijn dicht,' schreeuwde een vrouw door de deur van de Toucan Club. Het gegrauw van de hond werd dieper en kwader.

We identificeerden ons en dreigden haar, tot ze de deur begon open te maken. De hond drukte zijn neus door de spleet, waarbij het speeksel uit zijn bek droop.

'Stop dat kreng ergens weg,' zei Gregory, die de deurknop zo vasthield dat alleen de lelijke snuit van de hond erdoor kon. 'Breng hem weg.'

Een paar seconden later deed Gregory de deur iets verder open en gluurde naar binnen. De vrouw was bezig de enorme rottweiler over de vloer te slepen. Pas nadat ze hem in een zijkamer had geduwd, stapten we naar binnen.

'Waar is Santana?' zei Gregory.

De vrouw waste de hondenharen van haar handen en droogde ze af met een kleine barhanddoek. De Toucan Club was zuurstofloos en verstikkend, en het stonk er zo overweldigend naar hondestront dat mijn ogen ervan begonnen te tranen.

'Ik ben de bedrijfsleidster,' zei ze.

'Wij hebben zaken te doen met Santana,' zei Gregory. Ik kon horen hoe de hond tegen de deur beukte.

'Meneer Santana maakt geen deel uit van de bedrijfsleiding,' zei ze.

'Zijn wagen staat buiten,' zei Gregory. 'Zeg hem dat hij te voorschijn moet komen. Het gaat over een moord.'

Het was half vijf in de middag. De zaak ging om vijf uur open, tot drie uur 's nachts. Happy hour-tarief, live-muziek op vrijdag en zaterdag. Lap dancing, dirty dancing en meer van dat soort. Alles was er donkerpaars, paarse spiegels, paars licht, paarse wanden. De zithoeken en krukken waren van paars velour, met smerige vlekken en gescheurd. Aan de paarse zoldering hingen regenboogkleurige toecans, glanzend in iriserende verf.

'Als de agenten hun kaartje willen achterlaten dan...'

'Nilda,' zei een vrouw, die uit de achterkamer kwam, 'het is in orde.' Ze had een donkere huid, was bijzonder aantrekkelijk, maar het leek alsof ze zojuist wakker was geworden.

'Krijg de klere dan maar,' zei Nilda, die weer glazen begon te spoelen en ze met een klap op het rek zette.

De slaperige vrouw ging ons voor naar de achterkamer, voorbij de hond, die vruchteloos probeerde door de gesloten metalen deur te rammen.

161

Ik herinnerde me dat ik eens in deze bar was geweest toen ik nog op het bureau Vijf Eén werkte. Dat was lang voordat de Toucan hier zat. Ik had in de buurt lopen surveilleren, maar ik hing maar wat rond, mezelf door mijn avonddienst van vier tot twaalf heendrinkend. Ik zat geheel in uniform aan de bar, toen de controlerend agent in burger, commissaris Jesse Katz, binnenstampte. Ik rende het damestoilet in, deed de deur op slot en klom uit het raampje in mijn vijftien kilo wegende wollen paardedeken van een overjas.

Om middernacht, toen ik mijn dienst erop had zitten, zat Katz achter het tafeltje met het uitschrijfboek te wachten en met een woedend gezicht naar alle koppen te kijken, in een poging de smeris te identificeren die hij door de slecht verlichte bar had zien rennen. Hij verdacht mij, maar ik was door de ouwetjes geschoold: 'Zelfs al hebben ze foto's, ontkennen dat jij het geweest bent.' Katz zwoer dat hij me te pakken zou nemen, maar voordat hij daartoe de kans kreeg, was ik al overgeplaatst.

Gregory en ik volgden de Schone Slaapster naar een hol van een kamer, waar het een en al paarse banken en gordijnen was. Afgezien van een klein getralied raam kwam het enige licht van de bewegende beelden van de televisie die aan het plafond hing. In de hoek recht onder de televisie zat een man met een vettig, pokdalig gezicht op een barkruk. Tegen de achtermuur stond een rond matras op zijn kant. De Schone Slaapster liet zich op een paarse stoel met dikke kussens vallen en keek naar de tekenfilm.

'Rechercheurs,' zei een stem. Ik had het kleine mannetje in het zwart, dat op de bank zat, niet gezien. 'Ik ben Tito Santana. Ga zitten.' Hij wees naar een bank tegenover hem. 'Boricua heeft jullie aan het schrikken gemaakt. Mijn kindje. Ze is behoorlijk pittig.'

'Ze heeft ons niet bang gemaakt,' zei Gregory.

'Ik wist dat *boricua* slang was voor een Puertoricaans meisje. Meneer Santana uit Belize had een bepaalde houding waar het Puertoricanen betrof.

'Hé vriend,' zei Gregory, wijzend naar de man met zijn vettige gezicht in de hoek. 'Waarom ga je niet hier zitten, dan kun je de televisie beter volgen. Wile E. Coyote is erop. Dat wil je niet missen.'

We wachtten even. De Vette verroerde geen vin. Gregory liep op hem toe; hij zou niemand toestaan buiten ons gezichtsveld te gaan zitten en al helemaal niet achter ons. Santana zei iets in het Spaans en de Vette ging tegen de muur staan, in zijn buurt.

'Deze aflevering zul je leuk vinden,' zei Gregory. 'Mijn favoriet, maar ik zal het niet verklappen.'

Santana droeg een zonnebril en was buitengewoon klein. Hij had kort, zwart haar, droeg een zwarte broek en een zwart hemd dat van zijde bleek te zijn. De rechtermouw en broekspijp waren netjes weggespeld. Naast de armleuning van de bank lag een aluminium kruk. Hij bood ons zijn uitgestrekte linkerhand aan, met de palm naar beneden, zoals een kardinaal doet om zijn ring te laten kussen. Dat negeerden wij en gingen zitten.

'Ik hoorde u iets over een moord zeggen,' sprak Santana.'

'Ja, twee smerissen,' zei Gregory, 'heb je daar niets over gehoord?'

'Ik verneem dingen,' zei Santana, 'maar dat is alles.' Hij draaide zich om en keek naar de Schone Slaapster, Lupe genaamd, en zei dat ze de televisie zachter moest zetten. Onder Santana's rechteroog hingen twee donkerblauwe tranen. Getatoeëerde tranen. Dat is iets uit de Latijns-Amerikaanse gevangenissen, één traan voor iedere persoon die je vermoord hebt. Santana had twee tieners gedood toen hij nog maar twaalf was.

'Wij denken dat u wel iets meer doet dan alleen vernemen,' zei Gregory. 'Wij denken dat u dingen wéét.'

'Waarom zegt u dat?'

'Omdat wij ook dingen wéten,' zei Gregory.

'Hebben jullie weleens iemand gedood?' vroeg Santana. Hij keek mij aan, daarna Gregory en wij schudden beiden onze hoofden. 'Het gaat niet zoals in de film, hoor,' zei hij.

'Niet ouwehoeren,' zei Gregory.

'Ik heb twee mannen vermoord,' zei Santana. 'De eerste heette Victor Reyes. Ik heb hem gedood in een garage op 3rd. Eerste schot in de achterkant van zijn been. Hij grijpt naar zijn been en zegt: "Verdomme, wat doe je nou, man?" Ik zeg: "Ik maak je dood, stomme klootzak." Daarna schiet ik opnieuw, in zijn zij en hij begint te rennen, schoppend als een aangeschoten hert. Ik ga hem achterna naar de deur. Ik moet hem een oplazer geven en hem vasthouden. Dan schiet ik hem nog drie keer door zijn hoofd voor hij zijn ogen voorgoed sluit.'

'Zien wij ernaar uit dat het ons wat kan schelen?' zei Gregory. 'Wij hebben geen tijd om spelletjes met je te spelen. Wij weten dat er twee smerissen behoorlijk in je handel zaten te storen. Ze waren bijna exclusief met jou bezig. En nu zijn ze allebei dood.'

Santana wendde zich weer tot de vrouw, die schijnbaar in slaap zat te vallen. Hij sprak kwade woorden in het Spaans. Ze krabde aan haar armen en zocht toen in de plooien van haar jurk naar de afstandsbediening.

'Ik lees de kranten,' zei Santana. 'En dat is alles wat ik weet. Ik ben een erkend zakenman.'

'Maar dit gaat jouw zaken wel aan, nietwaar,' zei Gregory, 'het gaat om je handel.'

Santana keek opnieuw woedend naar de vrouw. Gregory stond op, griste de afstandsbediening uit de hand van de vrouw en zette de televisie af. Ze bleef zitten staren en aan haar armen krabben.

'Je hebt problemen met je handel, hè?' zei Gregory, gebarend met de afstandsbediening, alsof het een pistool was. 'Die smerissen bezorgden je problemen met je handel. En jij weet daar wel oplossingen voor, nietwaar?'

'Ik heb geen probleem,' zei hij.

Nu de televisie uit was, werd het nog veel donkerder in de kamer. Afgezien van het getraliede raam kwam er nog wat licht van een elektrische reclameklok van Budweiser. Er reed een span Clydesdales over de paarse wand, dat een wagen met kerstspijs en -drank trok. Ik vroeg me af hoe Santana nog iets kon zien met die donkere bril.

'De smerissen in dit district bezorgen jou problemen,' zei Gregory. 'Al die arrestaties, de toestanden, verloren gegane handel, verloren manuren, proceskosten.'

'Ik weet niet waar u het over heeft,' zei Santana.

'Ik ben hier om je te zeggen dat je problemen nog veel groter zullen worden,' zei Gregory. 'Wij komen over je heenrollen, als vliegen op de stront.'

Santana knikte glimlachend, alsof hij een binnenpretje had. De hond in het kantoor was gekalmeerd. Hij blafte om de dertig seconden en hield dan weer op.

'Mensen als jullie...' zei Santana hoofdschuddend. 'Ga maar terug om je vriend te zeggen dat ik de tiende niet betaal.'

'Welke vriend?' zei Gregory.

'Wie vraagt jou om een tiende?' zei ik

'Ik heb me kapot gewerkt om te bereiken wat ik nu heb,' zei hij, 'en niemand werkt me eruit.'

'Waar heb je het over?' zei Gregory.

'Iedereen wil iets,' zei hij. 'Jullie willen iets, hij wil iets, zij wil iets.'

'Denk je dat dit een afpersing is?' zei ik.

Hij lachte en wuifde met zijn hand. Mijn ogen begonnen aan het donker te wennen. Santana gaf geen antwoord, hij keek omhoog naar het zwarte televisiescherm.

'Ik groet niemands vlag,' zei Santana. 'De Italiaanse, de Colombiaanse de Puertoricaanse niet, en evenmin die van de politie.'

'Doet Sonny Guidice aan afpersing?' zei ik.

Ik zag dat hij naar zijn kruk greep. In het midden was de leren omwikkeling zwart van de vlekken. Hij trok hem naar zich toe en kwam gemakkelijk overeind. Hij woog nog geen vijfenveertig kilo, maar zijn linkeronderarm was gespierd, met grote blauwe aderen.

'Mensen als jullie begrijpen niet wat respect is,' zei hij.

'Respect voor wat, Tito?' zei Gregory. 'Je recht om aan kinderen verdovende middelen te verkopen?'

'Ik moet aan het werk op kantoor,' zei hij. 'Soms glipt mijn hond langs me heen. Ik kan haar niet tegenhouden.'

Hij hinkte vooruit. De hond gromde en wierp zich tegen de andere kant van de deur toen Santana tegen de muur leunde en zijn hand op de deurknop legde. Gregory volgde Santana. Ik hield de Vette in de gaten.

'Ik kan deze hond niet tegenhouden,' zei Santana.

'Laat haar dan gaan,' zei Gregory, 'als je het lef hebt.'

Dat moest je tegen iemand als Santana niet zeggen. De deur vloog open en Boricua kwam regelrecht op Gregory af, uitglijdend op de betegelde vloer, zodat je haar nagels kon horen tikken als een typemachine. De hond kwam onhandig in botsing met een muur en sloot toen haar kaken om de loop van Gregory's revolver.

De massieve kop van Boricua fungeerde als geluiddemper en verdoezelde de knal. Bloed, haren en stukjes bot en hersens vlogen tegen de muur en op Tito Santana's dure kleren. Met een zware plof viel Boricua tegen de grond; een korte klap, als het vallen van een zak aardappelen.

'Dat was inderdaad niet net als in de film,' zei Gregory.

25

We verlieten de Bronx en Gregory reed alsof hij op de hielen werd gezeten. De accu was niet gestolen, maar over de hele linkerzijde van de T-bird zat een kras op de lak. Het zag eruit alsof het met een mes was gedaan.

'Wat is een tiende eigenlijk?' vroeg Gregory.

'Dat is een schatting, een vordering,' zei ik. 'Hij bedoelt smeergeld. Hij betaalt geen smeergeld. Dat is waarschijnlijk het enige woord dat hij heeft onthouden uit zijn jezuïetentijd.'

Wij waren op weg naar het huis van Larry Stanky in Queens, zodat deze naar de vrouwen op de serie foto's kon kijken waar Delia voor had gezorgd.

'Geloof je die flauwekul?' zei hij.

'Ik denk dat er iets in zit.'

'Waarom vroeg je hem of Sonny hem afperst?'

'Sommige vragen moeten gesteld worden.'

'Zoals wat? O, ik snap het al. Dat past in jouw theorie over een privé-oorlog. Sonny Guidice perst Santana af, dus Santana wordt woest en laat Ross afmaken. Dan neemt Sonny wraak, of komt met twee-één voor te staan, door twee van Santana's dealers levenloos te meppen. Daarna vermoordt Santana Verdi. Blijf luisteren, mensen, naar het vervolgverhaal van de gestoorde rotzakken uit de Bronx.'

'Vraag me niet wat ik ervan vind, als je van plan bent sarcastisch te worden.'

'Voordat je dit soort grote vraagstukken gaat zitten uitwerken, maat, wil ik graag dat je een moment stilstaat bij het feit dat er soms dingen gebeuren die geen verband met elkaar houden.'

'Vragen moeten gesteld worden.'

'Bijvoorbeeld?' vroeg hij.

'Bijvoorbeeld, wat jij tegen honden hebt.'

Larry Stanky woonde in Long Island City, in Queens. Wij reden over de Triborough Bridge, over Vernon Boulevard en aten gyros bij een snackbar tegenover een autowasserette onder de 59th Street Bridge. De auto stonk naar geschroeid metaal van het cordiet van Gregory's revolver. Gregory nam extra servetjes mee om het bloed en speeksel van de loop te vegen. Toen maakte hij zijn notitieboekje open en begon te schrijven.

'Op een paar ons na weegt die kleine rotzak nog geen kilo,' zei Gregory.

'Op een paar gram na,' verbeterde ik. 'Een paar gram.'

'Gram, oké,' zei Gregory. 'Ik kon me niet voorstellen dat hij die hond naar buiten zou laten. Wat een idioot. Laat-ie de klere krijgen als hij niet tegen een geintje kan.'

Gregory gebruikte nog steeds hetzelfde notitieboekje als toen ik hem leerde kennen. Het leer was gebarsten. Er zaten losse aantekeningen in, visitekaartjes, servetjes, allemaal bij elkaar gehouden met twee zware elastieken. Ik vroeg me af wat hij aan het schrijven was. Ik had in die twintig jaar van onze samenwerking nog nooit in zijn aantekeningen gelezen. Misschien het volgende: 3 mei '94, halfbewolkt, warm, achttien graden. Werk aan zaak Ross/Verdi met Ryan. Rottweiler afgeschoten.

'Je hebt die vrouw gezien die Santana Lupe noemde,' zei hij. 'Ze beantwoordt aan het signalement. Ik wed dat hij een hele stal van vrouwen heeft die hem gehoorzamen.'

'Ze is een heroïnejunkie en stoned. Ze zakte voor onze neus weg. Ik betwijfel of zij de kracht bezit om Ross helemaal over de middenconsole van zijn wagen te trekken.'

'Was jij niet degene die altijd predikt dat je "vrouwen nooit moet onderschatten"?'

Larry Stanky lag te slapen toen we kwamen, om uitgerust aan zijn doodse baan als bewaker bij de Manhattan Marina te beginnen. Terwijl hij zich aankleedde, keken we samen met zijn echtgenote, een ronde bleke vrouw, naar de televisie met een postorderprogramma. Het stonk in de flat naar kattepis, maar ik vroeg haar of ze een hond had.

'Nee, hoezo?' zei ze.

'Mijn partner is allergisch,' zei ik.

Larry kwam in zijn bewakersuniform de slaapkamer uit en liep de slaap nog uit zijn ogen te vegen. Mevrouw Stanky zette water op voor thee en riep ons aan de keukentafel. Ik haalde de identificatiemap met de rij vrouwen uit mijn tas, terwijl zij een kruimeltaart aansneed. Dit was de eerste keer dat ik naar de foto's keek en het duurde verscheidene minuten voor ik Tina Marquez had gevonden. Wie de foto's had geselecteerd was zeer grondig te werk gegaan om vrouwen te zoeken met dezelfde gelaatstrekken. Misschien wel té grondig.

'Het is wel even geleden,' zei Larry.

'Doe je best,' zei ik.

Ik draaide de map om en opende hem. Larry's ogen schoten nerveus over de foto's. Ik dronk thee uit een zware witte kop met schotel met een roze randje, van het soort dat je in de warenhuizen in de Bowery kunt krijgen. Op de vloer in de hoek stonden twee ronde plastic bakjes, één met water, het andere met droge kattebrokjes. Kleine rode brokjes lagen verspreid over de beige betegelde vloer.

'Nog niet bij benadering,' zei Larry, die de map dichtdeed, 'geen van allen.'

'Weet je het zeker?' zei ik. 'Kijk nog eens.'

'Goed,' zei hij, 'maar ze hebben allemaal een te lichte huidskleur.'

Ik begreep dat hij iemand op het oog had. Hij ademde zwaar, wat zachtjes fluitend door zijn neus klonk. De keukenklok was in de vorm van een kat; de staart was de slinger. Het was bijna negen uur in de avond.

'Ik heb haar goed gezien,' zei hij. 'Maar in persoon is het gemakkelijker. Een echte rij vrouwen is anders. Deze camera maakt ze vaag; ze lijken hier allemaal wel dood. Echt is anders. Mensen maken bewegingen, lichaamstaal, van die dingen.'

'Je zag haar in de auto zitten,' zei ik.

'Ja, maar... je weet wel,' zei Stanky.

'Hij heeft gelijk,' zei Gregory, die op zijn horloge keek. 'Laten we het live doen.'

Dertig minuten later zaten Larry en ik samen in de T-bird voor Gato's Lounge in de Bronx. Gregory was naar binnen gegaan om Tina te zoeken en genoeg op elkaar gelijkende vrouwen om een behoorlijk rijtje te kunnen opstellen. Ik had hem niet gevraagd hoe hij hen zover wilde krijgen. Het maakte niet uit. Ik vond het belangrijker dat ik de katteharen van mijn broek kreeg. Ik was al tot de conclusie gekomen dat Larry Stanky onbruikbaar was.

'Ik wil niet te laat op mijn werk komen,' zei Larry Stanky. Hij zat nog in zijn bewakersuniform, maar had er een regenjas overheen geslagen.

Gregory klopte op het autoraampje. Ik moest de deur opendoen, omdat hij de sleuteltjes meegenomen had en zonder sleuteltjes krijg je met geen mogelijkheid de automatisch gesloten ramen open.

'Voor mekaar,' zei Gregory. 'Ze hebben een achterkamer. Daar doen we het.'

Toen we uitstapten fluisterde ik: 'Wat heb je ze in godsnaam wijsgemaakt?'

'Ik heb een paar flappen te voorschijn getoverd,' zei hij. 'Dat is legitiem.'

'Weten ze waar het voor is?' zei ik.

'Ja en nee,' zei hij.

We liepen achter Gregory aan door de bar. De krukken waren bezet door duffe kerels met een donkere huidskleur en een grote bezopen Ier in een groen pak van de gemeentereiniging. Elk van hen zat praktisch alleen, met zijn ellebogen op de bar, de drankjes in hun handen rond te draaien. Er stond niemand achter de bar en er danste niemand. Binnen een ronde kooi, afgezet met nylon touw, was een lege verhoging, badend in pulserend rood licht. De jukebox zweeg.

We liepen door een kralengordijn naar een achterkamer met vier ronde tafels. De kamer was leeg, maar uit de kamer van de bedrijfsleider kwamen stemmen. Midden op de vloer stonden een emmer en een mop.

Gregory zette ons in de hoek. Opengeslagen op de tafel lag *El Diario*. Hij reikte naar het peertje in de hanglamp en schroefde het los. Ik pakte de krant en veegde de tafel en de stoel af, in de hoop de achtergebleven kakkerlakken weg te jagen. Stanky en ik gingen in het donker zitten, te midden van opgestapelde kratten met lege bierflesjes.

'Wat doet hij toch?' zei Stanky.

'Hij creëert,' zei ik.

Gregory verplaatste de emmer en de mop en plaatste een kleine schijnwerper, die schoonmakers gebruiken om iets te zien in een donkere bar. Het licht scheen op een natte kring op de plaats waar de emmer had gestaan. Straks komt Dora de binnenboel doen, dacht ik.

Ik nam aan dat hij de vrouwen had overgehaald om mee te werken door ze te betalen, maar het leek meer op een theater dan op een identificatierij.

Waarom hadden ze zich in het kantoor van de baas afgezonderd? Waarom die lampen?

Tina stak haar hoofd om de hoek van het kantoor. Ze zei: 'Zet C negen op.'

Gregory liep naar de jukebox en drukte op de knoppen. De laser tastte de schijfjes af, er was theater, er was een rij vrouwen, dit was Gregory ten voeten uit. Tina ging voorop met een glimlach, in een zilverkleurig bikinibroekje en zilveren schoenen met plateauzolen. Ze rende naar een plek op de vloer en begon met haar voeten in de grond vastgeworteld als een volleerde buikdanseres met haar lichaam rond te draaien en met haar schouders te rollen. Haar borsten waren groter dan ik had gedacht, de tepels bleekroze. Ze droeg weinig make-up. Je zag haar spieren rollen terwijl ze bewoog.

Het tweede meisje was even professioneel: Een bikinibroekje in luipaarddessin, zwarte schoenen met grote Cubaanse hakken. Ze was langer dan Tina, maar niet zo pezig en had donker haar en rechte, vormloze benen.

De laatste drie vrouwen kwamen op in hun ondergoed, twee met een rood slipje en één met een zwart slipje. Larry Stanky streek met zijn handen door zijn haar en stootte vervolgens een halfvol flesje bier tegen de grond.

'Volgens mij is jouw partner echte helemaal gestoord,' zei hij, 'dat meen ik oprecht.'

De magerste vrouw met het rode broekje wreef over haar buik als een hongerig kind en zwaaide lethargisch heen en weer als een junkie. Degene in het zwarte slipje was op blote voeten, minstens veertig jaar, had diepe zwangerschapsstrepen en een omhooglopend litteken op haar buik. Ze probeerde een scheur in de rand van haar slipje te verbergen door met haar heup van ons weg te draaien. Maar ze was wel de meest enthousiaste danseres. Ze genoot van haar eigen bijzondere show, legde haar hart erin, haar opwippende borsten met beide handen vasthoudend.

Het waren drie lange minuten, een pittig rondje boksen voor drie amateurs. Bij iedere herhaling bleek duidelijker dat ze niet in conditie waren. De vrouw met het zwarte slipje hijgde toen de muziek was afgelopen. Ze had een donkere driehoek van zweet achter op haar gescheurde ondergoed toen ze naar het kantoor terugrende. Gregory stond op en voelde in zijn broekzak. Ik begreep dat hij had afgesproken dat ze de helft vooraf en de rest achteraf zouden krijgen. Ik vroeg me af waar hij de andere drie danseressen vandaan had gehaald. Ik nam aan dat de ene de juffrouw achter de bar was, de andere twee waarschijnlijk klanten.

'Zo, nou heb je ze in levenden lijve gezien, Larry,' zei ik.

'Het spijt me,' zei hij. 'Ik heb geen van die meiden herkend.'

'Misschien heb je haar niet zo goed kunnen zien als je dacht.'

'Jawel, ik heb haar goed gezien,' zei hij. 'Deze hier zijn of te licht, of te donker, of te dik of te dun.'

'Het klinkt als Goudhaartje, Larry, een sprookjesprinses.'

'Die avond was geen sprookje,' zei hij. 'Ze was doodeng. Ik zou haar herkennen. Jullie hebben gewoon niet de goeie te pakken.'

26

De volgende ochtend belde Delia me thuis. Ik zei dat we Tina Marquez hadden geschrapt als verdachte. Ze maakte een afspraak om haar na de lunch buiten Elaines restaurant op 2nd Avenue te ontmoeten; het was belangrijk. Ik belde Joe en we troffen elkaar in Ruppert Towers. Gregory kende iemand bij de beveiliging.

'Ik weet wel waarom ze bij Elaines rondhangt,' zei Gregory. 'Ze hoopt er de hoofdcommissaris tegen te komen, of iemand anders die haar helpt met haar stomme heilige carrière.'

'Ze is op zoek naar een appartement in de buurt, Joe. Ze is op 96th opgegroeid.'

Delia stond bij de krantenkiosk naast Elaines. Ze had een boodschappentas van Gap aan haar pols hangen en stond de meest recente kop in de *Post* te lezen over de corruptie bij de politie.

'Wat deden jullie in de Toucan Club?' zei ze. 'Ik had gezegd dat jullie hem moesten schaduwen, niet benaderen.'

'Welke club?' zei Gregory.

'We hebben jullie op video,' zei ze. 'Jullie zijn naar binnen gegaan en ook weer naar buiten gekomen. Als jullie op de vergaderingen van de speciale eenheid zouden komen, dan zouden jullie geweten hebben dat we een camera hebben geïnstalleerd die de hele straat overziet.'

'Niemand heeft ons ervan in kennis gesteld dat er een vergadering zou zijn,' zei Gregory.

'Gelul,' zei Delia, 'Albie Myers heeft me gezegd dat hij het je persoonlijk heeft verteld.'

Ik kon de chocoladekoekjes ruiken uit een speciale koekjeswinkel, die drie panden verderop zat. Ze bliezen de lucht naar buiten, de straat op. Het was fris weer en de zon kreeg al wat kracht. De mensen waren op straat aan het winkelen en flaneren.

'Ik heb jullie niet laten komen om jullie uit te foeteren,' zei Delia. 'Dat is voorbij. Ik heb geen zin om er ruzie over te maken. Ik wil weten of jullie met Santana hebben gepraat.'

'Natuurlijk,' zei Gregory.
'In de achterkamer?' zei ze. We knikten allebei.
'Mooi,' zei ze. 'Teken die ruimte voor me uit, met de beste plaats om een afluisterapparaatje in te bouwen. Morgen krijgen we toestemming van de rechtbank. Er zijn wel undercovers in de bar geweest, maar nooit in de achterkamer.'

Op de hoek stond een verwaarloosd kind roze pamfletten uit te delen met reclame voor een bar waar topless werd gedanst en de rest ook uitging. Ik pakte er één aan en hurkte naast een stapel kranten waar ik zo goed als ik kon een schets maakte van de bar. De kop van de krant kondigde de voorlopige bevindingen aan van een commissie die de corruptie van de Newyorkse politie onderzocht. Het was bepaald geen dag om trots te zijn.

'En hoe zit het met die gemene hond?' zei Delia. 'Het team dat het ding moet installeren is bang; ze willen hem verdoven.'
'De hond is geen probleem,' zei Gregory.
'Hoezo dat?' vroeg ze.
'Die is voor altijd verdoofd,' zei hij.

Naast me stond een jong stel op hun tenen bij Elaines naar binnen te gluren. Ik merkte dat het toeristen waren; ze roken naar chloor uit het zwembad van hun hotel.

'Ze hadden de normen nooit moeten verlagen,' zei Gregory, naar de koppen wijzend. 'We hebben criminelen en junkies bij ons werken. Lui die niet kunnen lezen en vrouwen die zich niet eens kunnen opdrukken.'

'Wat jij zegt impliceert dat we geen minderheden in dienst hadden moeten nemen,' zei Delia.

Er kwam een groep kleine meisjes van een katholieke basisschool langs met kniekousen en geruite overgooiers aan. Ze liepen met potloodtekeningen, kleine figuurtjes en hartjes waarop stond: 'Voor Moeder'. Ikzelf overhandigde mijn tekening aan Delia.

'Het kan me geen moer schelen wat voor kleur een smeris heeft,' zei Gregory. 'Ik wil alleen maar zeggen dat wij geen sociale instantie zijn. Wij hebben de beste mensen nodig die we maar kunnen krijgen. Snap je wat ik bedoel?'
'Ik snap precies wat je bedoelt,' zei ze.

Wij lieten Delia achter en keerden naar de Bronx terug. Gregory wilde beginnen met het opstellen van een lijst van vrouwelijke bekenden van Santana, maar Delia had gezegd dat we uit de Toucan weg moesten blijven tot ze het afluisterapparaatje hadden geïnstalleerd. We reden er voorbij, maar de wagen van Santana was weg.

Gregory patrouilleerde door de zuidelijke Bronx, op zoek naar de zilverkleurige Mercedes van Santana, door buurten waar ik al in geen twintig jaar meer was geweest. Bij daglicht kon ik alle nieuwbouw bekijken. Het was een heel andere Bronx dan die ik mij herinnerde. De straten leken lang niet meer zo druk, claustrofobisch en gevaarlijk. Blokken die er ooit hadden uitgezien als het gebombardeerde Berlijn tijdens de Tweede Wereldoorlog, hadden nu de aanblik van rustige, tropische buitenwijken. Er was nog altijd verval, maar praktisch iedere buurt vertoonde tekenen van verbetering. Sommige plekken waren visueel verbijsterend, een bijna surrealistische ervaring. Honderden nieuwe koopflats met keurige gazons, pastelkleurige gevels, balkons en blauw met zalmkleurige luifels.

We zagen de Mercedes voor een dierenwinkel op Bathgate Avenue geparkeerd staan. Santana zat niet in de auto, alleen de chauffeur, de Vette.

Gregory stopte verderop in het blok, voor een bodega met een bordje in de etalage, waarop stond 'losse sigaretten'. Losse sigaretten waren typisch iets voor het getto. Winkels verkochten één of twee sigaretten per keer, twintig cent per stuk, drie voor vijftig cent. De mensen hier kochten één blikje bier, een kleine chips en hingen op de stoep om een sigaretje te roken en een paar muntjes in een automaat te stoppen. Dit was een leven van kleingeld.

'Wat is er gebeurd met de sigaret die ze gevonden hadden achter de vuilcontainer waar Verdi is vermoord?' zei ik.

'Camel, zonder filter,' zei hij. 'Er zat genoeg speeksel aan, zodat serologie er een bloedgroep uit kon identificeren.'

'Misschien was er nog een dader. Het is de moeite waard daar langer bij stil te staan. Iemand die achter de container verborgen zat. Ik heb me nooit op mijn gemak gevoeld met die theorie van een one-womanshow.'

'Bedoel je dat er iemand heeft zitten wachten?' zei Gregory. 'Hoe is die daar dan binnengekomen? Het lijkt wel een fort.'

'Hij heeft dezelfde sleutel gebruikt als die waarmee zij er weer uit is gekomen.'

De dierenwinkel zat ten noorden van het nieuwe Bathgate Industrial Park, waar ooit de oude Spaanse *marqueta* was geweest, een plaats waar ik het altijd heerlijk had gevonden. Ik herinnerde me de warme zaterdagmiddagen in mijn nieuwe blauwe uniform, lopend langs de stalletjes van de handelaars. Jurken met veel kant en volants en gebloemde overhemden van rayon hingen aan rekken boven je hoofd. De jonge meisjes liepen te flirten. Bloemenstallen met afbeeldingen van Jezus, met ogen die je de hele weg volgden; heiligen van keramiek en wandkleden met de Heilige Maagd erop. En dan die aanstekelijke muziek, het Latijns-Amerikaanse ritme waar je bloed sneller van gaat stromen, dat uit de roestige luidsprekers kwam, boven op een luifel met franje. De oude meisjes flirtten. Kratten gevuld met platen en cassettebandjes: Celia Cruz, Willie Colon, Tito Puente. De lucht was bezwangerd met de geur van knoflook en gebakken varkensvlees, *cuchifritos*, dozen met broodjes. En in metalen kuipen onder blokken ijs bedolven *cerveza, mucho frío*.

'Daar komt hij,' zei Gregory, 'met lege handen.'

Santana zette zijn kruk tegen de Mercedes, deed de deur open, greep zich vast aan het dak en zwaaide zijn lichaam naar binnen. Wij volgden hen over Webster Avenue, achter een oude Ford stationcar met zes matrassen op het dak gebonden. Nog een dierenwinkel; deze was gesloten. Santana kwam de wagen niet uit.

Ze reden langzaam terug over 3rd Avenue. Santana ging terug naar de Toucan Club. Gregory reed door en we maakten een rondje om Crotona Park. Op de zuidwestelijke hoek keek een nieuw wooncomplex uit op het park, nette huizen in ranch-stijl achter sierhekken. Deze straat heette Suburban Place en het zag er inderdaad uit als een buitenwijk in Pennsylvania. De bladeren begonnen de bomen op te vullen. Een tiental mannen in honkbalkleding stak de straat over naar het park. Op de shirts stond 'Danube Azul'.

'Waar hebben ze die naam in godsnaam vandaan?' zei ik. 'De Blauwe Donau.'

'De Blauwe Donau was een bar aan Morris Avenue,' zei Gregory. 'Er hingen veel polakken rond. Mijn Poolse tante woonde er tegenover. Het is door een paar Puertoricanen gekocht en die hielden de naam aan.'

'Woont je tante er nog steeds?' zei ik.

'Nee, ze is verhuisd naar Arizona.'

Ik zag dat de oude wagen van Sonny Guidice voor het huis van Tina geparkeerd stond, aan de kant van de straat waar de speelplaats was. Ik haalde Gregory over om koffie en thee te halen en dan aan de westkant van de speelplaats te parkeren. Daar zaten kinderen schepijs van een kar te eten en de kleuren te vergelijken die de siroop op hun tongen achterliet, elektrisch blauw, neon rood.

175

De wagen van Sonny was een ouwe kreukelaar van een Ford Granada, maar daar trapte ik niet in. Dat was een truc van de oude corrupte rechercheurs in burger: de kerels die het meeste geld verdienden, reden in de ergste wagens. Door de tralies rond de speelplaats kon ik zowel de auto als de voordeur van 719 Crotona Park zien.

'Ik herinner me de Blauwe Donau nog goed,' zei Gregory. 'Mijn ouweheer en ik hebben in die twee blokken daar zowat ieder appartement geschilderd. Mijn tante verhuisde constant, altijd op zoek naar een beter appartement, of een huur van tien dollar goedkoper. We hebben haar oude meubels heel wat keer op Morris Avenue van beneden naar boven en weer terug gedragen. We hadden geen vrachtwagen nodig, omdat ze nooit ver van de Blauwe Donau verhuisde.'

'Ze zou de Bronx nu eens moeten zien. Misschien zou ze weer terugverhuizen.'

'Te laat. De droge hitte heeft haar de das omgedaan,' zei hij. 'Ik weet nog dat ik in bed lag in haar huis. Dan kon ik naar de overkant in de bar kijken. Ik lag te kijken hoe die vrouwen de polka dansten. Grote, sappige vrouwen, veel gelach, gezichten die glommen van het zweet.'

Francis X. hield de wacht op de speelplaats. Tot twee jaar geleden was de speelplaats het middelpunt van handel in verdovende middelen geweest. Neville Drumm had me verteld dat toen Francis X. het overnam, de benden naar de andere kant van het park verhuisden. Op de speelplaats was het druk met kinderen, de schommels waren allemaal in gebruik en er stond een rij voor de glijbaan. Francis X. stond bij de ingang als een portier bij een trendy nachtclub. Een vrouw in een wit verpleegstersuniform groef in haar tasje en haalde een handje kleingeld te voorschijn. Ze liet het in zijn hand vallen.

'Als ik kinderen had,' zei Gregory, 'dan zou ik die gek niet in dezelfde tijdzone willen hebben.'

'Jij hebt nooit kinderen gehad,' zei ik. 'Francis X. is een van de mindere kwaden. Kijk maar naar de speelplaats. Die is schoon en veilig.'

'Maar wat is zijn drijfveer hier dan?'

'De mensen geven hem geld en eten.'

'Doet hij dit voor geld?'

'Niet alleen voor geld,' zei ik. 'Het geeft hem het gevoel dat hij iets belangrijks, iets zinvols doet.'

Ik vertelde hem over Salingers *De Vanger in het Koren*. Holden

Caulfield vertelt aan zijn kleine zusje dat hij de rest van zijn leven zou willen doorbrengen als bewaker van spelende kinderen. Hij zou dan in het hoge gras gaan staan in de buurt van de rand van een klif en de spelende kinderen opvangen voordat ze te dicht bij de rand kwamen.

'Jij hoort niet in dit werk thuis, Ryan,' zei Gregory. 'Jij zou ergens op een school poëzie moeten voorlezen aan de kinderen. Over mijn lijk dat ik mijn kinderen buiten zou toevertrouwen aan die gekke idioot.'

De meisjes hadden zich van de schommels meester gemaakt. De oudste was niet ouder dan negen. Hun hoge giechelgilletjes waren als pepermunt op je tong. In mijn ooghoek zag ik Sonny op de stoep van 719.

'Sonny gaat weg,' zei ik. 'Laten we hem schaduwen. Vooruit, kom op. Laten we gaan.' Ik pakte de thee uit zijn handen en deed het dekseltje erop. Sonny kwam de trappen af, zijn sleuteltjes in de lucht werpend en weer opvangend. Tina liep vlak achter hem. Sonny opende zijn portier en boog zich opzij om haar binnen te laten. Ik hield de twee hete bekertjes tussen mijn voeten.

'Dit vind ik verschrikkelijk,' zei Gregory.

Sonny trok bijna onmiddellijk nadat hij gestart was op. We wachtten even en mengden ons toen in het verkeer. Ik noteerde de tijd op een kaartje, 14.30. Ik wilde de achtervolging van een smeris nog niet in mijn notitieboekje hebben.

Het is link om in een straat met éénrichtingsverkeer iemand te volgen. Er is niet veel verkeer, dus moet je extra afstand houden tussen de auto's. We probeerden één licht achter te blijven, maar Sonny reed door de lichten heen als hij daar zin in had. Wie hield hem tegen in zijn eigen wijk? Wij bleven een blok achter; er was weinig verkeer en de blokken waren niet lang.

Wij bleven op Webster Avenue tot Fordham Road achter hen. Ik herinnerde me dat ik Tina een keer uit een bank had zien komen aan Fordham en de Concourse, in de buurt van het uitvaartcentrum van Hernandez. Maar ze keerden bij de Golden Arches en gingen McDonalds binnen.

'Big Macs,' zei Gregory. 'Misschien doet hij in gesmokkelde Big Macs.'

'Blijf nog even wachten,' zei ik, 'gewoon wachten. Laten we kijken waar ze heengaan.'

Ik merkte dat de geur van nieuwheid uit de T-bird was verdwenen. Het begon te ruiken naar alle oude wagens van het bureau die we in het verleden hadden gehad: Koffie, wol, bier, rook, pizza, Old Spice.

Wij wachtten tot de Granada de ventweg vrijmaakte. Toen reden ze terug naar Tina's huis en liepen met hun zakken naar boven. Gregory zei dat hij de patat kon ruiken. Francis X. stond nog altijd op zijn post bij de speelplaats.

'Dit was de laatste keer dat ik die kerel voor je heb geschaduwd,' zei Gregory.

27

Maandagavond werden de golflengtes van de patrouillewagens van de wijk gevuld met indiaanse oorlogskreten. Eén kreet, dan een paar seconden later een kreet terug. Dan nog één. 'Klinkt als een bijeenkomst,' zei ik. 'Wij floten altijd,' zei Gregory. 'Twee keer voor ja, één keer voor nee.'

Wij zaten tegenover de Toucan te kijken naar twee oude mannen die voor een bodega domino zaten te spelen. Wij hadden het weekend van Moederdag doorgebracht met het bewaken van Tito Santana, wachtend op de fout waardoor zijn rijk ineen zou storten. Wij hadden tientallen vrouwen gefotografeerd die de bar in- en uitgingen. Het afluisterapparaatje dat de technici hadden geïnstalleerd in de Budweiser-klok aan Tito's muur, deed het goed. Het enige dat we nodig hadden, was het juiste gesprek. Wij hadden tijden, nummerborden en taxinummers genoteerd.

Er klonken nog meer indianenkreten over de radio. Smerissen gebruikten creatieve signalen om een geheime bijeenkomst door te geven op een vooraf vastgestelde plaats. Toen ik nog een groentje was, gebruikten de oudgedienden van het bureau Vijf Eén boerderijgeluiden. Er werd geloeid, gekakeld, gesnaterd en gehinnikt. De ochtend werd altijd begroet met het kraaien van de haan. Gregory voegde zich tussen het verkeer om door de wijk te rijden, op zoek naar datgene wat wij misten.

Het was de eerste warme avond van het jaar. De mensen stonden buiten op de stoepen, hingen tegen auto's en zaten op de brandtrappen. Uit de gettoblasters wedijverden rapmuziek en Latijns-Amerikaanse klanken met elkaar. Een man met een gescheurd hemd schoot de straat over en verdween in een steeg. Het was druk op de politieradio. Goed weer betekende veel werk voor de smerissen.

Voor een pizza-afhaaltent stond een politiewagen van het bureau Vijf Eén geparkeerd. De smeris die we de bijnaam Kaalkop hadden gegeven, iemand uit de ploeg van Sonny, kwam naar buiten met twee grote pizzadozen, die hij als een handige kelner met één hand boven zijn hoofd liet balanceren. Hij legde ze in de kofferbak van de auto. Zodra hij achter het stuur zat, pakte hij de microfoon van de radio en hield die voor zijn mond. Wij konden zijn oorlogskreet luid en duidelijk horen.

'Pizzafeestje,' zei Gregory.

'Laten we eens kijken waar dat is,' zei ik.

'Nee, helemaal niet,' zei hij. 'Dat doe ik niet. Ik heb al achter een smeris aangezeten die Franse frietjes ging halen; ik doe het niet nog eens voor een pizza.'

Kaalkop vertrok. Gregory keerde en reed in tegenovergestelde richting Tremont op. Ik liet het raampje zakken en stak mijn hand naar buiten om de warmte van mijn stad te voelen. Bij het licht op Marmion Avenue, tegenover de kledingzaak met bodemprijzen vanaf $7, kwamen twee mannen in een zwarte Pontiac naast ons rijden. De passagier begon zijn raampje naar beneden te draaien, alsof hij iets te zeggen of te verkopen had. Toen hij ons goed aangekeken had, draaide hij zijn raampje weer dicht en sloeg de Pontiac rechtsaf. Gregory reed een smalle zijstraat in en kwam vast te zitten achter een vuilniswagen. Er werd met de vuilnisbakken gerammeld en ze werden met een klap weer teruggezet. De vuilnisvermaler maalde en verbrijzelde. Hij reed een paar meter verder en stopte opnieuw.

Uit de open deur van een buurthuis klonk soulmuziek. Er stond een enorme zwarte vrouw in een strakke blauwe jurk in de deur, waardoor deze volledig geblokkeerd was. Lachend en drinkend keek ze links en rechts de straat af. Toen ze ons zag, ging ze naar binnen en deed de deur dicht.

'Laten we er voor vanavond maar mee uitscheiden,' zei ik. 'Er zijn al genoeg smerissen op de been.'

Sinds de dood van Paul Verdi was het district Vijf Een overspoeld door geüniformeerde agenten die geleend waren van andere bureaus. De Newyorkse politie reageerde altijd met een 'blauwe golf'.

'Laten we nog één keer langs Santana rijden,' zei hij.

We reden voorbij de Toucan, maar nog altijd geen Mercedes, dus maakten we een rondje om Crotona Park. De dealers hielden zich schuil, er waren te veel smerissen die de boel bedierven. Nerveuze crackgebruikers keken van beide kanten van de straat naar ons. De meesten droegen hun pet achterstevoren en hadden enorme broeken aan die nauwelijks op hun kont bleven hangen.

Crackgebruikers waren gevaarlijke verslaafden. Het waren felle, dwangmatige dieven die het criminaliteitscijfer opvoerden. Crack veroorzaakt paranoia en wanhopig opgefokte verslaafden. Dit was goedkoop spul, drie dollar voor een flesje, maar de kick duurde maar kort. Twintig minuten en dan waren ze weer op pad om te stelen. Een heroïnejunkie is acht uur lang uit de roulatie voordat hij opnieuw moet scoren.

'Jezus,' schreeuwde Gregory, die op de remmen ging staan. Er klonk een harde klap, waardoor we naar rechts schoten. Francis X. Hanlon gleed van de voorbumper en zakte op het asfalt in elkaar. Terwijl ik naar het knopje van mijn portier zocht rolde hij de straat op.

'Verdomde idioot,' zei Gregory.

Ik sprong eruit, maar Francis X. stond alweer en liep hinkend als een gewond hert weg. Ik volgde hem naar het hek van het park, maar hij glipte weg door de struiken en ik was hem onmiddellijk kwijt.

'Stap in,' zei Gregory.

Gregory reed het trottoir op en het park binnen over het donkere smalle pad. Francis X. droeg oude hardloopschoenen. Wij zagen de reflecterende hielbanden in het donker oplichten, terwijl hij de paden afsneed. Gregory volgde hem over het gras, een heuvel op, maar op de top waren we hem kwijt.

Er stonden groepen zware oude bomen langs de top van de heuvel. Gregory herinnerde zich dat een smeris eens over een vrijend stel heen was gerend in het gras van Central Park. We stopten. Beneden ons was een kleine open plek die volledig omgeven was door de begroeide heuvels. In het midden van de open plek brandden lichtjes. Gregory deed de autolampen uit en zette de motor van de T-bird af. In het midden van de open plek onder ons stonden drie politiewagens in een kring, één met de koplampen aan. Er danste een vrouw in het rokerige licht.

'Hè, shit,' zei hij, 'ze moeten onze koplampen wel gezien hebben.'

'Ze letten niet op ons,' zei ik. 'Waar is Francis X. heengegaan?'

'Die slingert ergens tussen de lianen. Wat kan jou dat schelen.'

Er stond een vierde patrouillewagen aan de rand van de lichtkring. Ik zag Kaalkop in de kring van auto's, maar Sonny niet. Op de motorkappen stonden pizzadozen en bierblikjes. Ik telde zes agenten in uniform en drie vrouwen. Degene die aan het dansen was, knoopte haar blouse los.

'Laten we maken dat we wegkomen,' zei ik.

'Misschien kan ik hem achteruit laten rollen zonder de motor te starten. Hij zette de wagen in zijn vrij en begon van voor naar achteren te duwen op zijn zitplaats. Er kwam geen beweging in, maar het was toch al te laat. Kaalkop was naar de vierde auto gelopen die in het donker geparkeerd stond. Er kwam een naakte vrouw van de achterbank, gevolgd door Sonny, die zijn broek liep op te trekken. Kaalkop wees naar boven in onze richting, terwijl de vrouw zich tussen hen door wrong en haar kleren van de voorbank pakte. Het was een forse vrouw met donker haar. Het was niet Tina.

Gregory startte de auto en zette hem in zijn achteruit toen Sonny en Kaalkop de heuvel op kwamen rennen.

'Niet wegrijden, Joe,' zei ik, 'het is te laat om weg te rijden.'

'Shit,' mompelde Gregory, toen Sonny in een kringetje om ons heen kwam lopen en ons benaderde als een autodief, die het verrassingselement gebruikt door aan te vallen vanuit de blinde hoek achter ons. Hij kwam hijgend aan mijn kant van de T-bird staan. Hij zette de loop van zijn revolver op mijn wang, ik kon de lucht van smeerolie ruiken.

'Haal dat ding van mijn gezicht,' zei ik.

'Volg je mij, klootzak?' zei hij. 'Volg je mij, godverdomme?'

'Als ik jou wilde volgen, zou je er nooit achter komen,' zei ik.

'Ik geloof je, Ryan. Ik geloof je werkelijk. Kom die wagen uit, verdomme.'

'Achteruit,' zei ik.

'Wees voorzichtig, maatje,' zei Gregory.

Terwijl ik de deur openmaakte, draaide ik me naar Gregory om. 'Beloof me dat je deze lul afmaakt.'

'Reken daar op,' zei hij.

Ik stapte uit, gooide het portier dicht en stapte naar rechts, zodat Gregory een open schootsveld had door het raampje. Toen gaf Sonny zijn revolver aan Kaalkop en kwam dreigend met zijn schouders rollend op me af. Zijn gezicht was bleek weggetrokken van woede toen hij uithaalde voor een rechtse zwaaistoot, waarbij hij de vuist omdraaide zoals we het op de academie hadden geleerd. Maar hij was zo traag en ik zo geconcentreerd, dat ik de klap in de lucht aan zag komen en gemakkelijk kon wegduiken. Door de kracht van de misser struikelde Sonny naar voren. Ik hield mijn hoofd naar beneden en kwam naar voren om hem een korte hoek in zijn buik te geven. Op hetzelfde moment sloeg hij met zijn hoofd tegen de bovenkant van mijn schedel. Ik voelde het kraken. Ik greep hem bij zijn overhemd, maakte een draai en wierp hem op zijn reet.

Sonny's lip zwol onmiddellijk op. De huid barstte toen de rek eruit was. Het bloed liep over zijn kin. Hij zag het bloed, krabbelde overeind en viel opnieuw aan. Hij drukte me tegen de T-bird aan. Hij sloeg me één keer in mijn gezicht, maar ik kon de slag voor een groot deel met mijn onderarm opvangen. Hij was te dichtbij om uit te kunnen halen en voor mij te zwaar om hem weg te duwen. Toen voelde ik een arm tussen ons komen, voor mijn gezicht. Een arm die in wol gestoken was. Wol die rook naar opgedroogde paardestront. Het was Francis X. Zijn onderarm zat stevig om Sonny's keel, waardoor hij stikte. Sonny probeerde de arm los te wrikken terwijl ze achteruit strompelden.

'Nee, Francis,' zei ik.

Ik hoorde het klikken van een haan die wordt overgehaald. Kaalkop danste in een kringetje om hen heen om Francis X. onder schot te krijgen.

'Dood hem niet, Francis,' zei ik. Ik ging voor Kaalkop staan. Ik kon Gregory horen zeggen: 'Maatje, maatje toch.'

Francis X. liet Sonny op de grond vallen, kwam naar me toe en sloeg zijn armen om me heen. Hij stonk naar een misselijkmakende zoete wijn en tabak en naar het dagenlange zweet van een krankzinnige.

Francis fluisterde in mijn oor, met een keelgeluid alsof de meest vreselijke ziekte hem op de keel was geslagen. Het klonk zo schrapend dat ik het bijna niet kon verstaan. 'Zij spreekt tot mij,' zei hij.

'Wie?' zei ik.

'Schiet die rotzak dood,' gilde Sonny.

'Mary,' zei Francis X.

Ik stapte naar de achterkant van de auto om Francis X. uit het schootsveld te manoeuvreren.

'Mary wat?' zei ik.

Hij bracht zijn gezicht dicht bij het mijne. 'Maria,' zei hij, zo rauw dat het pijn deed om te luisteren. 'Maria is Mary.'

'Dat weet ik,' zei ik. 'Dat weet ik.'

Hij glimlachte en hield mijn gezicht tussen zijn handen alsof ik zijn geliefde kleinzoon was. Er zaten stukjes voedsel in zijn geklitte baard. Zijn handen voelden heet en ruw tegen mijn gezicht.

'Wees gezegend,' zei hij. En met een paar snelle passen was hij in het donker tussen de bomen verdwenen.

28

Die nacht in bed bleef ik de scène met Francis X. voor mijn gees-
tesoog afdraaien. Ik was kwaad op mezelf dat ik niet had gezien
hoe ziek hij was en dat ik het feit dat hij de kinderen wilde beschermen romantiseerde. Ik had het gevaar moeten inzien, maar ik zag
alleen wat ik wilde zien. Mijn vrouw zegt dat dat een eigenschap is
die me menselijk houdt. Gregory zegt dat ik het te vaak doe, en
één keer is voor een smeris al te veel.

'Ze praat tegen me,' had Francis X. gezegd. 'Maria. Maria is
Mary.'

Ik ben altijd een slechte slaper geweest. Leigh dacht dat ze het
me kon leren. Dan duwde ze haar lichaam stevig tegen mijn rug,
met haar benen opgetrokken achter de mijne. Leigh zei dat ik het
ritme van het loslaten niet kende. Ze drukte zich stevig tegen me
aan, zodat ik de cadans van haar ongestoorde ademhaling kon
voelen. Haar borsten waren warm en vol tegen mijn rug. Ik
streelde haar heup, waarbij mijn vingertoppen de fijne, zijdeach-
tige zwangerschapsstrepen voelden. Toen ze diep begon te ademen maakte ik me voorzichtig los, in het besef dat ik een slechte
leerling, een verloren zaak was. Ik kleedde me aan en liep naar
buiten.

Mijn buurt in Yonkers bestond voor het merendeel uit werkende mensen van mijn leeftijd, met getrouwde kinderen die ergens anders woonden. Velen van ons waren oorspronkelijk de stad
uit gegaan, waarna onze kinderen later weer terugverhuisden naar
Manhattan. Ik liep de heuvel af naar de Heilig Hart-kerk. Het was
zó rustig, dat ik de krekels kon horen toen ik het natte grasveld
voor de kerk overstak. De Heilige Maagd stond er met haar handen uitgestrekt. Het licht van de schijnwerper werd tegengehou-
den door een hulststruik, dus liep ik naderbij om de dauwnatte
steen aan te raken. Maria was barrevoets, de verf op haar tenen en
de slang onder haar voeten bladderden af.

Er was nog iets met die schietpartij van Sonny, waardoor de

kleine Martin Luther Hopkins stierf, dat ik nooit aan iemand had verteld, zelfs niet aan Leigh. Een paar dagen erna was ik alleen thuis toen de telefoon ging. Ik was een beetje duizelig, nog half slaperig en ik had een flinke kater. Het was een kind, dat iets mompelde wat ik niet kon verstaan. Ik ging rechtop zitten en vroeg wie het was. Het kind mompelde opnieuw, dezelfde woorden. Ik bleef maar vragen wie het was, tot ik bijna huilend smeekte of het kind het opnieuw wilde zeggen en dan duidelijker. Daarna bad ik dat hij zou ophangen, omdat ik het niet kon. Het klonk als 'ik ben nu Martin'.

Ofschoon ik niet weet wat het is om een zenuwinzinking te krijgen, weet ik dat ik er toen heel dichtbij zat.

Thuisgekomen zette ik de computer aan en nam de lijst met namen door die ik van Hernandez Uitvaartcentrum had gekregen. Ik zocht naar een Mary of Maria. Dertig jaar geleden zouden er tientallen Maria's zijn geweest op een lijst uit de Bronx, maar nu niet meer. Toen vond ik Maria. Maria Torres, zeven jaar, adres 719 Crotona Park North.

Ik herinnerde me dat Angel me had verteld dat haar moeder op een meisje had gepast dat Maria heette. Een meisje dat gedood was tijdens een schietpartij vanuit een rijdende auto. Ze was op 9 april 1994 begraven, dezelfde dag dat de Heilige Maagd Maria in ijs verscheen. De dag voordat de moorden met de betonstaven begonnen.

Ik belde het bureau Vijf Eén om te vragen hoe laat brigadier Drumm binnen zou komen. 'Hij is onderweg,' zei de agent. 'De man met de betonstaven is springlevend in Crotona Park. Er heeft opnieuw een rotzak in het stof gebeten.'

Gregory zat op de passagiersplaats van de T-bird de speelplaats te observeren toen ik kwam. Dat was een surveillancetruc, om het erop te laten lijken dat je op iemand wacht. Er stonden vier patrouillewagens geparkeerd in het gras, even voorbij de speelplaats. Er lag een lijk van een mollige kerel languit op het asfalt, naast een kapot drinkfonteintje. Zijn gezicht was zó zwart en opgezwollen dat het wel een mand vol rotte pruimen leek.

'Zie je het krijt?' zei brigadier Drumm. 'Waar halen ze in godsnaam dat krijt vandaan?'

Behalve bloedspatten lag er niets bij het lichaam, geen wapens, geen spullen die op drugs wezen en geen bidprentjes. Niets dan een krijtlijn om het lichaam getrokken. Geen enkele rechercheur trok ooit een krijtlijn tot het lichaam gereed was om weggehaald te worden. Een goede advocaat van de verdediging kon foto's van de plaats van de misdaad uit de rechtszaak laten verwijderen, omdat de omstandigheden waren aangetast, geen originele vondst.

Gregory zei: 'Wie is het deze keer, brigadier?'

'Elidio Duncan, een voorman van Santana,' zei Drumm. 'Een patrouillewagen heeft hem om vijf uur vanochtend gevonden.'

Een man van de technische recherche zat gehurkt boven het lichaam, met een pincet en een kleine witte enveloppe, een paar centimeter van de benen van de overledene. Hij plukte aan de grond en de doorweekte kleren op zoek naar vezels, haren; wat hij maar te pakken kon krijgen. Het was nog geen tien uur, maar er stond al een kleine menigte verzameld, voornamelijk kleine kinderen, die naar buiten waren gekomen om even veilig te kunnen spelen voordat de smeerlappen verschenen.

'Ik denk dat ik weet wie het gedaan heeft, Neville,' zei ik. 'Ik denk dat het Francis X. Hanlon is geweest.'

Drumm keek verbaasd op en staarde me aan. 'Als je mij belazert.'

Ik had Tina's zoontje Kevin te midden van de omstanders gezien. Hij droeg een sweatshirt met Spiderman erop en stond met een roodgestreepte golfbal op het asfalt te stuiteren.

'Waar is je moeder?' zei ik.

'Bij de wasserette,' zei hij, 'Sonny heeft me deze bal gegeven.'

'Fideel van hem,' zei ik. 'Kevin, weet jij waar de Padre is? Wil je mij helpen hem te zoeken?'

'Mijn vader heeft gezegd dat ik uit de buurt van de Padre moet blijven.'

'Heb je het over Sonny?'

'Sonny is mijn vader niet,' zei hij. 'Is de Padre in moeilijkheden?'

'De Padre is erg ziek, Kevin. Hij moet naar een dokter.'

'Misschien ligt hij ziek thuis,' zei Kevin.

'Laten we naar zijn huis gaan om even te kijken.'

Gregory en ik volgden Kevin over een zandpad naar een gebied waar zware bomen en struiken dicht opeen stonden. Op een kleine open plek lagen verscheidene kartonnen dozen opengevouwen als bedden, te midden van bierblikjes, zakjes chips en condooms. Aan één kant was het karton vettig van iemands haarolie. Kevin zei dat dit niet het huis van de Padre was, maar dat er iemand anders woonde.

Wij staken het voetpad over toen een bokser, met zijn gezicht verborgen in een sweatshirt met capuchon, slagen en hoekstoten in de lucht plaatsend, achteruit kwam rennen. Er schoot hem een rolschaatser voorbij, waarvan hij zo schrok, dat hij snelle, heftige stootjes uitdeelde.

Kevin ging ons voor, een heuvel op, in de richting van de tennisbanen, naar dik struikgewas achter een bakstenen administratiegebouw. Daar voorbij hoorde je het gepiep van sportschoenen en het slaan van ballen. Kevin wees naar de struiken.

Ik trok losse takken weg. Die zaten niet in de grond, ze waren er alleen aangebracht om het struikgewas nog dichter te maken. Francis X. had dat waarschijnlijk in Vietnam geleerd. Gregory greep zijn revolver toen ik naar binnen keek.

Het was een klein leeg grasveldje dat platgetreden was tot een gladde bodem. Er hing een groot stuk zeildoek aan palen die in de grond gestoken waren. Potten en pannen stonden opgestapeld in een oranje kist. In een gevorkte stok zat een slang die door de struiken leidde in de richting van de tenniskantine. In een melkkrat van bruin plastic zaten een hamer, een rol toiletpapier en een verfbus met opgedroogde brandweerrode verf. Uit een andere kist stak een licht gebogen stuk betonstaaf, ongeveer zestig centimeter lang, bedekt met bloed en plukjes haar.

'Ik kan het moordwapen zien,' zei ik, 'we moeten voor een huiszoekingsbevel zorgen.'

'Voor struiken hoeft dat niet,' zei Gregory. 'Het park is openbaar terrein.'

'Niet tegenspreken, Joe. Ga brigadier Drumm halen en lees een keer de wettelijke voorschriften door, alsjeblieft.'

'Daar heb ik jou voor,' zei hij.

Kevin zat in het gras naast me te wachten tot Gregory terugkwam. Het gras geurde sterk en was vol lentezaden. Er kwam een groep tieners over het pad met dekens en papieren zakken.

'Ga maar liever naar huis, Kevin,' zei ik.

'Er is niemand thuis.'

'Ga dan naar Angel.'

'Angel is daarboven,' zei Kevin, naar de boomtoppen wijzend. Ik herinnerde me dat we vanmiddag rond twaalf uur een zonsverduistering zouden hebben.

'In de lucht?' vroeg ik.

'In de lucht in een vliegtuig.'

'Wat doet hij in een vliegtuig?'

'Hij krijgt een operatie om een meisje te worden.'

'Wanneer is dat gebeurd?'

'Het is nog niet gebeurd. Als hij daar is, krijgt hij een operatie en wordt hij een meisje.'

'Maar is hij dan al weg?' zei ik.

'Ja, hij is weg. Met een vliegtuig.'

Kevin keek weer naar de lucht. Ik vroeg me af waar Angel plotseling het geld vandaan had, maar ik maakte me meer zorgen over het feit dat het park volliep met Latijns-Amerikaanse jeugd. Ik merkte op dat grote groepen van beide kanten van het park aan kwamen lopen, op weg naar de grote weide.

'Ze houden een vergadering,' zei Kevin. 'De Latin Kings.'

'Waar gaat die vergadering over?'

'Over respect.'

'Wat houdt dat in, Kev?'

'Dat niemand ze iets kan maken.'

Ik wist wel iets van de Kings af. Ik had jaren geleden een rapport geschreven voor de Criminele Inlichtingendienst. Ze waren gigantisch gegroeid en wilden niet langer een bende genoemd worden; ze waren een familie geworden.

Kleine groepen bendeleden kwamen uit alle richtingen aanlopen. Er was een verbazingwekkende hoeveelheid vrouwen bij. Ik wist ook dat er een Puertoricaanse meidenbende bestond, de BICs, de Boricua's In Charge. Ik vroeg me af waar Gregory zo lang bleef. Rond het middaguur zou de zonsverduisering plaatsvinden en ik wou gedurende die periode niet in het park zijn.

De bendeleden droegen allemaal gekleurde kralen om enkels, polsen en hals, veelkleurige rijen kralen, waarmee ze te kennen gaven bij wie ze hoorden. De Latin Kings en Queens droegen geel en zwart, drie gele, drie zwarte rijen. Sommige snoeren reikten tot aan het middel.

Het leek kouder te worden. Ik keek op mijn horloge en vond dat Gregory al terug had moeten zijn. Er kwamen steeds meer jongeren bij. Andere groepen. De Netas, een oude Puertoricaans-indiaanse volksnaam voor de feestelijkheden van een nieuwe aankomst. Zij droegen witte, rode en zwarte kralen, met een kruisje, als een rozenkrans.

Ik schrok van een plotselinge donkerte. Ik tuurde met dichtgeknepen ogen naar de blauwe hemel, niet om naar Angel te kijken, maar omdat ik me bezorgd maakte om de zonsverduistering. Het was een man die in de zon stond. Een man met een groot houten kruis.

'Broeder Ryan,' zei Francis X.

Hij zag er gehavend uit, zijn armen ontveld alsof hij door een vrachtwagen was meegesleurd. Een enorme striem liep over de rechterkant van zijn hoofd.

'Je hebt een dokter nodig,' zei ik.

Er kwam een patrouillewagen de heuvel op in onze richting. Twee jonge agenten sprongen eruit en zochten dekking achter hun openstaande portieren. Ik greep Kevin in mijn armen en draaide me met mijn rug naar de smerissen.

'Ik ben in dienst!' schreeuwde ik en zocht mijn zak af naar mijn penning. 'Niet schieten, ik ben in dienst.'

'We gaan de Padre arresteren,' zei een smeris. 'Het is op de radio's. Een bevel dat over de hele stad is uitgevaardigd.'

'Ik heb hem onder arrest,' zei ik.

'Boei hem dan, verdomme,' zei de smeris.

Ik hief mijn hand op naar Francis X. met het gebaar 'daar blijven, niet bewegen'. Ik probeerde mijn handboeien los te maken van de achterkant van mijn riem, maar dat ging niet zo gemakkelijk, omdat ik ook Kevin vasthield. Toen hoorde ik de stem van Gregory, die tegen allen zei dat ze rustig moesten blijven. Ik draaide me om en zag Gregory en Drumm. Achter hen kwamen de Latin Kings de heuvel op in onze richting. Francis X. begon te zingen, een diep kreunend geluid, met dezelfde woorden die ik hem ook op de speelplaats had horen zingen: 'Maak mij tot een instrument van Uw vrede.' Zijn mond was zó droog dat ik kon horen hoe zijn tong vast bleef plakken. Een windvlaag deed de bladeren boven ons ruisen.

'Wij hebben een telefonisch arrestatiebevel gekregen,' zei Gregory.

Francis keek naar de zon en kwam op me toelopen. Ik hoorde de revolvers klikken. Er kwamen nog meer patrouillewagens het grasveld over.

'Broeder Ryan,' zei Francis.

Een van de Latin Kings schreeuwde: 'Hé man! Waarom laten jullie de Padre niet met rust?'

'Wacht, verdomme, wachten allemaal!' schreeuwde ik.

Ik zette Kevin neer en duwde hem in de richting van Gregory. Francis X. had zijn mond openstaan en zijn lege ogen waren op mijn gezicht gefixeerd. Ik legde mijn hand op zijn schouder; zijn armen voelden krachteloos aan.

'Jouw werk is nog niet volbracht, broeder Francis,' zei ik zachtjes. 'Maria is nog niet met je klaar.'

Francis X. keek opnieuw naar de hemel. Ik kon niet zeggen of de verduistering al had ingezet. Volgens mij zag de zon er niet anders uit. Maar ik wist niet wat hij zag.

'Het is een volgend teken,' zei ik. 'Maria heeft een nieuwe

kudde voor je, een missie die jou nodig heeft, broeder Francis. Zij wil dat ik je erheen leid.'

Hij hield zijn handen naar mij uitgestrekt met de armen bij elkaar. Ik hoorde het klikken van de tanden van mijn handboeien door de blokkeerpal.

29

Toen Caprice Antonucci de volgende ochtend op de deur bonsde, stond Leigh naakt op het bed over me heen, met een opgerold tijdschrift naar een vlieg te meppen. Het bed schudde, de mini-jaloezieën dansten en sprongen en met iedere klap vloog er stof op.

'Wat is er in godsnaam aan de hand?' zei ik.

'Een vlieg,' zei ze, naar de stoep voor de deur glurend.

'Nee, ik bedoel of er iemand aan de deur is?'

'Ja, Caprice Antonucci,' zei ze, maar ze bleef meppen.

'Wil je dat ik het doe?' zei ik. 'Ik bedoel de deur openmaken?'

'Nee. Ik doe al het andere,' zei ze. Ze schoot een peignoir aan en rende de trap af. De mini-jaloezieën dansten nog steeds.

Leigh had een paar dagen extra vrij genomen om zich op de bruiloft voor te bereiden en had geen rust meer in haar kont. Ze stond al vroeg op om onze zoon in Los Angeles te bellen. Ik weet zeker dat hij blij was om vier uur in de ochtend zijn moeders stem door de telefoon te horen. Daarna had ik gehoord hoe ze beneden met de stofzuiger door het huis scheurde. Ik ging er vanuit dat ze op het punt stond onder de douche te springen, toen ze de vlieg ontdekte. Nu hoorde ik haar de trap opkomen.

'Caprice Antonucci is beneden,' zei Leigh, die haar peignoir uittrok en de grond afzocht naar haar ondergoed. 'Ze wil je spreken.'

'Heeft ze gezegd waarover?' vroeg ik.

'Heb ik niet gevraagd. Ze zit in de keuken. Kam je haar voor je naar beneden gaat.'

Ik trok een spijkerbroek aan die ik over de stoel had gegooid. Leigh stond weer met het tijdschrift in haar hand en speurde de ramen af op zoek naar de vlieg.

'Wat heeft Tony gezegd?' vroeg ik.

'Hij zei: "Ma, weet je wel dat het vier uur in de ochtend is?"'

'Ik bedoelde wat betreft de bruiloft?'

'Hij komt. Hij zei dat hij altijd naar haar bruiloften is gekomen.

Hij had Margaret gisteren nog gesproken. De plechtigheid is nog steeds op het strand gepland, als het weer het toelaat.'

'Hoe komt het dat ik dat niet weet?'

'Ik heb het je gezegd. Jij luistert niet. Nou, schiet eens op, trek wat fatsoenlijks aan en ga naar beneden. Je hebt bezoek.'

Bezoek, dacht ik. Ik heb al in geen tien jaar meer bezoek gehad. Ik greep een sweatshirt en liep naar beneden. Caprice Antonucci zat aan mijn keukentafel.

'Het spijt me dat ik u uit bed heb gehaald,' zei Caprice.

'Dat heb je niet,' zei ik. 'We waren aan de telefoon.'

Caprice droeg een strakke spijkerbroek en een sweatshirt van de Knicks. Ze leek jonger zonder een uniform aan en ook dunner, zonder al die leren toestanden om haar heen. En ze klonk zenuwachtig.

'Ik heb gehoord hoe u gisteren de Padre hebt aangehouden,' zei ze. 'Alle smerissen hadden het erover. Dat was cool. De manier waarop, bedoel ik.'

'Dank je,' zei ik.

Leigh had zich aangekleed, ze liep in een van mijn flanellen hemden. 'Ik ga naar achteren om de grote koffer uit de schuur op te graven,' zei ze.

'Gaan jullie op vakantie?' zei Caprice.

'Zaterdag gaat Margaret trouwen,' zei Leigh.

'O, cool,' zei Caprice.

'Ik laat jullie maar babbelen,' zei Leigh. 'Ik heb verse koffie gezet. Het spijt me, er zijn geen donuts in huis. Ik weet hoe gek jullie smerissen op donuts zijn.'

'Leuk hoor,' zei ik.

Toen de deur dicht was, zei Caprice: 'Mevrouw Ryan is echt een te gek gaaf mens. Alle kinderen op school mogen haar.'

Caprice had kortgeknipt stoppeltjeshaar. Het had een donkere koperkleurige tint, de kleur van een Ierse setter. Ze had hoekige gelaatstrekken, een kleine vierkante kin, sproetjes rond haar neus en geprononceerde boventanden.

'U hebt toch met Sonny Guidice gewerkt?' zei ze. 'Toen u nog op bureau Vijf Eén werkte. Het is me er eentje, hè?'

Bij het heldere zonlicht in mijn keuken, kon ik zien dat Caprice Antonucci rode wenkbrauwen had en donkerbruine ogen, die mij strak aankeken.

'Onder andere,' zei ik.

'Ik dacht dat jullie misschien oude vrienden waren,' zei ze, 'tot ik hoorde dat u met hem had gevochten.'

'Ik kan Sonny niet uitstaan,' zei ik, 'nooit gekund ook.'

Ze lachte en keek om zich heen of ze de koffiepot zag. Ik begreep de boodschap, stond op en schonk twee kopjes in.

'Ik heb samen met uw zoon eindexamen gedaan op Sacred Heart,' zei ze. 'Tony vertelde allerlei verhalen over wat u deed. En daardoor kreeg ik het gevoel dat ik ook bij de politie wilde.'

'O, stel me niet verantwoordelijk,' zei ik.

Ze lachte opnieuw, een beetje te hard. Ik vroeg me af of ze dat verzon om aardig over te komen. Het verbaasde me te horen dat mijn zoon over mij en mijn werk had gepraat. Ik kon me niet herinneren dat ik hem zelf zoveel verteld had. Misschien had Leigh dat gedaan.

'Mag ik met u over iets praten?' zei ze.

Ik kon aan de manier waarop ze me aankeek, met wijd openstaande ogen en een iets openhangende mond, zien dat het niet zomaar iets was.

'Je bent toch niet aangesloten, hè?' zei ik.

'O jee. Nee hoor,' zei ze. 'Kijk me maar na.' Ze ging staan en hield haar sweatshirt omhoog tot aan haar hals, waardoor ik een beige kanten beha en kleine sproetige borsten te zien kreeg.

'Goed, goed,' zei ik toen ze zich omdraaide om haar rug te laten zien. 'Het was maar een grapje.'

Caprice ging zitten en staarde in de ruimte boven mijn hoofd. Haar parfum rook naar vanille, maar was niet erg verrassend.

'Ik heb met Paul Verdi op de academie gezeten,' zei ze. 'Een goeie knul. Echt waar. Hij was gestoord in die tijd. Ik bedoel niet echt gek, maar prettig gestoord. Begrijpt u wat ik bedoel?'

'Jazeker. Ik heb een partner die ontzettend rationeel is, maar met wie je erg kunt lachen.'

Ze draaide het kopje in haar handen rond en slaakte een diepe zucht. Haar tanden hadden diepe groeven achtergelaten op haar onderlip.

'Ik weet niet of ik hier goed aan doe, meneer Ryan. Ik wil niet dat iemand denkt dat ik een verklikker ben, maar ik heb een gruwelijke hekel aan wat zich in Vijf Eén afspeelt.'

'Zoals?' vroeg ik.

Caprice had grote handen voor een vrouw. Haar nagels waren kort afgeknipt, met een doorschijnende lak.

'De meeste smerissen die ik ken zijn prima lui,' zei ze, 'ze doen hun werk en steken dagelijks hun nek uit.'

'Maar,' zei ik.

'Paultje heeft me een paar dingen verteld,' zei ze. 'Ik zit er niet op te wachten om een vrouwelijke Serpico te worden, of zoiets. Maar hij heeft me verteld over het geld dat ze verdienden, dingen die ze deden.'

'Wie zijn "zij"?'

'De ploeg van Sonny. Eerst waren het alleen Paultje en Marc Ross; nu heeft hij Timmy er ook bij gehaald.'

'Die jongen met zijn geschoren kop.'

'Ja. En hij probeert er nog iemand bij te betrekken. Sonny heeft de jongens die van zes tot twee werken om zijn vingers gewonden. Paultje wilde eruit stappen. Hij wilde er ontzettend graag uitstappen. Sonny zei dat het te laat was.'

'Eerst een vinger, dan de hele hand.'

'Wat?' zei ze.

'Een oud gezegde,' zei ik. 'Wat voor dingen heeft Paultje je verteld?'

Caprice vertelde dat Sonny een of andere afspraak had met de Highbridge Boys, de drugsbende van Manhattan. Hij werd betaald om al hun rivalen uit de handel te drukken, zodat de Highbridge Boys de gehele Bronx konden overnemen. Sonny had een loopjongen die alles rechtstreeks met hen afhandelde; Sonny mengde zich er nooit in. Maar hij nam geld en drugs in beslag en verkocht dat aan de Highbridge Boys.

Het werkt perfect, had Paultje gezegd, omdat ze doorgingen met het arresteren van sommige Highbridge-dealers. Sonny arrangeerde die arrestaties. Hij stuurde hen naar een bepaalde plek, waar een vent op hen zou staan te wachten. Die vent zou in de auto meegaan, met drugs in zijn bezit. Het enige dat zij moesten doen was naar het bureau rijden en een proces-verbaal opmaken wegens bezit en verkoop van verdovende middelen.

'Dat noemen ze een schikkingsarrestatie,' zei ik.

De rechercheurs in burger van de oude divisies arrangeerden arrestaties met gokbazen van de maffia. De bazen betaalden een of andere arme sloeber om zich te laten arresteren. Die sukkel stond op een hoek te wachten met nummertjes in zijn jaszak, meestal net genoeg om het illegaal te maken. Dan arresteerde de rechercheur hem, maar hij kreeg strafvermindering of de zaak werd geseponeerd. De smerissen konden echter een arrestatie bijschrijven om aan hun quotum te voldoen, zodat ze ogenschijnlijk gewoon hun werk deden.

'En hoe zit het met de handel van Santana?' vroeg ik.

'Hetzelfde als de rest. Hij wordt eruit gedrukt. Paultje zegt dat hij een koppige donder is, dus doen ze hem met geweld de das om.'

'Weet je dat heel zeker?'

'Ik weet alleen wat Paultje heeft verteld,' zei ze, haar schouders ophalend. 'Daarom vraag ik u om advies. Ik weet niet wat ik anders moet.'

Ik kon Leigh in de schuur tekeer horen gaan. Ze dreigde altijd dat ze die eens flink zou gaan uitmesten. Ik vreesde dat dat moment was aangebroken.

'Wat heb je met je eigen ogen gezien, Caprice? Dingen die illegaal waren?'

'Drugs. Ze hadden allemaal drugs. Ik heb geld gezien. Paultje had een hele bundel biljetten. Sonny had hem gezegd dat hij niet met geld moest zwaaien. Geen mooie auto's en dergelijke. Hij beheerde het geld voor hen alledrie. Hij gaf ze telkens een afgepast bedrag.'

'Heb je Sonny, of een van hen, ooit met een dealer zien praten?'

Ze schudde langzaam haar hoofd en het leek alsof ze aarzelde. Ze begaf zich op gevaarlijk terrein. Smerissen die in gettowijken opereren, beschouwen zichzelf als lui die in een afgelegen buitenpost zitten. Daarom dragen zoveel bureaus de bijnaam van een fort: Fort Apache, Fort Surrender. Het is een soort vreemdelingenlegioen, dat voor overleving van elkaar afhankelijk is. In staat van beleg verschuilen ze zich achter de muur van het fort. Een zwijgende, blauwe muur. Dat wist ik uit ervaring, want ik had zelf genoeg tijd achter die muur doorgebracht.

'Heb jij ooit de IAD opgebeld?' zei ik. 'Nog laat in de nacht?'

'Een paar keer,' zei ze. 'Ik hoopte dat ze Sonny te pakken zouden nemen, voordat het met Paultje voorgoed mis zou gaan. Ze hebben er niets mee gedaan.'

'Denk je dat de betrokkenheid van Paultje in deze corruptiezaak tot zijn dood heeft geleid?' zei ik.

'Ik geloof niet dat hij zomaar vreemde vrouwen zou hebben meegenomen naar dat smerisgat. Niet de Paultje zoals ik hem kende.'

'Hij zou er geen vrouw mee naartoe nemen.'

'Zeker niet.'

'Had hij een vriendin?'

Ze stond op en liep naar de gootsteen. Ze spoelde haar kopje om en zette het op het afdruiprek. Ik kon het antwoord op mijn volgende vraag al van haar gezicht aflezen.

'Hadden jij en Paultje een verhouding?'

'Moet u horen, meneer Ryan,' begon ze, 'ik ken zijn vrouw en kinderen en dergelijke. Ze heeft al genoeg verdriet. Begrijpt u wat ik bedoel?' Ze pakte haar jasje. 'Ik denk dat ik er ook een puin-hoop van heb gemaakt. Nu, op dit moment.'

'Nee, dat heb je niet,' zei ik.

Nadat Caprice vertrokken was, belde ik Delia. Ze zat ergens anders. Er was een vergadering van de hoofden van de ordehand-having, met een barbecue op het dak van het John Jay College.

Ik liep naar de computer om te zien of ik in de arrestaties van Sonny's team een patroon kon ontdekken, dat bevestigde waar Caprice over had gesproken. De moeilijkheid bij een analyse van gegevens over een arrestatie was, dat er zelden in stond wat de beschikking was geweest. Er gingen vaak maanden overheen om een zaak helemaal af te ronden en niemand nam de moeite om de beschikking in het rapport bij te schrijven.

Ik bladerde door de arrestaties en stopte bij de aanhouding van Hector en Tina Marquez door Ross. Niet omdat er iets bijzonders mee aan de hand was; de arrestatie zag er, zoals alle andere, op papier goed uit. Maar één woord trof mijn oog: Camel. Ross was erg grondig. Hij had een lijst opgesteld van alle persoonlijke bezit-tingen die hij bij Hector Marquez had aangetroffen: zevenenveer-tig dollar en vijfendertig cent in Amerikaanse valuta, een buisje Chap Stick, een pakje Camel. We hadden op de plaats van de moord op Paul Verdi een peuk gevonden van een Camel-sigaret, zonder filter. Het verslag van Ross vermeldde niet of Hector siga-retten met of zonder filter rookte.

Op weg naar John Jay reed ik over Columbus Avenue. Op de hoek van West 78th zat een zuigeling, helemaal ingesnoerd in een nylon sneeuwpak en met een wollen muts op, op een echte pony tegen een bakstenen flatgebouw. De ouders dansten voor het kind heen en weer om het te laten lachen voor de fotograaf. Het was een pijp-rokende fotograaf.

Het John Jay Rechten-college was een nieuw, modern opge-trokken gebouw, achter de oude gevel van DeWitt Clinton High School op 10th Avenue en 58th Street. Ik rende de oude trappen op en nam toen de nieuwe lift naar boven. Ik stak de tennisbaan over en de sintelbaan die langs het dak liep. Uit de houtskoolgrills steeg rook op. Ik trok Delia uit de rij die stond te wachten voor een hamburger en vertelde haar het verhaal van Caprice Antonucci.

'Bel de IAD,' zei ze, schouderophalend.

'Ik ken dit meisje, Delia. Ze heeft bij mijn kinderen op school gezeten. Ik ben niet van plan haar voor de wolven te gooien.'

'Je hebt geen keus. Trouwens, wat voor geldige reden hebben we om de IAD erbuiten te houden?'

'Ik dacht dat we het konden opnemen in het hoofdonderzoek inzake de moorden op Verdi en Ross. Ik vond dat wij het zelf aan de officier van justitie moeten voorleggen.'

'Dan heb je verkeerd gedacht,' zei ze.

Boven ons vloog een reclameluchtschip, dat de oostelijke oever van de Hudson bestreek. Ik keek eens naar de rij ex-smerissen en ex-FBI-agenten. Met velen van hen had ik in het verleden samengewerkt. Nu zagen ze eruit als de zakenlieden die ze waren geworden.

'Hoe denk je dat zoiets overkomt?' zei ze. 'Mijn ex zit bij de IAD en ik ga hen steeds uit de weg. Ik zal je vertellen wat ze daarvan zullen zeggen: dat ik een of andere verbitterde, versmade vrouw ben, die haar gezonde oordeel laat vertroebelen door emoties. Dat wil ik niet hebben, nooit. Nee, nooit.'

Gedurende de periode dat ik met Delia samenwerkte, was ik het feit dat ze zich achter formele regels verschool als dat beter voor haar uitkwam, zeer hinderlijk gaan vinden. Al dat smoezen dat ze deed om haar carrière vooruit te helpen, hinderde me niet; ik kende een flink aantal kerels die haar het etiket wilden opplakken dat ze een schuwe kluizenaar was. Maar je moet je niet achter formaliteiten verschuilen.

'De IAD is al ingeschakeld,' fluisterde Delia. 'Ze hebben een val opgezet in een appartement aan Crotona Park East.'

'Fijn dat je het me nu vertelt,' zei ik.

'Ik kon het je niet vertellen, dat weet jij ook wel. Ik had het je helemaal niet mogen vertellen.'

'Ik had gehoopt dat je me niet in een dergelijke positie zou brengen.'

'Dat heb je zelf gedaan.'

Sid Kaye liep naar de microfoon en vroeg iedereen te gaan zitten zodat de vergadering kon beginnen. Ik ging naast Delia op een houten picknickbank zitten. Delia at haar hamburger met mes en vork. Sid Kaye liet niets heel van *Robert's Rules of Order*.

'Ze heeft het alleen maar van horen zeggen,' fluisterde Delia. 'We schieten niets op met dingen van horen zeggen. Iemand moet een apparaatje op haar aansluiten waarmee ze naar Sonny gestuurd kan worden. Kijken of ze hem zover kan brengen dat hij iets op de band zegt.'

Ik dacht na over de gevolgen voor Caprice Antonucci als ze tegen Sonny werd ingezet. Wat het zou betekenen voor de rest van haar jonge leventje in dit vak. Ik wist ook wat het zou betekenen voor de vrouw van Paul Verdi, omdat de advocaat van Sonny zeker haar verhouding met Paul zou gebruiken om haar in diskrediet te brengen.

'Bel de IAD,' zei ik, 'laten we een val zetten.'

'Denk je werkelijk dat ze het zal doen?' zei Delia.

'Nee,' zei ik, 'ik doe het zelf.'

30

De volgende dag reed Gregory mij naar Hudson Street, waar een technicus van de IAD met wit plakband een lijfmicrofoontje op mijn borst aanbracht. Het was verbonden met een zendertje, ongeveer van de grootte van een half pakje speelkaarten, dat op mijn rug werd vastgeplakt, ter hoogte van mijn middel. Een draadje krulde rond mijn middel, omhoog naar mijn borst. Ze stonden erop me de juiste procedures in te prenten, ze lieten me zelfs een formulier ondertekenen, waarin ik bevestigde dat ik op die manier was geïnstrueerd.

Nadat ze klaar waren, reden Gregory en ik naar de Market Diner waar we een koffie, een thee en twee sandwiches met gebakken ei kochten. Het was twaalf uur in de middag en in plaats van terug te rijden naar het hoofdbureau, parkeerde hij met zijn neus naar de East River, even ten noorden van de vismarkt van Fulton. Ik moest twee uur zoet brengen voordat ik Sonny Guidice zou ontmoeten.

'Bel je vriend van de gevangenis,' zei ik. 'Laat hem de status van Hector Marquez onderzoeken.'

'Waarom?'

'Omdat hij Camel rookt,' zei ik.

'Hij rookt ze in de gevangenis.'

'Doe me gewoon een lol en ga na of hij daar nog zit.'

We stonden met de neus naar het donkere water, onder de East Side Drive. De voorkant van de T-bird wees naar het gebouw van de Wachttoren in Brooklyn aan de overkant. Het plakband zat helemaal om mijn ribbenkast gewikkeld en leek bij iedere ademhaling strakker te gaan zitten. Gregory deed de zak open en legde de sandwiches op de krant tussen ons in. Ik gaf hem de pakjes ketchup uit het handschoenenkastje.

'Heeft de IAD het appartement al helemaal ingericht?' zei hij.

'Delia zei dat het er prima uitziet, als een opslagplaats van verdovende middelen. Met meer verborgen camera's en microfoons dan in een televisiestudio.'

'Hoe wil je Sonny laten happen?' zei hij. 'Jullie kruipen nou niet bepaald in en uit mekaars reet.'

'Hebzuchtige lui zijn gemakkelijk,' zei ik.

Op de rivier voer een sleepboot snel in de richting van Governors Island. Achter ons stonden een paar vrachtwagens, achterblijvers van de nachtelijke chaos van aanvoer op de vismarkt. De uitlaatgassen wolkten naar boven, naar de snelweg boven ons.

'Denk jij dat het wat oplost?' zei hij. 'Smerissen als Sonny zullen altijd een manier vinden om te stelen.'

'Dan gaan we het ze een beetje moeilijker maken.'

'Dat soort dingen verander je niet, maat. Lees de kranten maar. De jeugd die we nu aangevoerd krijgen, is niet opgevoed zoals wij.'

'Ga me niet vertellen dat het in de ouwe tijd beter was. Ik herinner me die ouwe tijd nog heel goed. Het waren geen gloriedagen.'

De vismarkt lag er verlaten bij, alle kraampjes waren gesloten. En toch kon de dieselgeur de overweldigende stank van vis niet smoren.

'Herinner je je de laatste keer dat we hier stonden?' vroeg hij.

De laatste keer dat Joe en ik op deze plaats hadden gestaan was nog voor de bouw van de South Street Seaport in 1983. Het was een koude dag geweest, eind maart. Joes vader Liam was toen bij ons geweest. We hadden gesproken over diens betrokkenheid in een oud onderzoek. Die dag wierp ik een bewijsstuk in de rivier, alleen maar omdat Liam me dat vroeg.

'Toen we hier die dag wegreden,' zei Gregory, 'zei mijn ouweheer dat hij zojuist het ergste had gedaan dat een smeris kan doen. Hij was er beroerd van dat hij jou erin moest betrekken.'

'Ik begreep het wel. Dat was een andere situatie en een andere tijd.'

'Ik heb die dag gezworen dat ik altijd achter je zou staan, hoe dan ook, maatje. En dat geldt nog steeds. Het is mijn zaak niet, maar ik ga met je mee in deze kwestie. Voor honderd procent.'

In de stilte van de wagen kon ik de klok horen tikken. Enorme, groezelige zeemeeuwen doken neer op de mosselschelpen die tegen het gevlochten hekwerk gegooid waren. Ze pakten ze herhaalde malen op en lieten ze weer op straat vallen tot de schelp brak en ze bij het vlees konden komen.

'Sommige jonge smerissen zijn zo slecht nog niet,' zei hij.

'Ze hebben tijd nodig. En de juiste leraren. Niet kerels als Sonny Guidice.'

Politieman zijn is een baan waarin je geheel op ervaring leunt. Je moet jaren in een drukke wijk op straat gewerkt hebben om eelt op je ziel te kweken. Minimaal vier jaar. Zes is nog beter. Duizend nachten heb je nodig om de zenuwen de baas te blijven die je handen lamleggen en je ogen misleiden tijdens achtervolgingen van inbrekers in donkere koude loodsen; de balans te vinden tussen meegevoel en waakzaamheid bij een onvoorspelbare echtelijke ruzie; te leren je hoofd koel te houden tijdens wilde achtervolgingen met loeiende sirenes en felle zwaailichten; een gewapende man, een vuurgevecht. Er zijn jaren voor nodig om het proces van zelfbeheersing fijn af te stemmen en te weten wanneer je moet handelen en wanneer je je moet terugtrekken; wanneer je moet schieten en wanneer je dekking moet zoeken. Dat heeft tijd nodig en een goede begeleider; sommige jongeren krijgen van beide niet voldoende.

'De IAD kan me vandaag niet gebruiken,' zei Gregory.

'En jij kunt dit helemaal niet gebruiken,' zei ik. 'Je bent nog maar een paar dagen verwijderd van je voorzitterschap van de Emerald Society.'

'Zaterdag is de verkiezing. Het is al zover.'

'Veel geluk,' zei ik. 'Maar je wint gemakkelijk.'

'Vroeg en veel gaan stemmen,' zei hij.

Goedgeklede mensen liepen met drankjes in de hand over de pier van de zeehaven te slenteren. Mijn huid begon te gloeien; ik probeerde niet te krabben. Op een betonnen verhoging achter een rij kraampjes stond een zwerver in de rivier te piesen.

'Het is nog niet te laat om van gedachten te veranderen,' zei Gregory.

'Het is al jaren te laat,' zei ik.

Ik stond naast mijn autoportier met mijn overhemd opengeknoopt terwijl inspecteur Bruce Browne de aan-knop ingedrukt vastplakte, zodat die niet per ongeluk afgezet kon worden als ik achterover ging zitten. Hij liep wuivend weg, zonder verdere woorden voor het nageslacht. Ik zat alleen in mijn auto.

'Hier rechercheur Anthony Ryan,' zei ik. 'Penning nummer zeven één twee, van de hoofdafdeling recherche.' Ik las voor van het gebruikelijke formulier en sprak de opengelaten plekken in. Dat formulier was een verbleekte kopie van een oude kopie, erg gespikkeld en bij elke nieuwe kopie verbleekte de tekst nog meer. De tekst was het opschrift voor een bandje dat later zou worden uitgetypt om een officier van justitie ter hand te stellen. Het was de standaardtekst die we altijd gebruikten. 'Het is 12 mei, 1994, dertien uur dertig. Ik sta op het punt agent Alphonse Guidice te ontmoeten, penning nummer tweeëntwintig zeven drie, in verband met het hoofdonderzoek naar geval nummer één één vijf, schuine streep, vierennegentig.'

Toen ik klaar was, verscheurde ik het script en gooide het in het riool. Ik keek door mijn achteruitkijkspiegeltje naar de blauwe Buick achter me. Inspecteur Browne stak zijn duimen op. Hij had ieder woord verstaan. Voordat ik de tekst had voorgelezen, was het nog niet tot me doorgedrongen dat het morgen vrijdag de dertiende was.

Ik probeerde niet mijn keel te schrapen of te diep te zuchten. Browne met nog twee smerissen van de IAD zaten in de Buick achter me. En in de verte, achter hen, zag ik de T-bird van Gregory.

Sonny had gezegd dat hij me zou ontmoeten bij een afgekeurde pier, onder de helihaven van East River. Ik ging over de afrit van 23rd en maakte een scherpe bocht naar rechts door de poort, waar ik onder de bocht van de snelweg parkeerde. Alle dramatische ogenblikken in mijn leven moesten blijkbaar in de buurt van water plaatsvinden.

Er landde juist een helikopter. Ik bedekte mijn ogen toen er aarde en rommel begon rond te wervelen. Dat lawaai zou nog een probleem worden. Ik moest het gesprek onder controle houden en het aas uitgooien als het lawaai minder werd. Ik vroeg me af of Sonny deze plaats om die reden had uitgekozen. Maar hij woonde in Stuyvesant Town, een paar blokken verder. Hij zei dat hij hier heel vaak naartoe ging. Een groepje mannen in kostuum klom uit de helikopter en er stond een andere groep te wachten om in te stappen.

Ik liep langs het landingsplatform over een smal geasfalteerd pad dat langs de snelweg leidde. Sonny stond op de pier roodgestreepte golfballetjes in de East River te slaan.

'Ryan, ouwe rotzak,' zei hij.

Sonny had zwarte hechtingen op zijn onderlip, vanwege zijn onzachte landing op mijn hoofd. Hij droeg een kakibruine korte broek, goedkope sportschoenen en een versleten zwarte zweetband met de tekst 'geen angst'. Op zijn schouder lag de grootste golfclub die ik ooit had gezien. Ik liep tot vlakbij hem, bezorgd over de helikopter, de snelweg en de zeemeeuwen. Hij maakte een gebaar dat ik achteruit moest stappen, toen sloeg hij een bal ver weg, zodat het zeker leek dat hij een tanker zou raken. Het scheelde niet veel.

'Ik ben gekomen om mijn verontschuldigingen aan te bieden,' zei ik, in een poging boven de herrie uit te komen. 'Ik dacht werkelijk dat je iets te maken had met de moorden op de dealers van Santana.'

'Dat wist ik wel,' zei hij. 'Ik was van plan om een stuk betonstaaf mee te nemen, bij wijze van geintje. Maar ik wist niet of jij nog wel tegen geintjes kunt.'

Achter hem stond een blauwe bowlingtas vol met roodgestreepte terreinballen en een witte plastic zak van D'Agostino met gele tees. Hij wrikte een tee in een scheur van het rottende hout. Met iedere klap brak hij een tee af. De helikopter stond nog altijd te draaien. Ik vond het beter om te wachten tot hij opsteeg.

'Zie jij nog wel eens iemand van de oude garde van Vijf Eén?' vroeg ik.

'Weet je wie ik afgelopen winter nog gezien heb,' zei Sonny, boven het lawaai uitschreeuwend. 'Jimmy Rigney. Hij woonde in een woonwagenkamp in St. Pete.'

'Daar noem je iemand,' zei ik.

'Ik heb me rotgelachen om zijn verhalen,' zei Sonny. 'Hij herinnerde me eraan dat hij degene was die me mijn eerste twee dollar tijdens de dienst bezorgde. Uit een bodega, op een zondag. Ik had straatdienst op Claremont. Rigney zit in de wijkauto en hij stopt. Hij vraagt of Pedro al met me heeft afgerekend. Ik zeg, wie? Hij stapt uit, grijpt me bij m'n hemd en trekt me die bodega in. Hij stapt regelrecht achter de toonbank en maakt de kassa open. De Puertoricaan die de baas is, geeft geen kik. Rigney haalt er twee dollar uit, geeft ze aan mij en zegt: 'Hier, dat is van jou. Je moet die lui niet in de watten leggen.'

Hij sloeg een harde kromme bal met effect, die steeg hoog en viel daarna met een wit plonsje recht in het water.

'Weet je nog van de picknicktafel?' zei hij. 'We hebben ons slap gelachen.'

Een vrouw kwam in een roze stretchpak joggend voorbij, terwijl ze een baby in een karretje op drie wielen over het pad voortduwde. De baby huilde, maar de vrouw zong, helemaal vervuld van haar eigen lichaam en haar walkman. Het wachtende groepje was nu in de helikopter verdwenen. Ze konden ieder ogenblik opstijgen. Sonny wees op een vrachtboot die tegen de stroming in werd gesleept. Hij maakte een boogbeweging in de lucht, wat beduidde dat hij er één op de vrachtboot wilde laten landen.

Ik was het verhaal van de picknicktafel helemaal vergeten. Iedereen, ik incluis, had gezien hoe Sonny de picknicktafel meenam. Wij hadden dienst gehad van middernacht tot acht uur 's ochtends. Sonny had straatdienst bij het park. Volledig geüniformeerd reed hij met zijn oude Ford Fairlane stationcar Crotona Park binnen, waar hij een enorme groene picknicktafel op zijn dak laadde. Die zonnige zondagochtend om acht uur reed hij de wijk weer in met de picknicktafel stevig op zijn dak gebonden en meldde zich af. Daarna reed hij met die groene tafel op zijn dak over de George Washington Bridge, langs de Palisades Parkway naar de achtertuin van zijn huis in Pearl River. Later vertelde hij aan iedereen dat het hem twee weken had gekost om alle 'kut'ten en 'lul'len weg te schuren.

Sonny sloeg een volgende bal naar een vrachtboot; hij kwam er dichtbij.

'Die verdomde Rigney is dood,' zei Sonny. 'Vorige maand. De dokters zeggen dat hij zijn hart heeft opgeblazen. Achtenvijftig was hij. Had geen pot om in te piesen.'

'Rigney heeft nooit goed voor zichzelf gezorgd,' zei ik. 'Ik kan het weten, want ik heb vaak genoeg met hem zitten zuipen.' Toen realiseerde ik me dat dit allemaal op de band stond.

'Toen ik hem in januari zag, was hij al half dood,' zei Sonny. 'Al die kerels. Het is treurig. Dat meen ik. Daar zitten ze dan. Ze kunnen niet eens naar de bioscoop totdat die stomme cheque met hun pensioen komt. Ze leven op zwart zaad. Bang om een biefstuk te kopen, verdomme. Nou, ik niet. Ik niet.'

Sonny sloeg weer een bal naar een tanker. Ook deze kwam er dicht in de buurt, een witte plons voor de grijze boeg. Door een windvlaag kwam een bierblikje over het pad aanrollen.

'Rigney zei dat het de grootste fout van zijn leven is geweest om met pensioen te gaan,' zei Sonny. 'Hij zei dat hij bereid was de vloeren aan te vegen als ze hem weer terugnamen.'

'Hij was ook te jong om al met pensioen te gaan,' zei ik. 'Zeker als je verder niets om handen hebt.'

'Wat had hij moeten doen? Vakkenvullen? McDonald's? Mij niet gezien hoor, dat is zeker. Misschien win ik een keer flink met de races, Ryan, en dan ga ik met pensioen. Een flinke meevaller, de loterij winnen, of iets dergelijks. Dan vertrek ik pas.'

'Ik zie Tina en jou al voor me in Miami.'

'Alsjeblieft, zeg,' zei hij, 'ik kan die meid niet langer dan twee uur velen. Ik zou geen hele nacht met haar willen doorbrengen, al kreeg ik geld toe.'

Sonny zette de golfclub tegen zijn buik en krabde voorzichtig aan de hechtingen op zijn lip. 'Ik ben gewoon een arme stomme smeris,' zei hij, 'die zijn oude dag eenzaam en in armoede zal slijten.'

'Jij bent gewiekster dan je je voordoet,' zei ik. 'Ik dacht echt dat je iedereen te pakken had genomen. Ik wist zeker dat je probeerde quitte te komen met Tito Santana voor de moorden op Ross en Verdi. 'Ik heb je verkeerd ingeschat.'

'Laat maar zitten,' zei hij. 'Je hebt me altijd verkeerd ingeschat. Zelfs toen al, lang geleden.'

De helikopter steeg op, hoog in de lucht zwenkte hij naar het zuiden over de rivier, in de richting van de Williamsburg Bridge. Ik kon de meeuwen weer horen krijsen. Stiller dan dit kon het hier niet worden.

'Ik had Francis X. nooit aangezien voor de moordenaar met de betonstaven,' zei ik. 'Nooit van mijn leven.'

Hij sloeg de volgende bal regelrecht naar een jacht dat te dicht bij de kade kwam. De bal sloeg in tegen de zijkant van de boot en kaatste in het water. Uit de hut verscheen een man in een blauw windjack en keek naar ons. Sonny schreeuwde: 'Krijg de klere!' naar het jacht en zijn stem galmde ver over het water.

'De Padre was volslagen krankzinnig,' zei Sonny.

'Ik vond het nogal griezelig toen hij naar me toe kwam om me te omhelzen,' zei ik. 'Hij begon van alles in mijn oor te fluisteren.'

'Ik dacht dat hij je een dikke natte zoen zou geven,' zei hij.

'Hij stonk als de hel.'

'Die zak heeft geen bad gezien sinds hij uit Creedmoor is losgelaten. Wat fluisterde hij eigenlijk?'

Ik voelde mijn pols versnellen. Ik haalde snel en diep adem.

'Iets over Santana,' zei ik. 'Hij raaskalde maar wat. Over hoe ik de rest van de slangen moest gaan halen. Hij zei dat ze het slangegif in het rode huis bewaarden. Dat oude gebouw op de hoek tegenover de school. De Herman Rider Junior High. In het souterrain.'

Sonny stond daar naar het jacht te staren en wiebelde met de grote club in zijn handen. 'Stom gelul van een gestoorde,' zei hij.

Een man met een Griekse visserspet op stond ongeveer twintig meter van ons af richting het centrum. Hij had een hengel met een dobber die hij in de rivier uitgooide.

'Ik heb dat kind niet willen ombrengen, Ryan,' zei Sonny. 'Je hebt het me nooit vergeven.'

'Het was geen kwestie van vergeven,' zei ik, 'het was een ongeluk.'

'Dat was het ook,' zei hij, 'dat weet ik godvergeten goed. Maar jij gelooft het niet.'

'Ik geloof het,' zei ik.

'Jij lijkt meer op mij dan je wilt toegeven, Ryan.'

'Rot op, Sonny,' zei ik.

Het laatste stukje op de band bestond uit gelach van Sonny toen ik naar de auto terugliep.

Ik reed terug naar het hoofdbureau en zette mijn paraaf op de band als bewijsstuk en gaf het aan Bruce Browne. Gregory las de map met moorden door. Ik gaf hem het telefoonnummer van het adres waar ik in Delaware zou logeren.

'Morgenochtend vertrekken we,' zei ik. Ik voelde me opgelaten, een beetje beroerd op de maag. Ik moest er steeds aan denken dat ik me eigenlijk goed behoorde te voelen.

'Je hebt het juiste gedaan,' zei Gregory.

'Dat weet ik. En bedankt. Ik heb je gezien.'

'Wat heb je gezien?' zei hij, met een knipoog en gebaren naar Bruce Browne.

'Bel me op als er iets belangrijks gebeurt,' zei ik.

Ik was die avond nog op toen Delia belde. Het was nog geen elf uur. Sonny had er geen gras over laten groeien. Hij was naar het appartement gegaan.

'Hij heeft gehapt,' zei Delia. 'En niet zo'n klein beetje ook.'

31

Ik had mijn deel gedaan, de rest moesten zij opknappen. Dat vertelde ik mezelf althans honderden kilometers lang terwijl we op de New Jersey Turnpike zaten. In minder dan drie uur waren we over de Delaware Memorial Bridge en reden we Delaware binnen, links aanhoudend de bordjes volgend waarop stond 'naar het strand'. Ik wreef voortdurend over de knie van Leigh, tot ze mijn hand wegduwde met de opmerking dat ik bezig was haar huid eraf te wrijven.

'Waarschijnlijk zien we Margaret vanavond niet,' zei Leigh. 'Ze moest Cliff naar Virginia rijden om zijn ouders op te halen. Hij heeft een of ander probleem met zijn rijbewijs.'

'Dat verbaast me niets.'

'Wees nou eens aardig,' zei ze.

Leigh had de auto gewassen en al het geschrijf van de vinyl bekleding verwijderd. Het was haar auto, maar wanneer ik erin zat schreef ik kentekens op het vinyl. Dat is een gewoonte die smerissen hebben. Ik zie overal en altijd misdaden gepleegd worden: een auto die staat te wachten bij een geldautomaat, een tobberige figuur die bij een basisschool rondlummelt. Ik schrijf het nummer op en prent het signalement in mijn geest, voor het geval dat. De nummers waren uit de auto verwijderd, maar mijn hoofd zat nog altijd vol met signalementen.

Ofschoon ik niet van rijden houd, vind ik lange ritten over de snelweg wel ontspannend. Dit landschap werd alleen onderbroken door stopborden en haveloze groentestalletjes. Wanneer ik op reis ga, ben ik altijd verbaasd over zoveel open ruimte. Hoe meer we naar het zuiden kwamen, des te groener het gras en de bomen en des te meer bloeiende bloemen. Het leek wel een autoritje naar de lente.

'Zou je hier kunnen leven?' zei Leigh.

'Nee,' zei ik.

'Hoezo niet?'

'Plaatsen buiten New York missen iets. Ik weet wel niet wat, maar het houdt je levendig. Noem het maar soul, het is niet uit te leggen.'

Een zwarte man in een wijnrood pak was bezig een wiel van een roestige El Dorado te verwisselen. Hij stopte om aan zijn hoed te tikken. Een bejaarde vrouw met wit haar in een gebloemde katoenen jurk stond in een veld vol onkruid, helemaal voorover gebogen. Ik vroeg aan Leigh wat de oude vrouw aan het doen was.

'Ze plukt raapstelen,' zei ze.

'Hoe houdt ze die en het onkruid uit elkaar?'

'Op dezelfde manier als jij verdachte dingen opmerkt.'

We zaten nu al vijftien kilometer achter een haveloze blauwe vrachtwagen, een Ford. Op de zijkant stond in plastic letters 'Bobs Caravan-reparaties'. Het werd veel koeler naarmate we de brede hoofdstraat van Rehoboth Beach afreden. Op het trottoir stonden korte, ronde metalen palen in de grond. Leigh zei dat ze hier de parkeermeters na Labor Day weghalen en opbergen tot Memorial Day. Ik kon de ziltigheid in de lucht ruiken.

Ons motel was aan de promenade langs het strand. Ongeveer tien auto's stonden op het parkeerterrein, de onze was de enige met een anti-diefstalslot aan het stuur. Het rook muf in de kamer. Het tapijt voelde vochtig en zanderig aan.

'Wat is dat voor bonzend geluid?' zei ik onder het uitpakken.

'De oceaan,' zei Leigh.

'Maakt die altijd zoveel lawaai?'

Ik liep naar het raam; het glas was aangeslagen van het vocht. Ik liep het balkon op. Recht onder me was een promenade en daarachter een korte zandkleurige strook. Dan kreeg je de oceaan, immens en diep donkerblauw.

Het wateroppervlak leek me te kalm om zo'n luidruchtige golfslag te veroorzaken. Een ouder echtpaar in gele nylon windjacks liep met een pittige pas tegen de wind in, doelbewust met hun armen zwaaiend. 'Lewes Vrijwillige Brandweer' stond er op de achterkant van de jacks.

Even later zat ik op bed de krant te lezen en te luisteren naar de oogstverslagen op het nieuws. De golven sloegen op het strand. Die nacht sliep ik beter dan ik in jaren had gedaan.

's Morgens ontmoetten we elkaar op het strand. Iedereen was op blote voeten, ook de priester. De ceremoniemeester droeg een T-shirt met de woorden 'Teresa heeft krab... en ook verse oesters'. Cliff had lang haar met zongebleekte strepen, dat achterover in een staartje zat. Hij noemde me voortdurend 'Kojak'. Maar Margaret, die een eenvoudige witkatoenen jurk droeg, straalde en ze leek zo ontzettend op haar moeder, dat de tranen me bijna in de ogen sprongen.

Een vrouw in een rolstoel met dikke banden speelde de bruiloftsmars op haar fluit, terwijl ik Margaret in de richting van de zon geleidde, naar de witte golven toe, over een middenpad van zand.

De receptie was in het gebouw van oorlogsveteranen, waar iedereen een T-shirt kreeg, met de tekst dat hij de bruiloft van Margaret en Cliff had overleefd. De ceremoniemeester kraakte oesters. De bebaarde discjockey draaide alles wat Springsteen ooit op de plaat had gezet en jutte de aanwezigen herhaaldelijk op. Er werd een vat bier aangesloten. Mijn zoon Tony begon me in navolging van Cliff ook 'Kojak' te noemen. Vervolgens deed iedereen het.

Ik liep rond met een stomme grijns op mijn gezicht. Ik voelde me geen deel uitmaken van het gezelschap, zoals altijd in een omgeving waar men geen vuurwapens en criminele geheimen met zich meedraagt. Dit waren jongeren die wanhopig radicaal probeerden te doen, maar op mij kwam het schattig en onschadelijk over, meer een familieserie uit de jaren vijftig, waarin Moeder met een gesteven schort over haar jurk rondloopt en wat Vader doet altijd goed is.

Die avond in bed zei Leigh: 'En je wilde nog wel niet meegaan.'

'Dat heb ik nooit gezegd.'

'Ik heb je horen lachen,' zei ze. 'Ik kan me de tijd niet heugen dat ik jou hartelijk heb horen lachen.'

'Ik kan meefeesten als de beste.'

'Margaret is werkelijk gelukkig,' zei ze.

'Dat weet ik,' zei ik.

'Iedereen was dol op je, Kojak. Wat zou jij het hier fantastisch doen.'

Ik sliep toen de telefoon ging, een jankend kort riedeltje. Ik ging rechtop zitten en probeerde hem te vinden.

'Ik ben het, maatje,' zei Gregory. 'De pleuris is hier uitgebroken.'

'Wat?' Buiten deed de golfslag het nog steeds.

'Ze zijn in paniek,' zei hij, 'er worden arrestatiebevelen uitgevaardigd.'

'Midden in de nacht?' zei ik.

'Het is uitgelekt,' zei hij. 'Ze hebben ontdekt dat ze in de val waren gelokt. Ze willen niet... Luister, maat. Dit is de realiteit. Dit is een verdomde pokkewereld en dit soort pokkedingen is de realiteit.'

'Wat dan? Wat? Vertel het me gewoon.'

'Sonny heeft zijn revolver opgevreten,' zei hij. 'Hij heeft zich vanmiddag door het hoofd geschoten. In het Plaza Hotel. Hoor je die waanzin? In het Plaza! De hoofdcommissaris wil niet dat er nog meer zelfmoord gaan plegen. Ze brengen iedereen op.'

'Ik ben onderweg,' zei ik.

32

Ik liet Leigh slapend achter, zoals ik al zo vaak had gedaan, hoewel dit de eerste keer was in een andere staat. De wegen door Delaware waren onvriendelijk en donker. Maar ze waren leeg en ik was dus binnen vier uur over de George Washington Bridge, waar ik vertrouwde radiostemmen mijn eigen taal hoorde spreken. Om vijf uur 's morgens is er in de stad altijd nauwelijks verkeer en kun je nog gemakkelijk een parkeerplaats vinden. Ik zag de T-bird van Gregory tussen een groep politiewagens staan, bij de rechtersingang van het hooggerechtshof in de Bronx. Ik bonkte op de bruine metalen deur tot een wijkagent opendeed.

Vanaf het moment dat ik uit de lift stapte, kon ik het lawaai horen op de afdeling van de officier van justitie aan het eind van het gebouw. Een luid geklap en stampend gedans en hese mannenstemmen, die zongen: 'Me rug op... me rug op, allemaal... de lange, de korte, de dikke en de dunne.' Het klonk als een peloton, maar het waren er maar drie. Kaalkop en nog twee andere jonge smerissen uit het team van Sonny. Ze zaten achter de glazen scheidingswand die langs de hele gang liep, de armen om elkaar heengeslagen als bezopen corpsballen. Een stel IAD-bonzen bestudeerde hen met stalen gezichten vanuit de deuropening.

Toen zag Kaalkop mij en sprong schreeuwend op de glazen wand af, waar hij tegenaan begon te slaan. De anderen volgden zijn voorbeeld. Ik liep door. Hij bleef schreeuwen en duwde zijn vertrokken gezicht tegen het glas. De mannen van de IAD probeerden hen daar weg te halen. Ik haastte me niet en keek ook niet de andere kant op. Ik vond het belangrijk hen één voor één rechtstreeks aan te kijken. Kaalkop sprong over het touw en rende met me mee. Hij sprong op een bureau, liet zijn broek zakken en drukte zijn lul tegen het glas. Joe Gregory trok me een zijkantoor binnen.

'Je bent snel gekomen, maat,' zei hij. 'Het is hier een volslagen gekkenhuis. Drie psychopaten. Ik heb nog nooit zoiets meegemaakt.'

We liepen achter een rij computerterminals langs, de gang aan de andere kant van het gebouw in.

'Ik vond het heel vervelend dat ik je moest bellen,' zei hij.

'Vertel eens over Sonny,' zei ik.

Gregory gooide muntjes in een koffieautomaat. Hij drukte op de knop voor zwarte koffie zonder suiker.

'Hij had een kamer in het Plaza genomen,' zei Gregory. 'Dat had ik je al verteld, niet? Hij had om kwart over twee 's middags ingecheckt. Om ongeveer tien voor half vijf belde iemand naar de balie met de mededeling dat hij een schot had gehoord. De beveiliging is naar binnen gegaan, waar ze Sonny's lijk op de grond van het toilet aantroffen, met de dienstrevolver in zijn mond. Geheel in uniform, met alle medailles erop en eraan.'

'Was er een briefje?'

'Niet in de hotelkamer,' zei Gregory. 'We hebben een huiszoekingsbevel voor zijn appartement.'

Hij gaf me een papieren bekertje. Er dreef een vliesje boven op. Ik kon Kaalkop mijn naam horen schreeuwen, zwerend dat mijn hele familie eraan zou gaan.

'Ik geloof niet dat een van die drie kerels heeft geweten wat er aan de hand was,' zei Gregory. 'Niet echt. Misschien weet Kaalkop iets, maar die andere twee zijn gewoon stommelingen.'

We gingen op een houten bank in de gang zitten. In het hout stond een gebroken hart gegraveerd 'Emilio 172'.

'Raad eens wie hier nog meer zijn geweest?' zei Gregory. 'Tina Marquez en haar advocaat.'

'Haar advocaat?'

'Om onschendbaarheid te krijgen. En dat is gelukt. Ze heeft ons verteld dat zij de koerier met de Highbridge Boys was. Ze zei dat Sonny had gedreigd haar voorwaardelijke straf te laten intrekken als ze het niet deed. Ze legde het hele omkoopverhaal op tafel. Hoe ze in beslag genomen drugs afleverde bij de Highbridge Boys, inclusief datgene wat ze uit ons eigen appartement hadden meegenomen. Namen, data, hoeveelheden. Alles.'

'Ze hield dus een verslag bij.'

'Sonny betaalde haar vijfhonderd dollar per week, maar daar heeft ze niet veel aan. De officier van justitie laat beslag leggen op haar bankrekening.'

'Voorwaardelijk veroordeeld, rechtshulp. Ze zit weer vrij thuis.'

'Dat denkt ze,' zei Gregory, 'maar dat is niet zo. Weet je nog dat karweitje waar jij me achteraan stuurde? Om Hectors gevangenisstatus te controleren?'

'Hij is buiten geweest, hè?'

'Op wat zij noemen familieverlof. Daarvoor komen ze de laatste vierentwintig maanden vóór hun voorwaardelijke vrijlating voor in aanmerking. Hector zit in Mid-Orange in Warwick en moet nog zestien maanden uitzitten. Wil je raden wanneer hij zijn verloven heeft opgenomen?'

'Daar hoef ik niet naar te raden. De data corresponderen met de moorden op Verdi en Ross. Sonny Guidice zou tijdens het volgende verlof worden vermoord.'

'Bingo,' zei hij. 'Ik heb de gevangenis vanmorgen zijn bloed laten testen. Ik wed dat het klopt met het speeksel op de Camel die we bij de plaats van de moord op Verdi hebben gevonden.'

In de vergaderzaal zat inspecteur Delia Flamer achter een enorme eikehouten tafel, die bezaaid was met lege koffiekopjes. Een smeris, die op gelinieerd papier zat te schrijven, had een rij met drie zilveren politiepenningen en drie pistolen – nieuwe half-automatische – voor zich liggen. Ik ging naast Delia zitten. Aan de andere kant van de tafel zat haar ex-man, die de geheime operaties van de IAD leidde. Hij was waarschijnlijk degene die het nep-appartement aan Crotona Park East had opgezet.

'Hoe is Sonny erachter gekomen?' zei ik.

'Zeg jij het maar,' zei Delia, 'er waren te veel mensen bij betrokken.'

'Het is goed gedaan, maat,' zei Gregory. 'Die lui waren losgeslagen. Dat die stomme klootzak besluit zijn kop eraf te schieten, moet hij weten.'

'Je hebt van het begin af aan gelijk gehad wat betreft Sonny Guidice,' zei Delia.

'Ja, ik ben zo verdomde slim,' zei ik, van mijn koffie drinkend. Die smaakte bitter en was al lauw.

'Je ziet er moe uit,' zei Delia.

Het eerste ochtendlicht scheen door het raam. Deze morgen brak slecht aan voor het team van Sonny.

'Ik heb waarschijnlijk meer slaap gehad dan jullie,' zei ik.

'Zal ik je even naar huis rijden, maat?' zei Gregory.

'Wat ga jij doen?' vroeg ik.

'Het huis van Sonny doorzoeken.'

'Niet zonder mij.'

Ik stond bij het raam op Gregory te wachten en zag beneden de drie smerissen naar de patrouillewagen lopen. Weg bravoure. Kleine, slonzige jongens, die met gebogen hoofden en de handen op de rug geboeid, door een spervuur van camera's werden geleid. Zij kenden deze vertoning, ze hadden aan de andere kant gestaan toen ze nog bij de goeien hoorden. Nu speelden ze de hoofdrol in de treurige processie die zijzelf de 'boevengang' noemden. Er liepen een paar voetgangers voorbij op weg naar de kerk. De hemel was loodgrijs. De regen viel in schuine stralen neer. Treurigheid mijdt de zon.

Gregory reed naar het centrum, naar Sonny's appartement in Manhattan. Hij kletste onderweg maar door. Stuyvesant Town was een dorp met rode bakstenen flats, een paar blokken verwijderd van de Politieacademie en aan de andere kant een paar blokken van de rivier. Het was een enclave van gezinnen uit de middenklasse, smerissen, brandweerlieden, mensen van de telefoondienst. We stopten bij het kantoor om een manager te halen, die als burgergetuige kon optreden tijdens de huiszoeking. Het appartement van Sonny op de elfde etage zag uit op 14th Street en de avenues die waren aangeduid met letters, oftewel Alphabeth City.

Sonny Guidice had drie hermetische sloten op zijn deur en een witte kaketoe in een kooi. Een speer van gele veren stak als een vin uit de achterkant van zijn kop. Sonny had een briefje op de kooi achtergelaten, met de mededeling dat de vogel voor meneer Ferguson in appartement 11K was. Het appartement was netter dan ik had verwacht, alsof hij het had schoongemaakt omdat hij bezoek verwachtte. Naast een leren leunstoel stonden twee bij elkaar passende ribfluwelen banken. De stoel stond naar een grootbeeldtelevisie gericht.

De IAD doorzocht de woonkamer. Gregory en ik deden alleen de slaapkamer. Wij wrongen ons voor de tweede grote televisie langs, die aan het voeteinde van het bed stond. Naast de afstandsbediening op het nachtkastje stond een potje Maalox. In de hoek stond de golfclub die hij op de pier had gebruikt. Gregory begon de laden van de kast open te trekken. Ik haalde een grote platte doos onder het bed vandaan.

In die doos zaten tientallen pornografische films, vele daarvan nog ongeopend, met het plastic er nog omheen. Polaroid-foto's van naakte vrouwen lagen los in de doos, vrouwen in alle soorten en maten en kleuren. Ik herkende er twee: Sonny's overleden vrouw, die ik ooit eens tijdens een diner van het bureau had ontmoet, en een lichtblonde, wier onder ede afgelegde verklaringen de reden vormden voor onze huiszoeking.

De foto's van Tina Marquez waren niet erg vleiend. Met haar

benen wijd lachte ze naar de fotograaf aan het voeteinde van het bed. Vanwege die hoek leken haar voeten en benen enorm en buiten proportie groot.

'Bingo,' zei Gregory. Hij hield een bruine enveloppe omhoog, die op de bodem van een la van de kast vastgeplakt had gezeten. Daarin zat één kaartje met drie rijen getallen, elk gevolgd door een *L* of een *R*.

'Een mens met een combinatie heeft ook een kluis,' zei hij.

Gregory liep de kamer uit om het aan de chef van de IAD te laten zien. Ik stond op en rommelde door de stapel papieren boven op zijn ladenkast. Aan de spiegel van de kast zat een vergeelde brief geplakt.

Geachte agent Guidice,

Ik weet dat u waarschijnlijk diep bedroefd bent. Ik wil u laten weten dat ik u vergeven heb wat er met mijn zoon is gebeurd. Ik weet ook dat de Heer u vergeeft en ik weet dat mijn zoon bij de Heer is. Ik mis mijn lieve jongen, maar ik weet dat hij op een plaats is waar hij niet meer vandaan zou komen, zelfs als hij dat kon. Hij is gelukkig.

Het ga u goed, agent Guidice. Bid tot de Heer.

Etheleva Hopkins, Bronx, New York.

'Heb je geen honger, maat?' vroeg Gregory later. 'Je ziet eruit alsof je honger hebt. Als dit voorbij is, nemen we wat in Brady's bar.'

'Daar heb ik wel zin in,' zei ik.

33

De Ronde Tafel van Madison Street, een groepje oude smerissen, kwam iedere zondagochtend bijeen in Brady's bar. De kroeg was tot twaalf uur gesloten, maar Gregory en de rest van de stamgasten wisten dat ze achterom konden, via de diensttrap door het souterrain en weer naar boven via de binnentrap en door de keuken. De ronde tafel stond in de achterste hoek van de eetzaal, onder het portret van Willie Sutton.

'Ik had alleen verwacht dat er meer geld zou zijn,' zei ik.

'Hoeveel had je gedacht?'

Wij hadden een valse muur in Sonny's kast gevonden. Daarachter zat een kluis, aan de grond bevestigd, waarin slechts iets meer dan achtentwintigduizend dollar zat.

'Een kwart miljoen,' zei ik.

'Jezus Christus,' zei hij. 'Ik teken voor achtentwintig rooien belastingvrij. Plus de vijfentwintig die hij nog legaal op de geldmarkt had.'

'Ik had gedacht dat er meer zou zijn.'

'Ik vermoed dat er heel wat door zijn neus is gegaan,' zei Gregory.

We liepen door de keuken en kwamen terecht in een Keltisch feest, compleet met hoorns en drums. Joe McDarby speelde 'Hail to the Chief' op zijn accordeon. De kroeg was volgepakt en iedereen droeg de rechercheursspeldjes met Gregory's klavertje. Shammy O'Brien strooide met confetti. Over de voorkant van de bar hing een Iersgroene satijnen banier, versierd met slingers van klavertjes. Het zag eruit als een groot gordijn en woog waarschijnlijk wel vijfentwintig kilo. 'Emerald Society' stond er in grote witte letters op, met daaronder in kleinere blokletters 'The City of New York Police Department'. Ik realiseerde me opeens dat ik was vergeten Gregory naar de uitslag van de verkiezingen te vragen.

'Veel succes, meneer de voorzitter,' zei ik. Ik schudde zijn hand en deed een stapje terug.

Shanahan van Vermiste Personen stond achter de bar Bloody Mary's te mixen, terwijl zijn zondagse missaal nog uit de zak van zijn regenjas hing. Een koor van mannen met rode wangen zong 'For He's a Jolly Good Fellow'. Johnny McGuire, de afluisterexpert, stond met een video-camera op de vriezer. Het stonk naar verschaald bier. Stof en sigaretterook hingen als een treurige mist in de lucht en het lawaai steeg door het dak. Dit was fantastisch. Ik zag wel in dat ik voor deze dag om was aan de zuip zou zijn.

Men scandeerde 'toespraak, toespraak!'

Gregory hief zijn Bloody Mary. 'Op de beste rechercheurs ter wereld,' zei hij. 'En dat we Ieren zijn geeft ook niet.' Iedereen juichte en dronk, maar Gregory was nog niet klaar. Hij hief opnieuw het glas: 'En op de Newyorkse politie en de stad New York, zij leven lang in de gloria.' Nog meer gejuich en drankinname.

Op de televisie boven onze hoofden flikkerde een beeld, het geluid werd volledig overstemd door het feestgedruis. Het beeld was een oude officiële foto van Sonny Guidice, die er duister en onguur uitzag, als de jonge Marlon Brando. Daarna een grafiek met het zelfmoordpercentage bij de Newyorkse politie: Vier keer het landelijk gemiddelde. In de laatste tien jaar waren er eenentwintig agenten van de Newyorkse politie omgekomen bij de uitvoering van hun taak, maar zesenzestig hadden zichzelf van het leven beroofd.

Ik voelde de grote arm van Gregory om me heen, die opnieuw zijn glas hief. 'En op de geweldigste partner die ooit heeft bestaan,' zei hij. 'Dit krankzinnige genie, van wie ik hou, ook al is hij een halve spaghettivreter, mijn partner, Anthony Ryan.'

Ik maakte een zwierige buiging, maar in mijn hart wist ik dat ik geen geniale man was. Mensen die om je geven, creëren een beeld van je, om hun liefde te rechtvaardigen. Mijn gerichte jacht op Sonny Guidice was niet uit intelligentie of objectiviteit geboren, maar uit een onverzoenlijke aard.

Shammy O'Brien begon te zingen, maar hij werd overstemd door een gekrijs en gejank dat alle lucht uit de ruimte wegzoog. Vijf leden van de doedelzakband in kilts en vol ornaat marcheerden door de eetzaal, achter de bakstenen scheidingswand langs en stapten de bar binnen. Mannen zetten krukken opzij. Shanahan salueerde. Vijf, zes keer gingen ze rond. Toen nog een keer. En opnieuw.

Toen ze vertrokken waren, tuitten mijn oren nog na. Maar ik verstond wel de woorden 'schandaal bij de Newyorkse politie'. Iedereen hoorde het en keek op naar de televisie.

De camera nam het bureau Vijf Eén in een overzichtsshot. Het zag er verlaten uit. De gebouwen aan beide zijden van het bureau waren allang weg, afgebrand of neergehaald. De littekens van de gewelddadige afbraak waren duidelijk te zien aan de contrasten in het baksteen. De pas blootgevallen baksteen was bleek oranjekleurig, rauw als een open wond waar de korst vanaf getrokken is. Boven de vierde etage zag je een schuine streep en vanaf dat punt naar boven waren de muren grijs beroet, omdat ze altijd hadden blootgestaan aan de elementen. Vanaf de bovenste verdieping van de afgebroken flatgebouwen hadden Puertoricaanse meisjes briefjes en kusjes naar de kleedkamer van de smerissen op de vijfde verdieping geworpen.

'Zet het geluid eens harder,' zei Gregory.

'Je zou toch denken dat iedereen na de Commissie-Knapp zijn lesje wel had geleerd,' zei Shammy. 'Wat zijn we toen door een hel gegaan. Wat moet er van dit vak worden?'

'Je hebt wel lef om dat te zeggen, Shammy,' zei ik.

'Mijn geweten is zuiver,' zei Wally Spillane. 'Alles wat ik gestolen heb, heb ik aan mijn moeder gegeven.'

Ik pakte een Bloody Mary en zette die voor me neer. Een rozig licht filterde door de glas-in-loodramen op het gezicht van Gregory. Hij deed net alsof hij niet zag dat ik het glas had gepakt.

Wij keken allemaal naar de smerissen in uniform die op een rijtje bureau Vijf Eén uitkwamen. De dagploeg, die aan de patrouille begon, kwam de trappen af. Verslaggevers kwamen aanlopen, op zoek naar het kwaadste gezicht, hopend op het stompzinnigste antwoord. De meeste smerissen negeerden hen en liepen snel door naar hun wagens die in het blok geparkeerd stonden. Ik kon het nerveuze gehijg van de verslaggever horen toen hij een smeris achterna ging om zijn verhaal te horen.

'Agent,' zei de verslaggever. Hij had een jonge smeris bij de arm gegrepen. 'Wat vind jij van het feit dat er vandaag leden van jouw bureau zijn gearresteerd?'

De agent draaide zich om en keek recht in de camera. Hij leek nog zo jong. Zo jong als mijn zoon, al onze zonen.

'Indien hun schuld bewezen is,' zei hij bedachtzaam en zeer goed articulerend, alsof hij wilde dat iedereen hem kon verstaan, 'zouden ze de stoel moeten krijgen. Dit is tuig, en in dit werk is geen plaats voor tuig.'

De teams die de nachtdienst erop hadden zitten, kwamen sjokkend naar het bureau lopen, nadat ze de wagens hadden overgedragen aan de nieuwe ploeg. Met hun armen vol uitrusting zagen ze er verkreukeld en doodmoe uit. De verslaggever kondigde af, met nadruk op het feit dat het een live-uitzending vanuit de South Bronx was, alsof hij in het door oorlog verscheurde Sarajewo stond.

'Ik wil nog één keer het glas heffen,' zei voorzitter Joseph P. Gregory. 'Op die jonge smeris, wie hij ook moge zijn. Bravo. Bravo.'

En ik viel hem van harte bij.

Ik had gedacht dat ik gemakkelijk dronken zou worden, maar de middag werd avond, kerels kwamen en gingen en kwamen weer terug. Brady gaf gratis muntjes voor de jukebox. Shammy O'Brien zong tweemaal 'Four Green Fields' zonder onderbroken te worden. Brady braadde vlees en we stapten over op bier. Shammy viel in de achterste zithoek in slaap. We stapten over op gin-tonic. Britse gin. De verkiezingen waren voorbij.

We vertrokken om acht uur 's avonds, of misschien was het tien uur, misschien wel middernacht. We gingen in noordelijke richting, de kroegen langs die we ons herinnerden, hoewel niemand zich mij herinnerde. Tegen de ochtend zaten we op het trottoir buiten een snackbar in de Bronx. Voor ons stond een stadsbus zonder chauffeur. We leunden achterover tegen de witte tegeltjes van de snackbar. Overal om ons heen lagen kartonnen dozen die van hun hamburgertjes waren ontdaan.

'Denk je er nooit over om weer te gaan trouwen?' vroeg ik.

'Ik ben getrouwd,' antwoordde hij.

Dat was ik vergeten. Gregory was al twintig jaar van zijn vrouw af, maar noch hij noch Maureen had ooit de scheiding doorgezet. Zij beweerde dat het tegen haar katholieke opvattingen indruiste, maar Gregory zei dat ze waarschijnlijk dacht dat hij op een mooie avond tegen een kogel op zou lopen, waardoor zij het weduwen-pensioen kon opstrijken.

'Je snapt wel wat ik bedoel,' zei ik. 'Een andere vrouw mee naar huis nemen. Je zit daar helemaal alleen in dat grote huis.'

'Het enige dat ik nog mee naar huis neem, is gebakken rijst met garnalen en de *Daily News*, maatje,' zei hij.

Als geroepen wierp een vrachtwagen van de *News* een bundel kranten op het trottoir. Die rolde tot enkele meters van onze hamburgervoorraad. Op de voorpagina stond een foto van het team van Sonny, dat naar de wachtende arrestantenwagen liep.

'Dat vond ik heel erg,' zei Gregory. 'Maar van die jonge smeris op de televisie ben ik een beetje opgeknapt.'

Mijn gevoel was er één van fortuinlijkheid. Ik had een heleboel stomme fouten gemaakt als beginnend agent. En daar was ik op een of andere manier bovenuit gegroeid. Het was een kwestie van rijpheid, leiding en geluk. Ik wou het niet toegeven, maar bij mezelf dacht ik, God is me genadig geweest.

34

Maandagochtend leek wel D-day. Iedereen ging een andere richting uit. Delia ging naar de Mid-Orange Gevangenis om Hector Marquez te ondervragen. Johnny McGuire nam de helft van de speciale eenheid mee naar de Toucan Club om Santana in te rekenen. Dertig man van de narcotica-afdeling van de Bronx hadden de plannen rond om gelijktijdig, gewapend met een groot arsenaal aan arrestatiebevelen, een invasie te houden in Crotona Park. Gregory trof Tina met haar advocaat bij de bank. En ik reed met een dreunende koppijn naar Penn Station om mijn vrouw op te halen.

Leigh had de metro-aansluiting uit Wilmington genomen. Ik reed in mijn eigen Honda, haar auto stond nog bij het gerechtsgebouw in de Bronx. Ik parkeerde voor een kantoortje waar je weddenschappen kon afsluiten, ten westen van de Garden. Oude vrouwen zaten er voor de etalageruit te breien en de raceformulieren door te nemen. Ook ik voelde me oud en stijf. Mijn hoofd en borst deden zeer alsof ik door een profbokser onder handen was genomen. En ik proefde nog die rotzooi van de hamburgertent.

Leigh wist het onmiddellijk. Maar ze zei niets. In feite zei ze bijna de hele weg naar huis niets. Gregory stond voor ons huis te wachten. 'Hoe gaat het ermee?' vroeg Gregory oprecht hartelijk, maar Leigh liep naar binnen. Ik droeg de koffers naar binnen en zei dat ik moest werken. Ik liet een briefje op de tafel achter met de mededeling dat het me speet en dat ik van haar hield. Ik wist niet wat ik anders moest zeggen.

'Waar maakt ze zo'n punt van?' zei Gregory, toen we terugreden naar de Bronx. 'Mag je een keer doorzakken? Dat had je wel nodig, met jouw manier van alles opkroppen. Minimaal één keer per maand. Op doktersvoorschrift.'

Mijn handen beefden nog na, maar ik wist dat ze wel weer rustig

zouden worden naarmate de dag vorderde. Op de allerergste ochtenden, jaren geleden, trilden mijn handen zó erg, dat ik niet eens
de tandpasta op mijn borstel kon krijgen. Ik moest het regelrecht
in mijn mond spuiten. Waarschijnlijk waren dat de ochtenden
waar Leigh aan terugdacht.

'Tina had maar zes mille op haar rekening staan,' zei Gregory.
'Ik veronderstel dat je dat ook niet veel geld vindt.'

'Dat weet ik niet,' zei ik, 'het zou kunnen.'

'De officier van justitie denkt dat ze een spelletje speelt. Ze
heeft twee weken geleden achteneenhalfduizend opgenomen. Ze
zegt dat ze het aan Sonny heeft gegeven. Wat vind jij daarvan?'

'Gelul.'

'Precies.'

Wij wachtten Tina op, bijna een blok van haar appartement verwijderd. Ik wilde haar gaan ophalen, maar Delia had gezegd dat
wij haar moesten schaduwen totdat zij met Hector had gesproken.
Wij hielden ons schuil in de bocht van Crotona Avenue, tegenover
een zogenaamde broodjeszaak, waarachter een marihuana-tent
schuilging. De handelaars binnen waren aan alle kanten beschermd door twee lagen kogelvrij glas.

Patrouillewagens reden af en aan in het park. De arrestatie van
Santana en zijn drugsdealers was in volle gang. Het afluisterapparaat dat in de Toucan Club was aangebracht, bleek een goud-
mijntje te zijn. Naast het feit dat de handel in drugs bewezen was,
moest het rechterlijk vonnis viermaal worden herzien wegens
nieuwe delicten: Gewapende overvallen, gestolen goederen,
verzekeringsfraude en prostitutie.

'En wat denk jij dat de rol van Tina in dit alles is?' zei Gregory.

'Die van femme fatale,' zei ik. Zij lokte die kerels naar de plaatsen van de moord. Mogelijk een van tevoren geregelde afspraak.
Hector vermoordde ze. Zij ging vermomd, om ons op zoek te laten
gaan naar een hoer. Ze heeft altijd actrice willen zijn.'

'De witte handschoenen heeft ze van Angel gekregen, nietwaar?'

'En die jurk van Bill Blass ook,' zei ik. 'Angel heeft het ontdekt
toen ik hem de jurk liet zien. Daar heeft hij dus ook het geld voor
zijn operatie vandaan. Van Tina.'

'En de huidkleur dan?' vroeg hij.

'Make-up.'

In het kielzog van de narcoticabrigade begonnen de smerissen
door de straten te patrouilleren. Die jonge knullen zagen er veel
zwaarder beladen uit dan wij indertijd, allemaal uitpuilend zwart

leer op hun heupen. Toen wij nog op straat werkten, droegen we slechts de essentiële dingen bij ons: dienstpistool, handboeien, aantekenboekje en gummiknuppel. Deze jongens hadden dat ook allemaal en nog veel meer: Kogelvrije vesten, traangaspatronen, enorme radio's die aan hun riemen vastgehaakt waren. En nog een leren riemtasje met drie of vier paar operatiehandschoenen.

Toen ik nog straatagent was, droegen de smerissen vreemde dingen bij zich. Jimmy Woods had vogelzaad voor de duiven. Eddie McCann had tarotkaarten en toiletpapier onder zijn pet. Jack Harnett had snoepjes bij zich die hij naar de kinderen gooide, als een soldaat in de Tweede Wereldoorlog, die een door oorlog geteisterde stad komt bevrijden. Sommige smerissen wilden beslist geen foto's van hun gezin bij zich dragen, omdat ze bang waren dat die in verkeerde handen terecht konden komen. Sigaretten, tandfloss, aspirine, opblaasbare kussens, telefoonkwartjes, condooms. Ik heb nooit een agent gezien die een zwaar wapen bij zich had omdat hij verwachtte in een groot vuurgevecht verwikkeld te zullen raken. Ik had altijd een extra aantekenboekje en een schaartje bij me, om kranteartikelen uit te knippen. Maar iedereen had te veel emotionele bagage bij zich.

'Tina kwam vandaag als een filmster binnendansen,' zei Gregory. 'In vol ornaat en opgeschilderd. Ze heeft nog steeds die verlopen advocaat Raoul. Die Raoul staat daar onze machtiging te lezen alsof hij precies weet wat hij doet. Die kan acteren.'

Raoul Martinez was een advocaat in strafzaken, zeer middelmatig, die al tientallen jaren rond het gerechtsgebouw in de Bronx hing. Hij kreeg zijn werk doordat de door de rechtbank toegewezen advocaten overstelpt werden. Het hof wees particuliere advocaten aan, die op roulatiebasis een zaak moesten aannemen wanneer het instituut voor wettelijke rechtsbijstand met de handen in het haar zat. Martinez was iemand die een zaak net zo lang wist te stagneren tot het geld op was, vervolgens accepteerde hij het schikkingsaanbod van de vervolging.

'Raoul maakte zich meer zorgen om zijn Lexus dan om zijn cliënten,' zei Gregory. 'Hij had hem vlak voor de deur op Tremont geparkeerd en zeurde maar tegen de portier van de bank dat hij hem in de gaten moest houden.'

'Tremont toch niet?'

'Jawel, Tremont,' zei hij, 'hij parkeerde voor de deur.'

'Ik dacht dat haar bank op de Concourse was, in de buurt van Fordham.'

'Dan heb je verkeerd gedacht. Tremont en Prospect. Banco de Popular.'

'Ik heb haar daar een bank uit zien komen.' Ik herinnerde me haar met haar boodschappentas, hollend om de bus te halen, op de dag dat ik het Uitvaartcentrum van Hernandez had bezocht.

'Waarschijnlijk een filiaal,' zei hij.

Twee jonge kinderen in een Oakland Raider-uitrusting zaten op de motorkap van een auto en lieten een sigaar heen en weer gaan en lachten ons uit. Die dachten zeker dat we van toeten noch blazen wisten, die twee ouwe blanke smerissen. De sigaar was een 'blunt', een Phillies of een White Owl-sigaar, die ze hadden uitgehold om er marihuana in te stoppen. Geen mens trok op die manier aan een sigaar. Maar ze dachten dat wij sufferdjes waren.

'Ik wed dat de dikzak eerst naar Tremont gaat,' zei Gregory, 'wie verliest betaalt de lunch.'

'Afgesproken,' zei ik.

We kwamen flitsend in actie. Met de penningen uit de zakken hangend haastten we ons naar de twee kinderen, onderwijl de handboeien te voorschijn halend. De sigaar vloog door de lucht en belandde op de Cross-Bronx Expressway. De kinderen renden in tegenovergestelde richtingen en trokken zich van onze weddenschap niets aan.

Toen we weer in de auto zaten, zei ik: 'Laten we even teruggaan naar die bank. Ik wil het zeker weten.'

De bank aan Tremont was een Banco de Popular. De bank aan de Grand Concourse was een Emigrants Savings Bank, heel iets anders. Ik wilde alleen maar een eenvoudige vraag stellen, maar de bureaucraten van de Emigrants deden alsof we naar staatsgeheimen vroegen. Ik pleegde één belletje naar Sid Kaye, het hoofd van de Vereniging van Gepensioneerde Rechercheurs. Een kwartiertje later hing de baas van de beveiliging van de bank aan de telefoon en begon indianenverhalen op te hangen. Hij was de voormalig tweede hoofdrechercheur van bureau Twee Acht in Harlem. Maar toen zei hij dat het hem speet. Er was daar geen rekening op naam van Tina Marquez.

'Goed geprobeerd, maatje,' zei Gregory.

We reden terug naar Tina. Gregory luisterde naar een bandje van The Monkees, en naar twee politieradiobanden. Aan Claremont Parkway was een blok met flatgebouwen van vijf verdiepingen, waar het vergeven was geweest van de verdovende middelen, vervangen door kleine, aantrekkelijke huisjes van rode baksteen. Op het bord stond: 'Binnenkort! Betaalbare tweegezinswoningen. Procida Construction Corp.'

'Ik moet een rokkostuum huren,' zei Gregory. 'Ik ga aanstaande donderdag naar Gracie Mansion. Alle voorzitters van de manschappen en aanverwante organisaties zijn voor een grote fuif uitgenodigd.'

'Ik denk dat je er een moet gaan kopen. De komende jaren ga je naar heel wat van die grote fuiven toe.'

Aan de overkant zaten twee vrouwen gezellig met elkaar te keuvelen op plastic stoeltjes vóór kruidenier Hermanos Fernandez. Dit was nog altijd een buurt van kleine kruidenierszaakjes: Kruidenier Vasquez, de Panamese kruidenier van de Bronx, en de West-Indisch-Amerikaanse kruidenier.

'Toen ik nog een kind was,' zei Gregory, 'had alleen de begrafenisondernemer in de buurt een rokkostuum. Als je zijn maat had, kon je hem huren.'

'Bij ons in de buurt leenden de mensen de klapstoeltjes van de begrafenisondernemer,' zei ik. 'Je wist het altijd wanneer er een doopfeest of een vormsel was: Alle mensen liepen met klapstoeltjes door de straat met "Frankie Flinters Funeral Home" achterop.'

'Frankie Flinter's Funeral Home,' zei Gregory. 'Dat moet je nou eens tien keer snel achter elkaar zeggen.'

Op Tremont Avenue reden we achter een vrachtwagen van de *Daily News*. Ik weet nog dat ik 's nachts in deze straten patrouilleerde en dat de vrachtwagen van de *Daily News* naast je wagen kwam rijden en automatisch twee exemplaren met 'gratis' erop door je raampje stak. Ik kende ook smerissen die blokken lang achter die vrachtwagens aanreden omdat ze hun gratis krant hadden gemist. Diezelfde smerissen gingen ook achter de vrachtwagens met melk, broodjes en bier aan, de hele nacht door. Die sloegen lekkernijen in, die ze voor het aanbreken van de dag in de kofferbakken van hun eigen wagens overhevelden. Maar dat was in de kwaaie ouwe tijd van vóór de Commissie-Knapp die de corruptie bij de politie onderzocht.

'Frankie Flinter's Funeral Home,' zei Gregory. 'Wat een naam.'

'Hij had hem moeten veranderen,' zei ik. 'Hij had hem moeten veranderen... We gaan een telefoon zoeken. Nu meteen.'

De eerstvolgende twee telefoons waren buiten werking. Bij de derde zat een dode kat rechtop voor de muntjesgleuf, met de hoorn tussen zijn poten. Ik pakte de hoorn uit zijn poten en belde opnieuw Sid Kaye.

'Vraag hem of hij weet waar ik een goed rokkostuum tegen een zacht prijsje kan krijgen,' zei Gregory.

Ik vroeg Sid of hij nog een naam voor me wilde natrekken en gaf toen de telefoon aan Gregory. Tien minuten later belde Sid terug. Gregory had een afspraak voor een pasbeurt bij een ex-smeris die in gelegenheidskleding deed. En ik had mijn naam.

'Die naam,' zei Sid, 'is dat niet dezelfde naam als van die knaap die manager is van de Marina del Rey?'

'Ik vrees dat het zijn dochter is,' zei ik.

'Zit ze in de problemen?'

'Verschrikkelijk in de problemen.'

'Nou, zeg maar dag met je handje tegen dat contract,' zei Sid. 'Ze heeft niet alleen een rekening, ze heeft ook een kluis.'

'Christina Stohlmeyer, niet?' zei ik.

'Goed geraden,' zei Sid.

35

De ochtendzon verdeelde de stoep van 719 Crotona Park North in twee gelijke helften van licht en schaduw. Gregory en ik en twee geüniformeerde agenten van bureau Vijf Eén liepen de trap op naar het appartement van Tina. Het was stil in het gebouw, afgezien van iemand die een blafhoest had en een kraaiende haan op de tweede etage. In het zuiden van de Bronx werd aan hanengevechten gedaan. Er was ooit een vechtring geweest in het souterrain van een gebouw verderop.

De smerissen in uniform liepen met zware stappen achter ons aan, hun leren uitrusting kraakte. Gregory gebaarde naar hen dat ze op de trap moesten blijven wachten, daarna klopte hij aan. In een andere woning siste een braadpan.

Delia was met lege handen uit de Mid-Orange Gevangenis teruggekeerd. Het was een prachtige omgeving, had ze gezegd, bomen en koeien. Maar Hector Marquez was als de Rots van Gibraltar; hij week niet af van zijn verhaal dat hij zijn verlof rustig bij vrouw en kinderen had doorgebracht. Meer niet.

'Wie is daar,' zei Tina, terwijl we het kijkgaatje hoorden klikken.

'Dat weet je wel,' zei Gregory.

'Ik ben niet gekleed,' zei ze.

'We moeten praten,' zei Gregory.

Ze begon de sloten los te maken. Dat metalige geklik was typerend voor New York. Het aantal sloten was een goede aanwijzing voor de mate van onze paranoia. Klik, klik, twee keer maar, het minimum voor de Bronx.

Ze deed open en verborg zich bescheiden achter de deur. We liepen naar binnen en hielden hem open voor de geüniformeerde agenten. Ze keek hen met opengesperde ogen aan.

'Wat is er aan de hand?' zei ze.

'Kleed je aan,' zei ik.

'Mijn kinderen zijn hier.'

'Breng ze maar naar de moeder van Angel.'

'O nee,' zei ze. 'Deze keer niet. En je kunt maar beter je huiszoekingsbevel laten zien.'

'Kijk eens hier,' zei ik, terwijl ik haar het document overhandigde dat ons het wettelijk recht gaf haar eigendommen te doorzoeken. Ik sloot de deur en zag toen dat enkele van haar bezittingen in de huiskamer in kartonnen dozen stonden. Appel- en sinaasappelkistjes van de supermarkt. Het rook in de kamer naar vers fruit.

'Ga je verhuizen?' zei ik.

'Weg uit dit rothol,' zei ze.

Daar stond ze in haar zwarte ondergoed en zwarte T-shirt het huiszoekingsbevel te lezen. Ze droeg een sjaal om haar hoofd alsof ze aan het werk was. Ik ratelde haar rechten af, die hoefde ik niet meer voor te lezen. Het begon met: 'U hebt het recht om...' en het eindigde met: 'Als u geen advocaat kunt betalen...' Ik wist dat als we de kluis op naam van Christina Stohlmeyer openden, duidelijk zou blijken dat ze zich die advocaat uitstekend kon veroorloven. Er stond een pak corn flakes op de ontbijttafel, met een plaatje van Superman voorop.

'Waar is het pistool?' zei ik.

'Welk pistool?'

'De Glock 19 van Marc Ross.'

'Hoe moet ik dat weten?'

Gregory gaf de smerissen in uniform opdracht de dozen in de huiskamer te doorzoeken. Het huiszoekingsbevel was specifiek: De Glock 19, een sleuteltje van de kluis en make-up van Max Factor.

'Wanneer ben je voor het laatst in Sonny's flat geweest?' zei ik.

'Ik ben er verscheidene keren geweest.'

'Zoals afgelopen weekend. Nadat Sonny zelfmoord had gepleegd.'

'Er lagen nog wat spullen van me. Kleren en nog meer troep. Ik vermoedde dat ik die nooit meer zou terugzien nadat jullie ze allemaal in beslag hadden genomen.'

'Ga de kinderen halen,' zei ik, 'we gaan.'

De slaapkamer van de kinderen was klein, maar volgestouwd met speelgoed. Kevin was al aangekleed, gereed om naar school te gaan. Het meisje zat vanaf haar bed televisie te kijken, onderwijl op het oor van haar knuffel kauwend. Kevin had een dekbedovertrek, kussensloop, laken en rugzak met superhelden erop. Superman, Batman en Spiderman hingen aan de muur. Het bed van het meisje stond vol met knuffelbeesten. Alles was schoon en verzorgd. Wat ze verder ook deed, ze scheen wel een goede moeder te willen zijn.

'Mammie moet weg, schatje,' zei ze zachtjes, terwijl ze het meisje streelde. 'Je moet je gaan aankleden. Blijf maar een tijdje bij Lita.'

Kevin, met zijn wilde rechtopstaande haren, keek me strak aan. Kijk me niet zo aan, wilde ik zeggen. Ik kan het je niet besparen. De enige superhelden die er zijn, zitten op je behang.

'Zorg ervoor dat ze aangekleed wordt, Kevin,' zei Tina.

Ik liep met Tina naar haar slaapkamer. Gregory was in de badkamer bezig de planken met make-up te doorzoeken. Sommige make-up zat in dozen op de grond.

'Ga je naar me staan kijken terwijl ik me aankleed?' zei ze.

'Dat klopt,' zei ik.

'Lekker goedkoop aan je trekken komen, zeker,' zei ze. 'Smerissen... gadverdamme.'

Ik hoorde haar stem licht trillen. Ze rukte het T-shirt over haar hoofd en smeet het van zich af. De kegel van zonlicht accentueerde de blauwe aderen in haar armen. Haar huid was zó licht dat de bobbels van haar ruggegraat wel de botten van haar skelet hadden kunnen zijn dat in de zon gebleekt was.

'Ik wil dat je goed luistert, Tina,' zei ik. 'Er zitten nu mensen van ons in Warwick met Hector te praten. En hij staat op het punt je aan te geven.'

'Waarvoor?'

'Doe niet zo stom. Je hebt maar één kans, deze. Grijp die, voordat hij het doet.'

'Me reet.'

'Is dat de manier waarop een moeder praat? Je bent toch een moeder die om haar kinderen geeft?'

'Haal mijn kinderen er godverdomme niet bij, hoor je?'

Ik liep snel de kamer door om naast haar te gaan staan toen ze met haar hand in een la greep, waar ik verwachtte een zwartglanzende Glock 19 te zien liggen. Ze greep een rode kanten beha, wees ermee naar mij en zei 'pang!' Ze begon snel en diep te ademen, haar tepels waren hard. Ze drukte zich tegen me aan en greep met haar hand opdringerig en ruw in mijn kruis.

'Kleed je aan,' zei ik, terwijl ik haar bij de armen greep en haar naar de kast trok.

'Flikker die je bent,' zei ze. 'Sonny zei altijd dat je zo'n wilde kerel was. Gelul.'

'Kleed je aan,' zei ik.

Ze deed de beha niet aan. Ze pakte een blouse van een hangertje en legde die over haar bed.

'Waar gaan we heen?' zei ze.

'De bank.'

'Daar ben ik gisteren al geweest. Met die grote kerel.'

'Niet de bank op de Concourse, Christina.'

'Die naam gebruik ik niet meer. Dat heb ik je gezegd.'

'We laten je handtekening controleren. We gaan het goed doen.'

Er zweefde stof door het zonlicht.

'Ik wil mijn advocaat,' zei ze.

'Ga je gang.' Ik wees naar de telefoon. Ze pakte de hoorn en gooide hem meteen weer neer.

'Ik heb hem gisteren laten afsluiten,' zei ze.

'Waar is het pistool, Tina?'

'Ik weet niet waar je het over hebt.'

'Moet je dit zien, maat,' zei Gregory. 'Die rotzooi neem ik allemaal mee.' Hij hield een doos vol kleine flesjes met een donkerbruine vloeistof en platte plastic doosjes met poeder en kwastjes omhoog. Wij wilden proberen de donkere make-up op het ondergoed van agent Paul Verdi te identificeren.

'Ach, de grote man komt ook een kijkje nemen,' zei Tina. 'Klootzakken. Jullie willen me naakt zien, hè? Nou, kijk maar eens goed.'

Tina bleef met haar handen op haar heupen staan. De aderen in haar hals waren opgezwollen. Ik kon zien dat ze stond te trillen. Ze keek vanuit haar ooghoek naar de deuropening. Kevin stond te kijken.

'Zie je nou wat je doet?' zei ik. 'Begrijp je niet wat je die kinderen aandoet?'

'Wat weet jij verdomme van wat ik doe?' zei ze. 'Jij hebt geen idee hoe mijn leven eruitziet.'

'Dat heb je aan jezelf te wijten,' zei Gregory.

'En ik zal me er weer uitvechten ook,' zei ze. Ze ging op het bed zitten en trok haar knieën op. Voorovergebogen met haar armen om haar benen geslagen begon ze te huilen. 'Goed, goed,' zei ze, 'het spijt mammie, Kev, liever. Mammie is stom bezig. Ze gaat zich aankleden. Alles komt weer in orde. Ga maar. Toe maar, mammie is weer in orde. En zorg voor je zusje, Kev.'

Brigadier Drumm arriveerde met twee rechercheurs om de huiszoeking over te nemen. De kinderen van Tina liepen achter elkaar de openstaande deur van Angels moeder binnen. De uitdrukking op het gezicht van Angels moeder veranderde nooit. Geen verbazing, geen verdriet. Alsof ze iedere zegening en iedere vloek gelijkelijk accepteerde, zonder iets te verwachten.

'Je kunt vanaf het bureau je advocaat bellen,' zei ik.

'Bel mijn vader,' zei Tina.

36

Het nam veertien uur in beslag om Tina door de molen te krijgen. Nu zat ze in een busje op weg naar het huis van bewaring in de Bronx. Beneden liepen we de door de hal van het gerechtsgebouw op zoek naar een openbare telefoon. Deze hal bezat de treurige lege sfeer van een busstation in de kleine uurtjes, wanneer de lichten gedempt zijn en de koffieshop dicht is. Het stonk er naar lichaamsgeuren en gebakken uien. De asbakken waren zó vol dat de as ernaast en op de grond was gevallen. Op de vensterbanken stonden lege koffiebekertjes.

Gregory belde het hoofdkantoor; ik zat op een vensterbank de documenten door te nemen. We hadden in Tina's kluis honderdzevenenvijftigduizend dollar gevonden en een pistool – de Glock 19 van Marc Ross. Ze had ons aanbod al aangenomen voordat we in de kluis keken. Ze bekende dat Hector Ross en Verdi had afgemaakt, met haar als lokkertje. Hector had alles gepland en in een hinderlaag gewacht. Sonny Guidice was de volgende op de lijst, maar hij had hen een kogel bespaard. Binnen een uur nadat Tina had gehoord dat Sonny zelfmoord had gepleegd, had ze de metro naar Stuyvesant Town genomen om het geld uit zijn safe te halen. Ze zei dat ze genoeg achtergelaten had om ons tevreden te stellen.

Wij hadden Whitey Stohlmeyer vanuit het bureau Vijf Eén gebeld. Hij kwam onmiddellijk, samen met Tina's moeder, Helen. Whitey nam een nieuwe advocaat, bood zijn huis aan als borg en richtte een verzoek aan de kinderbescherming voor de tijdelijke opvang van de kinderen. Toen we vertrokken voor de officiële arrestatie was iedereen in tranen en gaf iedereen zichzelf de schuld. Tina tekende met Christina.

Zorgelijke vrouwen fluisterden met elkaar in groepjes in de buurt van de telefoons. Kranten en peuken lagen over de grond. Er liepen smerissen voorbij, waarvan sommigen met geboeide gevangenen, maar allemaal met stapels papieren. En allemaal jonger dan wij. Ze liepen in zomerse kledij, met grijze sweatshirts, gebloemde hemden of T-shirts en spijkerbroeken van Bart Simpson. Gregory en ik droegen wollen pakken, donkerblauw en donkergrijs.

Gregory nam een bekertje koffie uit de automaat en begon een gesprek met een paar jonge agenten. Die feliciteerden hem en vroegen hem van alles. Ik zag mezelf weer op hun leeftijd en wenste dat er een manier was om hen te waarschuwen, om hen te behoeden voor cynisme. Cynisme gaat over in haat en haat is destructief.

Jarenlang heb ik mezelf vastgebeten in de haat jegens Sonny Guidice. Nu begreep ik dat het voortkwam uit zelfminachting om wat ik was geworden in die latere jaren in de wijk. Het bewijs daarvoor lag zwart op wit in mijn eigen aantekenboekjes.

Alle patrouillerende agenten in New York hebben kleine aantekenboekjes bij zich, die eigendom zijn van de Newyorkse politie. Ze bestaan uit vijftig gelinieerde pagina's, waarop elke officiële handeling wordt genoteerd, voorafgegaan en afgesloten met de handtekening van een superieur. Wij zijn verplicht al onze aantekenboekjes te bewaren, tot aan ons pensioen of de Dag des Oordeels, welke van beide het eerst mocht komen. De mijne stonden in twee dozen opgeslagen in het souterrain. Tientallen stapeltjes vergeelde boekjes, bij elkaar gehouden met elastiekjes, chronologisch opgeborgen. De eerste dateerde van dertig jaar geleden.

Gisteravond had ik de dozen opengemaakt omdat ik het verslag wilde herlezen over de schietpartij die me zo lang had achtervolgd. Het stond er als volgt:

23 juni 1968, 4 x 12 patr. 2365 sec G
m/ag Guidice eetpauze 19.00 inval datum 9 aug
18.05 u. naar 1645 Bathgate app. 3a mishandeling
Martin Luther Hopkins M/Z/7 op slag dood,
ongeluk, moeder Etheleva Hopkins in kennis gesteld
Verder niets te rapporteren
Ag. A. Ryan
19452

Dat was alles. De bondigheid van deze aantekening verbijsterde me. Want de details stonden al die jaren zo overheersend in mijn geest gegrift – en ik had er maar twee zinnen aan besteed. En dan: 'Verder niets te rapporteren'?

Ik begon terug te lezen, al die aantekenboekjes, beginnende met mijn eerste dag na de academie. Het eerste boekje was formeel, typisch van een student. In feite waren alle eerste boekjes rijk en vol, netjes geschreven, de aantekeningen volgepakt met details. In mijn eerste jaar op patrouille vulde ik eenentwintig boekjes. Het tweede jaar vijfentwintig. Het derde jaar eenentwintig. Daarna achttien, veertien, negen. Mijn laatste jaar op patrouille had ik het hele jaar door maar vier boekjes gebruikt. Het handschrift was zó slordig geworden, dat ik het nauwelijks kon ontcijferen. Overduidelijke onverschilligheid. De bladzijden stonken naar drank en roekeloosheid.

Het zijn de ogen van een smeris die het probleem vormen. Het duurt een paar jaar voor je behept bent met die beroepsdeformatie. Smerissen leren dingen waarnemen die andere mensen niet zien en je wordt er doodmoe van. Waar Leigh een man op een bus ziet wachten, daar zie ik hem voor een drankzaak rondhangen. Waar Leigh moet glimlachen om een aardige vader die op de speelplaats met zijn kind speelt, daar zie ik een kinderlokker die zijn prooi besluipt. Wat smerissen moeten leren, is beide kanten te zien, zowel de demonen als de engelen. Dat is niet eenvoudig. De lelijkheid is zeer hardnekkig.

'Heb je die knapen je handtekening gegeven?' vroeg ik aan Gregory.

'Nee,' zei hij, 'ik heb ze genoteerd voor de Emerald Society. Deze jonge kerels hebben de toekomst.'

'Je bent echt een ziener,' zei ik.

'Verdomd als het niet waar is,' zei hij. 'Laten we naar huis gaan, maat.'

Terwijl we door de draaideur liepen, bedacht ik hoeveel hoopvolle dingen er waren. De winter met zijn talloze sneeuwstormen was eindelijk voorbij. De Newyorkse politie was in goede handen. De donkerblauwe uniformhemden kwamen terug; Gregory en ik hadden altijd een hekel gehad aan de lichtblauwe. De Bronx herrees in de ware zin des woords uit zijn as. Joe Gregory kocht een rokkostuum. Mijn kinderen waren gelukkig.

Buiten was het een warme nacht, met een vleugje kamperfoelie in de lucht. Gregory pakte een leeg frisdrankblikje van het dak van zijn T-bird en gooide het in de afvalbak. Er toeterde een auto. Achter ons stopte een donkerblauwe Cadillac.

'Ze zeiden dat jullie hier zouden zijn,' zei Whitey Stohlmeyer. 'We hebben de kinderen toegewezen gekregen.'

Tina's kleine meid lag op de schoot van Helen Stohlmeyer te slapen. Kevin zat achterin, klaarwakker, met een zak van McDonald's.

'Christina is net weg,' zei ik. 'Neem contact op met het gevangeniswezen. Daar vertellen ze je wel waar ze heengaat.'

'Ja,' zei hij, 'we gaan morgen. Murray heeft me een nummer gegeven dat ik kan bellen. Dat schijnt een goede advocaat te zijn. Hartelijk dank.'

'Hij is de beste,' zei Gregory.

'Hij gaat aan een borgtocht werken,' zei Whitey. 'We moeten maar duimen.'

Kevin ging op de achterbank staan en keek me uitdrukkingsloos aan.

'Ik wilde jullie gewoon even bedanken,' zei Whitey. 'Jullie begrijpen toch wel wat ik bedoel?'

'Betaal maar een keer een rondje,' zei Gregory. 'Met smerisfuiven zijn we toch wel weer in de Marina. We zijn de wereld niet uit.'

Ik vroeg Whitey het raampje naar beneden te draaien. Ik voelde in mijn regenjas en pakte Gregory's campagnespeldje, het miniatuurschildje van de Newyorkse rechercheurs met het klavertje in het midden.

'Ik had lang geleden al iets moeten doen,' zei Whitey. 'Ik hoop maar dat het niet te laat is.'

Ik reikte naar binnen en maakte het speldje op het sweatshirt van Kevin vast. Toen salueerde ik naar hem en ik meende een flauwe glimlach te zien.

'Misschien kunnen we het een klein beetje goedmaken,' zei Whitey, met een gebaar naar de kinderen.

'Het is nooit te laat om het goede te doen,' zei ik.

37

De plechtige installatie van de nieuwe functionarissen van de Emerald Society van de Newyorkse politie vond plaats in Gallagher's Steak House, midden in Manhattan. De dikke donkere lambrizering van deze ruimte op de eerste verdieping had zestig jaar van staatsgeheimen en rook uit goede sigaren geabsorbeerd. Wij begonnen altijd met het afleggen van de eed van trouw, met de hand op het hart. Het geouwehoer begon pas na het gebed.

Joe Gregory zat op de verhoging, naast de nieuwe politiecommissaris. Beiden droegen een rokkostuum – ze vertrokken vroeg om aanwezig te kunnen zijn bij een plechtigheid in de ambtswoning van de burgemeester. Iedereen stond op en klapte toen Gregory de voorzittershamer aannam uit handen van de vertrekkende voorzitter, Shammy O'Brien. De voorzittershamer was een zwartgelakte knots, een shillelagh, die iemands vader ooit uit 'Ireland' had meegebracht.

'Naar goed Iers gebruik,' zei Gregory, 'zou ik willen beginnen met een verhaal.'

Dat verhaal was een oude Ierse grap, met Shammy O'Brien als mikpunt. 'Het schijnt,' begon Gregory te vertellen, 'dat toen O'Brien het oude land verliet om naar Amerika te gaan, hij de oude mevrouw Dunne uit County Clare had beloofd haar zoon in New York te gaan zoeken. De jongen van Dunne had jarenlang niets van zich laten horen en de oude mevrouw was ten einde raad. Dus toen de boot de haven van Manhattan was binnengelopen, rende O'Brien onmiddellijk naar het eerste het beste grote gebouw dat hij zag en begon iedereen in de lobby te ondervragen. Niemand scheen Dunne te kennen, dus stormde O'Brien een immense toiletruimte binnen, waar hij op de deuren begon te bonzen. O'Brien was nogal geagiteerd, omdat hij vermoedde dat deze taak heel wat moeilijker zou worden dan hij had gedacht. Hij bonsde op alle deuren, de hele rij langs, onderwijl schreeuwend: "Ben jij soms Dunne? Ben jij Dunne?"

Ten slotte trok er iemand door en zei vervolgens tegen O'Brien dat hij zich rustig moest houden, hij was aan de dunne. Waarop O'Brien zijn machtige schouders ophaalde en brulde: "Schrijf dan in godsnaam je moeder!"

En nu is het voor Shammy O'Brien voorbij,' zei Gregory, die met de voorzittershamer van sleedoornhout in zijn handpalm sloeg. 'Nu heeft hij geen enkel excuus meer om niet iedereen in County Clare hoogstpersoonlijk te schrijven.'

Gregory vervolgde met iedereen te bedanken, mij incluis. Hij hield geen toespraak, alleen een serie oeverloze verhalen die we allemaal al kenden. Na één indianenverhaal te veel stond Shammy O'Brien op, maakte een gebaar om maar op te houden met die flauwekul en naar de bar te gaan. De kerels vielen over elkaar heen in hun ijver om daar te komen. De stoelen schraapten over de houten vloer.

Ik zat tegen de achterste wand met Johnny McGuire en Joe McDarby. McGuire maakte de camera van zijn statief los; McDarby schonk ale in zijn Guinness, daarmee heel zorgvuldig donker- en lichtbruin door elkaar mengend. Gregory baande zich met een stralend gezicht een weg naar ons toe, anderen op de rug slaand. Zijn gezicht had een verbijsterend hoogrode kleur, terwijl hij met zijn shillelagh rondzwaaide alsof het de gummiknuppel was.

'Geweldige toespraak,' zei ik.

'Allemaal gelogen,' zei hij. 'Ik bezit het hart van de rechtgeaarde politicus.'

Gregory staarde over mijn hoofd heen, knipperend, zoals hij altijd deed wanneer zijn geest met de snelheid van lichtjaren werkte.

'Hoe laat moet je in Gracie Mansion zijn?' vroeg ik.

'Half negen.'

'Geeft niet. Je verovert de stad stormenderhand.'

De pieper van Gregory ging af en hij haalde hem tussen zijn broekband vandaan. Hij tuurde naar de nummers. Ik vroeg me af of hij die ouwe afgedragen regenjas over zijn rok zou aanhouden.

'Iemand moet het bureau bellen,' zei hij. Uit de keuken klonk het geluid van brekend glaswerk. Het geroezemoes werd steeds luider.

'Ik doe het wel,' zei ik. 'Jij bent te belangrijk geworden. Ik vermoed dat het van nu af aan wel zo zal blijven.'

'Tenzij ze ons dumpen, of we het loodje leggen. Wat er maar het eerst gebeurt.'

'Ik kan mijn toekomst wel uittekenen,' zei ik. 'Jij staat in je rokkostuum ergens champagne te nippen en ik sta in een volgepieste telefooncel in de gang van een of andere cracktent. Jij zit lekker kaviaar te smikkelen in de Russische Tearoom en ik zit alleen ergens in wijk Twee Acht, vette kippepoten naar binnen te werken met de autoverwarming op volle toeren...'

'Zeg, maat,' zei hij, 'ben je nu eindelijk eens klaar?'

Aan de andere kant van de zaal stond Shanahan met drie flesjes te jongleren. Brady spoelde Maalox naar binnen met whisky. Sid Kaye sloeg een halve fles achterover.

'Zeg het maar niet,' zei ik, 'ik weet het al. Schrijf mijn moeder maar.'